KB057641

전망대 혹은 세상의 끝

전망대 혹은 세상의 끝

심 강 우 소설

문이당

작가의 말

소설집을 낸다. 이 문장 앞에 배치할 수식어가 생각나지 않았다. 마침내, 이제, 오래 기다린 끝에, 오매불망하던, 간절히 바라던, 이 봄날에 등등 어느 것 하나 마음에 들지 않았다. 해결방법은 간단하다. 서두를 다른 문장으로 대체하면 된다. 그런데 이것도 병인지 나는 맨 처음 뇌리에 꽂힌 문장을 쉬 버리지 못한다. 그건 사람이나 물건도 마찬가지여서 버려야 할 때 버리지 못해 결국 자존심을 버려야 할 때가 많다.

정말이지 이건 하나도 중요한 문제가 아니다. 수식어의 유무, 혹은 수식어의 적격성이 소설을 규정할 수는 없기 때문이다. 그렇다. 나는 쓸데없는 일에 아까운 시간을 소모한 것이다. 나는 얼굴이 화끈거렸다. 이 문제 때문만은 아니다. 이번 일의 갈고리에 딸려 온 내 과거를 보았기 때문이다. 고백건대 나는 문청 시절, 작가가 되는 데 뜻이 있지 않았다. 멋있는 작가, 주목받는 작가, 인기 있는 작가, 존경받는 작가가 되고 싶었다. 그러니까 작가라는 고갱이보다는 그것을 둘러싼 외피랄까 후광에 마음이 쏠렸던 것이다. 등단이 늦은 데에는 그만한 이유가 있었던 것이다.

소설집을 낸다. 이로써 족하다. 모으고 보니 대부분 어두운 세계를 천착한 작품이다. 밝음과 어둠은 길항하는 존재가 아니라 통섭하는 존재다. '불은 공기의 죽음으로 살고, 공기는 불의 죽음으로 산다. 물은 흙의 죽음으로 살고, 흙은 물의 죽음으로 산다'. 고대 그리스의 철학자 헤라클레이토스가 한 말이다. 나는 이 말을, 불은 공기가 되고 공기는 불이 된다. 또한 물은 흙이 되고 흙은 물이 된다. 그렇게 변주해 읽곤 했다. 내가 궁극적으로 바라는 것은 밝은 세계이다. 그렇다면 소설 전반에 퇴적해 있는 어둠은 빛이 되기 위한 땔감들이다. 물론 이것은 내 생각일 뿐이다. 내 손을 떠난 소설은 저잣거리로 팔려 나간 장작과 같다. 그것이 땔감으로 쓰일지 빨랫줄에 널린 광목천을 두드리는 몽둥이, 혹은 궤짝을 지탱하는 받침대, 그도 아니면 탁한 물감으로 뒤발한 채 어느 간이주점의 바람벽으로 쓰일지 나는 정녕 모른다. 그러나 나는 모름으로 또한 족하다. 이 소설집을 내면서 나는 수식을 버렸다. 어떤 수식을 붙이든 그건 독자의 몫이다. 나는 다만 소설집을 낼 따름이다. 소설만이 내 몫이다.

2018년 3월
심 강 우

전망대 혹은 세상의 끝

차례

화우和雨

1

박 관장이 맡기고 간 건 최근에 입수했다는 내방가사內房歌辭였다. 박 관장이 가고 난 뒤 김 교수는 떨떠름한 표정으로 그것을 보았다. 부황 든 사람의 낯빛이 저러랴 싶게 피봉은 누렇게 변색되어 있었다. 그러나 400여 년이 흐른 세월을 감안하면 보전 상태는 그리 나쁜 편이 아니었다. 두루마리 형식으로 잇댄 옥판선지가 물경 열네 장, 세필로 써 내려간 필치는 오종종하면서도 단정했다. 물론 언문으로 멸시 받던 글자였다. 김 교수는 대충 훑으며 넘겼다. 특이하게도 서간체로 일관한다 싶었는데 면밀히 보니 내방가사가 아니라 언간諺簡이라 불리던 내찰內札, 그러니까 편지가 확실했다. 무엇보다 시기가 맞지 않았다. 상사소회류의 내방가사는 영조 이후에 발생했다는 게 정설이다. 박 관장에게 알릴까 하다가 김 교수는 그만두었다. 자존심이 유별난 사람이라는 데 생각이 미쳤다. 창문에 드리워진 커튼이 살랑거리고 있었다. 김 교수는 창문을 닫고 손목시계를 보았다. 3시 강의에 늦지 않으려면 서둘러 점심을 먹어야 했다. 김 교수는 펼쳐진 부분을 문진으로 조심스레 눌러 놓은 뒤 연구실을 나섰다. 붉은 접시꽃이 눈길을 끌었다. 그러고 보니 교정 구석구석 접시꽃이 피어 있었다. 꽃다지나 석잠풀 따위의 자잘한 들꽃을 좋아하는 김 교수의 눈에 접시꽃은 허우대가 툽상한 이방인쯤으로 비쳤다.

평소와 달리 순두부는 맛이 없었다. 딸려 나온 반찬들도 마찬가지였다. 젓가락으로 께적거리다가 결국 공기밥을 반나마 남기고 밖으로 나왔다. 김 교수는 근처 자판기에서 뺀 커피를 들고 벤치에 가 앉았다. 웬일인지 커피 맛도 밍밍했다. 한 여학생이 목례를 하며 지나갔다. 여학생이 멘 두툼한 백팩을 눈으로 좇던 김 교수는 가볍게 한숨을 내쉬며 자세를 고쳐 앉았다. 마음이 심란한 이유가 박 관장이 주고 간 글 때문인지 아내와의 이혼소송 건 때문인지 불분명했다. 아니 어쩌면 둘 다가 이유일지도 몰랐다. 신경선이 약한 탓인지 김 교수는 싫은 일을 하거나 싫은 사람을 대하면 금세 티가 났다. 채근하는 박 관장의 얼굴이 떠올랐다. 그러게 괜한 일을 맡아선. 김 교수는 커피잔을 들여다보며 혀를 찼다. 하지만 이내 고개를 저었다. 그간 박 관장에게 신세진 일을 생각하면 딱히 거절할 방도가 없었다. 설사 거절한다 해도 순순히 물러날 사람도 아니었다.

사하박물관의 관장으로 부임한 지 일 년이 채 안되는 박현식 관장은 의욕이 넘쳤다. 박 관장이 역점을 두고 벌이는 사업은 관내 지역의 사장된 문화재를 발굴, 재조명하는 것이었다. 잘만 하면 박물관 아니, 지역의 품격을 높일 뿐만 아니라 관광객 유치도 기대할 수 있다. 박 관장의 지론이었다. 말 그대로 일석이조지. 그 말도 빠트리지 않았다. 박 관장의 입장에서 고문古文을 해독할 수 있는 국문학자와의 교류는 불가피한 것이었다. 학계에서 명망이 높은 데다 대학동창인 김 교수는 그런 면에서 완벽한 파트너였다. 김 교수 역시 학술논문에 필요한 이런저런 자료를 구할 때 박 관장의 도움이 필요했으므로 굳이 멀리할 이유가 없었다.

이틀 전 박 관장은 사전 연락도 없이 연구실을 방문했다.

"어쩐 일이야, 불쑥!"

"허가받고 와야 해? 교수가 관장보다 높은 직책이야?"

박 관장은 시답잖은 말을 던지곤 껄껄 웃었다. 김 교수가 건넨 찻잔을 손에 든 채 박 관장이 테이블 위에 놓인 봉투를 김 교수 쪽으로 밀었다. 뭐가 들었길래? 눈으로 묻는 김 교수에게 박 관장은 대답 대신 턱짓을 했다. 꺼내서 직접 읽어 보라는 뜻이었다.

김 교수는 마트에서 산 즉석오믈렛을 전자레인지로 데운 뒤 절반을 덜어 접시에 담았다. 그리고 그것을 창가의 탁자로 가져갔다. 거기엔 벌써 와인병과 잔 하나 그리고 노트북과 박 관장에게 받은 봉투가 놓여 있었다. 5층 원룸에서 내려다보는 야경이 제법 그럴싸했다. 와인을 한 잔 더 따르는데 휴대폰 화면이 반짝거렸다. 일주일 후에 보세. 박 관장이 보낸 메시지였다. 판독하는 데 그 정도 시간이면 충분하다고 본 모양이었다. 알아보기 힘든 흘림체인 데다 당시의 습속이 축약된 어휘투성이이라는 점을 감안하면 빠듯한 시간이었다. 김 교수는 봉투를 들었다. 이상하게도 박 관장이 말한 이름에 자꾸만 눈길이 갔다. 잠시 망설이던 김 교수는 봉투에서 문제의 편지를 꺼냈다. 그리고 조심스레 첫장을 펼쳤다.

"윤흥신 장군, 알지?"

종이의 재질과 바탕에 찍힌 문양을 이리저리 살피는 김 교수에게 박 관장이 꺼낸 말이었다.

"임진왜란 때 순절한 다대진첨사 윤흥신 장군 말이야?"

잘 아는군, 하며 박 관장이 고개를 끄덕였다.

"아무래도 그 양반과 관련된 내용인 것 같아. 판독은 어렵지만 군데군데 그 양반 이름이 나와서 말이지……."

박 관장이 차를 한 모금 마신 뒤 말했다. 윤흥신이라…… 김 교수는 한 손으로 턱을 쓰다듬으며 이름을 되뇌었다. 그가 알기로 윤흥신은 임란 초기 육상전투에서 처음으로 왜군에게 패배를 안긴 장군이다. 결코 녹록지 않은 공적임에도 불구하고 오랫동안 사장되어 있던 그를 주목한 이는 경상감사를 지낸 조엄이었다. 조엄이 윤흥신의 증직贈職을 청원한 이래 그의 아들 조진관과 손자 조인영이 힘을 쓴 끝에 마침내 윤공단에 순절비가 세워졌다. 풍양조씨 3대의 조력으로 말미암아 윤흥신은 역사의 전면에 부각되었던 것이다. 그게 사후

200여 년이 지난 시점이고 다대성 안에 있던 제단과 순절비를 다대동 뒷산으로 옮겨온 것은 근자의 일이다.

"윤공단尹公壇에 홍살문도 세우고 해마다 동민들이 제향하고 있질 않나? 게다가 동래부사 송상현, 부산진첨사 정발 장군과 함께 충렬사에 배향된 걸로 아는데."

그 정도면 그의 명예를 기리는 데 손색이 없지 않느냐는 말이었다. 박 관장이 피식 웃었다.

"자네, 통영 동피랑에 있는 동포루東砲樓 알지? 거 왜 이순신 장군이 설치한 통제영 관할에 있는."

김 교수가 눈을 끔벅이자 박 관장이 허리를 펴고 말했다.

"동포루 하나 보자고 관광객들이 그처럼 몰리겠어? 재개발이 예정되었던 낙후 지역이 관광명소가 된 이유가 뭐겠어. 알다시피 소프트웨어야. 사람들의 구미를 당길 만한 스토리란 말이지. 요즘 사람들은 역사적 가치를 확인하는 것만으로는 만족 못 해. 그러니까 상상력을 자극하는 스토리가 접목된 유적지를 선호한다는 말이야."

그러면서 박 관장은 충의나 절의 같은 요소에다 여인네의 숭모의 정을 덧대면 금상첨화가 아니겠냐고 했다. 벽화마을의 사례와 윤 장군의 경우를 대비하는 게 어불성설이다 싶었지만 김 교수는 굳이 토를 달지 않았다.

"그건 그렇다 치고 여인네의 숭모의 정은 또 뭔가, 그런 게 있다 해도 윤 장군과 뭔 상관이 있다고."

김 교수의 말에 그럴 줄 알았다는 듯 박 관장이 씩 웃으며 탁자 위에 놓인 봉투를 가리켰다.

"내방가사라면 대개는 교훈류나 상사별곡 같은 탄식류 아닌가. 이 글을 쓴 여인은, 내가 보기에 기녀妓女야. 피봉 끝의 이름을 보라구. 화우, 꽃비라는 뜻 아니겠어? 딱 보면 알 수 있잖아. 이화우 흩뿌릴 제 울며 잡고 이별한 님……."

김 교수가 대꾸하기도 전에 박 관장이 아퀴를 짓듯 한마디 덧붙였다.

"전란 속에서 꽃핀 사랑. 어때, 세인의 관심을 끌기에 충분하지 않아?"

2

……닷새 후면 나리께서 가신 지 삼 년입니다. 이 말은 제가 상복을 입고 지낸 날들이 하마 석죽 이울 듯 무상히 지나갔다는 뜻이지요. 석죽이라 하였습니다. 기억하시는지요. 이 천한 것을 더불고 처음으로 봄 나들이 갔던 날 홍매화가 만발하였더이다. 참으로 곱습니다. 제가 그렇게 말했던가요. 그러자 나리께서 그렇긴 하다만 화우야, 나는 드문드문 피어난 석죽이 좋더구나. 그리 말씀하셨지요. 내심 놀라긴 했더랬습니다. 이제 막 봄의 문지방을 넘어선 터인데 기미도 없는 하철기 꽃을 이르시다니요. 하긴 석죽의 화관도 홍자색이라, 둘 다 붉은 마음을 머금고 있다는 점이 같긴 합니다만. 그런 제 마음을 읽기라도 한 듯 나리께서 제 어깨를 한 번 쓰다듬으시곤 이렇게 말씀하셨더랬지요. 석

14

죽은 척박한 땅에서도 잘 자라느니. 게다가 성질이 오연해서 작 당하는 법도 없는 게야. 외따로 있어도 소침하지 않고 곧추선 품새가 여간 아니야.

외따로 있어도. 그 말을 한동안 곱씹었습니다. 그 말은 작은북 소리처럼 제 가슴을 다드락거렸답니다. 모르셨겠지요, 나리를 만나고 비로소 제가 허리를 펴고 하늘을 볼 수 있었다는 걸. 그날 이후 누가 저더러 무슨 꽃이 제일 좋으냐고 물을라치면 주저하지 않고 석죽이라 했더이다. 나리의 심중을 헤아리는 건 그리 어렵지 않았습니다. 나리께서 왜 석죽을 운위하셨는지 생각해 보았습니다. 그러니까 나리도 저만큼이나 속이 허우룩했던 게지요. 외로이, 한결같은 자세로 빛깔을 간직하기가 그만큼 힘드셨던 게지요.

휴대폰 벨 소리가 울렸다. 옮겨 쓴 내용을 원본과 대조하고 있던 김 교수는 화면에 뜬 이름을 확인했다. 아내였다. 예상했던 대로 아내는 대뜸 하단동 집 얘기부터 꺼냈다. 돌아가신 어머니에게서 물려받은 집으로 멀지 않은 곳에 을숙도가 있었다. 을숙도와 연계한 테마파크가 조성될 예정이라는 뉴스가 나온 뒤로 부동산 시장이 활기를 띠기 시작했다. 하지만 그의 집은 워낙 낡은 데다 골목 안쪽에 위치해 있어 큰 기대는 하지 않고 있었다. 그러나 아내는 어디서 뭘 듣고 왔는지 지금이야말로 집을 처분할 적기라고 했다. 그러면서 아내는 집을 판 돈으로 카페를 냈으면 좋겠다고 했다. 물론 절반은 당신

몫이야. 아내는 생색내듯 그렇게 말했다. 처분한 돈의 절반이 얼마란 말인지, 그리고 왜 절반만 받아야 하는지 쉬 납득이 가지 않았다. 그러나 김 교수는 그 점에 대해선 한마디도 하지 않았다. 알고 싶지도 않았다. 어머니는 돌아가시기 전까지 그 집에서 살았다. 서른 즈음에 청상과부가 되어 오직 아들 하나만 지키다 간 불쌍한 여인네였다. 김 교수 역시 대학을 졸업할 때까지 거기에서 살았다. 김 교수는 이혼 절차가 마무리되는 대로 집수리를 한 뒤 입주할 생각을 하고 있었다.

"몇 번을 말해야 돼, 난 그 집 팔 생각이 없어."

마당 한켠에 서 있는 감나무를 떠올리며 김 교수는 심상한 어조로 말했다.

"……."

아내가 침묵하고 있다는 건 간신히 화를 참고 있다는 뜻이었다. 수화기에서 한숨 쉬는 소리가 새어나왔다. 외따로 있어도. 김 교수는 펼쳐진 편지를 보며 여인이 한 말을 따라해 보았다. 이상한 일이었다. 소복 차림의 한 여인이 떠올랐다. 어렴풋하게나마 여인의 얼굴 윤곽이 그려졌다. 조그만 입술, 완만하게 호를 그리는 가느다란 눈썹, 순하면서도 영민해 보이는 눈매, 어디선가 많이 본 듯한 얼굴이었다. 재작년에 돌아가신 어머니의 젊었을 적 얼굴인가? 아니면…… 김 교수는 고개를 끄덕였다. 어쩌면 조선시대 여인과 관련한 도록圖錄에서 본 모습일지도 몰랐다. 여인의 얼굴 위로 아내의 얼굴이 겹쳐졌다. 환하게 웃는 표정이었다. 그리고 그 옆의 또 다른 얼굴

역시 환하게 웃고 있었다. 언젠가 보았던 그 남자였다.

"좀 전에 뭐라고 했어, 외따로라고 했어? 무슨……."

아내의 목소리가 높아졌다. 아무것도 아냐. 김 교수는 간단히 무질렀다. 아무튼. 아내는 그 말을 내뱉곤 잠시 뜸을 들였다.

"아무튼 그 집을 팔아야 도장을 찍든지 말든지 할 거야."

김 교수가 뭐라고 하기도 전에 아내는 전화를 끊었다. 늘 그런 식이었다. 결혼 조건보다 이혼 조건이 더 까다롭다는 생각이 들었다. 여섯 번 이혼했다는 엘리자베스 테일러의 이혼 조건이 갑자기 궁금해졌다. 김 교수는 쓴웃음을 지었다. 부부의 일은 부부만이 아는 법. 김 교수는 휴대폰을 창턱에 올리고 다시 편지를 집어 들었다. 그러나 잡념이 들끓어 글이 눈에 들어오지 않았다.

이혼 시 재산분할의 법적 기준이 뭔지는 모르지만 김 교수는 하단동 집 빼곤 몽땅 아내에게 주기로 진즉에 결심한 터였다. 아내와 딸이 살고 있는 아파트의 시세는 인근에 대형 쇼핑몰이 들어선 뒤로 오를 만큼 오른 상태였다. 아파트와 선산에 붙어 있는 서너 마지기 밭을 처분하면 중소형 아파트와 작은 상가 하나 정도는 장만할 수 있을 텐데도 아내는 막무가내였다. 둘이 살기에 집이 크지 않느냐, 집을 좀 줄여서 카페를 차리면 되지 않겠느냐는 김 교수의 말에 아내는 냉소를 지었다.

"가구를 다 버리란 말야? 저 농짝 하나만 해도 이천이야 이천."

김 교수는 할 말이 없었다. 가구를 위한 집이냐는 말이 목구멍까지 올라왔지만 꿀꺽 삼켜 버렸다.

……나리가 주신 나첨함을 닦고 또 닦았습니다. 거멀잡이장석이 테를 두른 바탕에 오밀조밀 자개로 수놓은 학과 매화가 활물인 양 가슴을 파고듭니다. 떠꺼머리 방자 아이가 쳐걸 가져왔을 때 쳐는 하마터면 눈물을 쏟을 뻔했습니다. 내아內衙의 곳간에서 묵새기고 있던 거라고, 무슨 염으로 이걸 수습해 보내라 했는지 나리도 참, 하고 툴툴거리는 방자 아이의 시퉁한 얼굴조차 어찌 그리 살갑게 보이던지요. 살아오면서 빗치개 하나 받아본 적 없는 쳐에게 그건 참으로 과분한 기물이었습니다. 어디 그뿐이었습니까. 방자 아이가 돌아간 뒤 가만히 뚜껑을 연 순간 그예 참았던 울음이 터지고야 말았습니다. 조촐한 바느질함 옆에 놓인 웅근 물건 하나. 그것이 장도粧刀라는 걸 한눈에 알아보았습니다. 오래전 반가의 처자로 있을 땐 상시 패용했던 물건입니다. 기적에 이름을 올린 뒤 몰강스레 던져 버렸더니 이제 와 다시금 갖게 될 줄 어찌 알았겠습니까. 단단한 대추나무로 만든 그것을 쥐고 한동안 앉아 있었답니다. 눈물이 간단없이 흘러내리더이다. 그 물건이 귀해서 운 것이 아닙니다. 쳬게도 아직 지킬 것이 있다 이르시는 나리의 자별한 정이 미쁘고 귀해서 그리 눈물을 쏟은 것이지요. 아실는지요, 그것을 품고 다니는 동안은 대갓집 마님의 삼층장 화각함이 부럽지 않더이다.

김 교수는 알람 소리에 잠이 깼다. 5시였다. 소파에서 미적거리다 내처 잠이 든 모양이었다. 간신히 몸을 일으킨 김 교수는 냉장고에서 생수병을 가져와 벌컥벌컥 들이켰다. 정신이 돌아온 김 교수는 달력을 보았다. 오전에 2시간짜리 교양과목 수업이 있는 날이었다. 그때 탁자 아래에 떨어져 있는 편지 뭉치가 눈에 들어왔다. 와인을 홀짝거리며 읽었던 게 생각났다. 그것을 제자리에 놓은 뒤 노트북을 켜고 파일을 불러냈다. 쓸 때는 몰랐는데 지금 보니 문학적 수사가 과도하다는 느낌이 들었다. 시인이 아니랄까 봐. 비죽거리며 웃는 박 관장의 모습이 떠올랐다. 김 교수가 이십대에 꽤 이름난 문예지를 통해 등단한 걸 안 뒤부터 박 관장은 툭하면 어이 무명 시인, 하며 놀렸다. 등단 이후 발표한 시가 스무 편이 채 안된다고 고백했던 터라 김 교수는 그때마다 사람 참, 하며 웃어넘길 수밖에 없었다. 김 교수는 윤색한 글을 다시 읽어 보았다. 기저에 애상적 정조가 깔려 있었다. 이제 반 남짓 읽은 터에 화우라는 여인을 잘 알고 있는 듯한 이 느낌은 뭐란 말인지. 김 교수는 노트북의 전원을 끄고 욕실로 들어갔다.

3

……반가의 규수였던 제가 기녀가 된 사연을 나리께 고한 건 나리가 32년간 종살이하였다는, 차마 믿기 어려운 이야기를 들려주셨기 때문입니다. 제 말을 끝까지 듣고 난 나리가 그나마 역모 사건이 아니라 다행이라고, 당쟁의 소용돌이에 말려 집안이 풍비박산되는 일이야 항용 겪는 일이지 않느냐 하셨지요. 여하튼 그 정도에 그쳤으니 이렇게 살아 있는 게 아니냐, 살아 있

어 이렇게 우리가 만난 게 아니냐, 씁쓸하게 웃으시며 팽나무 너머 창천을 올려다보셨지요. 그만하면 알괘라, 제가 왜 모르겠습니까. 제에게 하신 그 말씀은 저를 위무하는 말씀이기도 하거니와 나리 자신에게 들려주는 말이기도 하다는 것을요. 무연히 하늘을 보는 나리의 모습을 보고 있자니 나리가 겪었던 참상이 그려져 목이 메더이다. 그러나 또 한편으로는 나리의 말씀처럼 기녀가 되었기에 나리를 뵐 수 있었다 생각하니 제 처지가 차라리 어엿해지더이다. 그나저나 나리가 을사사화 때 멸문지화를 입은 윤임 대감 집안의 자제라는 사실이 너무나 놀라웠습니다. 사실 제 조부가 윤 대감께서 경주부윤으로 계실 때 그 수하에서 녹을 먹었다고 들었습니다. 참으로 소중한 인연이다. 나리는 그리 말씀하시며 제 손을 어루만지셨지요. 오랜 종살이를 겪어서인지 나리는 처음부터 저를 천하다 여기지 않으셨습니다. 어떨 땐 누이를 대하듯 하셨지요. 그 또한 생광스럽긴 하지만 사실은 나리의 여자가 되고 싶었던 게 제 솔직한 심경이었습니다. 하지만 나리는 제 소청을 짐짓 외면하고 딴청을 부리셨지요. 이름이 성이라 했던가요. 마흔둘에 얻은 열 살 난 아들 얘기를 자주 하셨지요. 집안이 화를 입은 뒤 8형제 중에 대를 이을 손이 성, 그 아이뿐이라고 하실 땐 나리의 눈가가 거뭇해지더이다. 이제 와 하는 말이지만 아이와 아이 어미의 장래를 점고하는 일방, 그와 관련한 일이라면 매사 주밀하고 청청하게 처결하는 나리의 모습이 왜 그리 시쁘든지요. 저도 여자인걸요. 그래서 언젠가는 저를 좋아하는 선비가 나리뿐인 줄 아느냐, 뭐 그런 잔망스런 말을 자발없이 내뱉기도 했더랬지요. 그때 나리는 껄껄껄 웃으시며 어디 그런 선비가 있으면 도포 자락 부여잡고 따라가 보려무나. 나도 힘닿는 데까지 도우마, 하고 한술 더 뜨셨지요.

김 교수는 학교 정문께에 있는 정류장에서 다대동 가는 버스를 탔다. 중고등학교 중간고사 기간이라 그런지 자리가 없었다. 손잡이를 잡고 있는데도 몸을 가누기가 힘들었다. 김 교수의 어깨에 부딪힌 여학생이 돌아보며 이맛살을 찌푸렸다. 김 교수와 눈이 마주치자 고개를 홱 돌렸다. 다리와 허리가 부실한 게 확실했다. 그의 주치의는 입만 열면 규칙적인 운동을 들먹였다. 다리와 허리가 튼튼해야 성기능도 회복되는 겁니다. 하지만 병원을 다녀온 뒤에도 김 교수는 산책 수준의 운동으로 일관했다. 발기부전이 뭐 대수랴, 싶었다. 몸이 흔들릴 때마다 맨 뒷자리의 남녀에게로 눈길이 갔다. 대학생들로 보이는 그 커플은 주위의 시선엔 아랑곳없이 서로의 신체를 더듬고 있었다. 키스도 서슴지 않았다. 여자가 남자의 팔을 부둥켜안고 뭐라고 재잘거리고 있었다. 그 정도는 일상화된 풍경인지 김 교수 외에는 아무도 관심을 갖지 않았다. 김 교수는 차창에 시선을 고정했다. 소용없는 일이었다. 남자와 팔짱을 낀 아내의 모습이 차창에 떠다녔다.
아내와 남자를 본 것은 우연이었다. 교수협의회 멤버 몇이 오랜만에 만나 술자리를 가진 날이었다. 자정이 다 되어가는 시각, 막창집에서 나와 택시를 기다리다가 아내를 보았다. 아내는 어떤 남자와 함께 골목으로 들어가고 있었다. 골목 안쪽에는 LED간판들이 어지러이 명멸하고 있었다. 허정거리며 걷던 김 교수는 걸음을 멈추었다. 굳이 뒤를 밟을 필요도 없었다. 두 사람이 들어간 곳은 첫 번째 모텔이었다.

홍살문을 지나 가파른 계단을 올라가자 그리 멀지 않은 곳에 제단이 있었다. 가까이 가 보니 몇 그루 소나무가 순절비를 옹위하고 있었다. 앞면엔 첨사윤공흥신순절비僉使尹公興信殉節碑라고 씌어 있고 뒷면엔 그의 전적이 12행으로 간단히 기록되어 있었다. 김 교수는 천천히 주위를 둘러보았다. 전반적으로 깔끔하고 고즈넉한 분위기였다. 하지만 지나치게 간소하다 싶었다. 다대포 앞바다의 전경이 눈에 들어왔다. 그날의 전율을 떠올리기가 쉽지 않았다. 김 교수의 시선은 오랫동안 바다에 머물렀다. 절체절명의 위기에 당면한 장수의 표정은 어땠을까. 가진 것이라곤 날이 무딘 창검과 겁먹은 군졸들의 눈빛 그리고 미덥지 못한 성곽과 퇴색한 기치. 김 교수는 빗돌을 가만히 쓰다듬었다. 그럼에도 불구하고 당신은 행운이요. 김 교수의 머릿속에 단아한 여인의 모습이 그려지고 있었다. 얼굴은 정확하지 않아도 좋았다. 지고지순한 사랑을 그처럼 온전히 받은 사람이 몇이나 되겠소. 김 교수는 빗돌에 새겨진 이름을 뚫어져라 쳐다보았다. 그날 당신의 무기는 기실 한 여인의 사랑이 불어넣은 느꺼움 같은 게 아니었는지. 김 교수의 입에서 율문의 한 가락처럼 그 말이 흘러나왔다.

귀가한 김 교수는 손만 씻고 곧바로 책상 앞에 앉았다. 이제 이것은 박 관장과 무관한 일이 되어 버렸다. 오랜 세월 묻혀 있던 한 여인의 사연이 그의 손끝에서 풀려 나오고 있었다. 판독하는 데 속도가 붙었다. 대강의 얼개가 드러났다. 이것은 명백한 연서戀書였다. 게다가 임란 당시의 습속과 민심 그리고 시대의 아픔까지 내재되어 있었다. 옮겨진 글의 양이 많아질수록 박 관장이 말한, 예의 구매욕을 불러일으키는 매력적인 '스토리'라는 생각이 들었다. 양반집 규수가 집안의 몰락으로 기녀가 되고 한 사내를 만난다. 당대의 명문가 자제였던 사내는 당쟁으로 인해 집안이 거덜난 뒤 30여 년을 노비로 살다 재기한, 그야말로 파란만장한 삶의 주인공이다. 임진왜란이라는 거대한 역사적 사건을 배경으로 빚어지는 두 남녀의 순애보. 이야말로 드라마나 영화에서 봄 직한 이야기가 아니겠는가. 어느덧 편지는 막바지에 이르렀다.

4

　……무명장삼을 걸치고 머리에는 송낙을 쓴 데다 목탁을 손에 든 승려였습니다. 어찌 제가 믿지 않을 수 있었겠습니까. 돌아가신 어머니가 신심이 깊은 불도신자였습니다. 형형한 눈빛을 한 그 승려는 말을 짧게 끊어 하더이다. 내뱉는 말들이 뭉툭한 장작개비 같았습니다. 오래 수행한 승려들은 원래 입이 무거워서 그렇겠거니 했는데 이제 와 생각하니 우리말이 서툴러서 그랬던 것입니다. 그자는 승려로 변장한 왜군 장교였습니다. 그자는 나

리에 대해 이것저것 많이도 물었습니다. 그게 다 존숭심에서 나온 것이거니 여겼습니다. 그자는 나리를 보기드문 용장으로 들어 알고 있다 하더이다. 인정도 많은 분이지요. 께가 그렇게 덧붙였습니다. 그자가 적국의 첩자인 줄 몰랐던 쩌는 나리의 의기와 충의에 대해 곡진한 말로 잇대어 갔습니다. 그리고 말미에 뵙기를 원하면 다리를 놓아줄 수도 있다고 했습니다. 그랬더니 그자는 빙긋 웃으며 조만간 장군을 뵐 날이 있을 거라고 했습니다. 탁발을 끝낸 그자는 울 밖으로 나서기 전 쩌에게 흰 천 조각을 하나 주더이다. 거기엔 초서체로 흘려쓴 한자가 적혀 있었습니다. 무슨 글이냐고 묻는 쩌에게 그자는 무미불촉無微不燭, 아주 작은 일까지 세세히 살펴서 밝힌다는 뜻이라고 하더이다. 그러면서 이것을 몸에 지니면 크게 길할 것이라 하였습니다. 부적 같은 것이군요. 께 물음에 그자는 말없이 합장을 해 보이곤 돌아섰습니다. 그 천 조각에 적힌 글이 부처님과는 아무런 연도 없는 평범한 경구에 지나지 않는다는 것 역시 나중에야 알게 된 사실입니다. 무식한 쩌를 께대로 기망한 것이지요. 그러나 나리, 그 천 조각을 나리에게 드린 마음엔 추호의 거짓도 없었습니다. 부디 믿어 주시어요. 이것을 몸에 지니는 동안은 그 어떤 잡귀도 나리를 해하지 못하리라. 오직 그 마음뿐이었습니다. 아아, 그때는 정녕 몰랐습니다. 그 한 조각 천이야말로 도검보다 날카로운 발톱이었다는 것을, 그 발톱의 주인이 나리의 목숨을 노리는 야차라는 것을.

아무것도 모르는 나리는 웃으며 첫 조각을 받았습니다. 그리고 나리가 아끼시는 맥궁貊弓의 활고자 언저리에 그것을 묶었습니다. 이처럼 영험한 부적을 달았으니 이제 이 활은 천하무적인 게야. 그렇게 말씀하시며 나리는 맥궁을 번쩍 들어 보이셨지요.

김 교수가 남자 얘기를 꺼내자 아내는 잠시 흠칫하더니 이내 평정을 되찾았다. 그냥, 아는 사람이야. 아내는 심상한 어조로 말했다. 김 교수는 아내의 그런 태도가 마음에 들지 않았다. 사귀는 사람도 아니고, 친하게 지내는 사람도 아닌 그냥 아는 사람이라고? 둘이 모텔에 들어가는 걸 봤다고 김 교수가 정곡을 찌르자 아내는 그제야 고개를 들고 김 교수를 바라보았다. 아내의 눈빛은 매의 발톱처럼 날카로웠다. 김 교수의 눈빛이 흔들렸다.

"그래서? 모텔에서 어떻게 시간을 보냈는지 구체적인 설명을 듣고 싶은 거야?"

김 교수는 그 순간 둘의 관계가 회복불능의 지경에 이르렀다는 것을 깨달았다. 하긴 예견된 일이었다. 우스운 얘기지만 김 교수는 신혼여행을 간 첫날부터 파국이란 단어를 떠올렸었다. 아내와 김 교수는 부딪치는 일이 너무 많았다. 둘의 관점은 극과 극이었다. 그것도 문제였지만 가장 큰 문제는 아내가 둘 사이의 간극을 메우는 데 전혀 관심이 없다는 점이었다. 이러려면 왜 결혼했느냐는 김 교수의 말에 아내는 그 질문을 기다리기라도 했다는 듯 첫사랑에 실패한 뒤 충동적으로 결혼했다는 말을 일고의 망설임도 없이 내뱉었다.

의사는 심인성 발기부전이라는 말도 했다. 그렇다면 심리적 영향을 끼치는 대상만 피하면 성기능도 회복될 터였다. 그러나 김 교수는 그것을 확인하기 위해 다른 여자와 관계하고 싶지는 않았다.

오후에 박 관장이 전화를 했다. 안부전화라고 했지만 실은 편지건 때문이었다. 두어 장 남았는데 아직 이렇다 할 만한 게 없다는 김 교수의 말에 박 관장은 적이 실망한 눈치였다. 전화를 끊기 전 김 교수는 문득 생각났다는 듯 편지를 발굴한 곳이 어디냐고 물었다.

"거 왜 있잖아, 유아교육진흥원이라고, 사하구에 있는. 윤흥신 장군이 순절한 곳이 거기지, 다대객관 동쪽. 거기 있던 윤공단을 지금 있는 곳으로 옮겼잖아. 장군이 순절한 곳이 대략 놀이공원 체험학습장 일대인데 거기 시설보수공사를 하다 발견한 모양이야. 내가 말하지 않았던가? 나무로 만든 자그마한 궤 안에 들어 있었나 봐. 기름종이로 싸서 단단히 여민 데다 옻칠을 한 궤 안에 넣은 덕분에 무사했던 거지. 그리고 궤 안에서 장도粧刀도 하나 나왔는데 지금 박물관 담당직원이 약품처리 중이야. 관심 있으면 나중에 와서 보라고."

김 교수는 그 궤가 편지에 나왔던 나전함이라는 걸 알았다.

5

……왜군이 부산진성을 함락하고 다대진을 향해 물밀듯 쳐들어가고 있다는 소식에 털썩 주저앉고 말았습니다. 나라. 저는 염불을 하듯 그 한마디를 외고 또 외웠습니다. 첫날 우리 군사가

왜구를 물리쳤다는 낭보에 덩실덩실 춤을 추었습니다. 하지만 다음날 끝내 성이 함락되고 성 안에 있던 목숨이란 목숨은 하나 남김없이 도륙되었다는 비보가 전해졌습니다. 비보를 전해 온 이는 전에 나리의 심부름으로 나전함을 짊어지고 왔던 방자 아이였습니다. 어떻게 목숨을 건질 수 있었느냐는 물음에 그 아이는 꺼억꺼억 소리 내어 울기만 하더이다. 제가 건넨 물 한 대접을 마신 뒤에야 정신을 수습한 아이가 말하길 살아남아서 전황을 정확히 전해야 한다며 나리께서 몸을 숨기라 엄히 명령했다는 것입니다. 다행히 왜군이 시커먼 검댕이 묻은 굴뚝 안을 보지 않아 목숨을 건진 아이는 그날 밤, 왜병들이 술판을 벌이고 있을 때 천행으로 빠져나왔다고 했습니다. 나리는 마지막 순간까지 왜군과 대적하다 흥게 아우님과 함께 무수한 칼날에 찍혀 돌아가셨소. 아이는 그 말을 내뱉곤 다시 흐느끼기 시작했습니다.

아이가 굴뚝의 방연구放煙口를 통해 본 바, 왜병들은 나리가 조선의 장수인 걸 알았던지 처음부터 나리를 집중 공격했습니다. 한 가지 이상한 건 나리를 포위한 왜병들 중 하나가 나리에게 조선말로 무슨 말인가를 건네더라는 것입니다. 왜병이 뭐라고 말을 할 때마다 나리의 음성이 높아졌다지요. 이윽고 그 왜병이 손을 치켜들자 에워싸고 있던 수명의 왜병들이 군무를 하듯 칼을 휘둘렀다 했습니다. 그길로 자진하리라 결심했던 저는 방자 아이의 말을 듣고 마음을 바꿨습니다.

다음날, 그때까지 목숨을 부지하고 있던 기녀들이 왜군 막사에 끌려갔습니다. 저 역시 예외가 될 수 없었지요. 왜장들의 술시중을 들게 하더이다. 예상했던 대로 닷포 전에 봤던 승려 아니, 그 왜장도 그 자리에 있었습니다. 왜장은 굵은 눈썹을 꿈틀거리며 저를 쏘아보았을 뿐 말을 붙이지는 않았습니다. 마침내 제 순번이 왔을 때 저는 술잔을 올리는 척하다가 품에서 꺼낸 장도粧刀로 그 왜장의 목을 힘껏 찔렀습니다. 그러나 칼날이 닿기도 전에 왜장이 술잔으로 제 손목을 쳐 장도를 떨어뜨렸습니다. 근처에 있던 왜병 하나가 칼을 뽑아 저를 치려 하자 왜장이 손을 들어 께지했습니다. 왜장이 저를 데리고 막사 밖으로 나왔습니다. 제 얼굴을 묵묵히 바라보던 왜장이 이윽고 입을 열었습니다. 얼마 전 내가 승복을 입고 너를 찾아갔을 때 너는 진심으로 나를 환대해 주었다. 굳이 불을 피워 찬밥을 데워 준 너의 인정에 내 마음이 크게 움직였다. 그런고로 네가 그토록 존숭해 마지않던 조선 장수의 목숨을 살려 줄 요량으로 의사를 물었던바, 그 장수는 되레 나를 꾸짖었다. 쉽게 찾을 수 있었다. 그 장수, 내가 준 천 조각을 활채에 묶었더구나. 각고恪固! 그 용맹과 충의를 봐서는 살려 주고 싶었지만 한편으로 생각하면 그런 장수를 살려 줘서 우리 군사에 결코 득이 되지 않을 터, 아닌 게 아니라 그 장수는 일당백이었다. 그가 쏜 편전이라든가 아기살이라든가 아무튼 그 맵찬 화살에 죽어나간 우리 병사가 오십이 넘는다. 하여, 죽일 수밖에 없었느니라. 알아들었느냐? 대신, 오늘

너는 살려 주마. 조선 장수의 시신을 내어줄 테니 장사를 지내 주어라. 이로써 그날 너에게 진 빚을 갚았다.

김 교수는 잠시 손을 멈추었다. 그리고 냉장고에서 캔맥주를 가져와 들이켰다. 다소 가슴이 진정되었다. 한 캔을 더 마신 뒤 김 교수는 박 관장에게 전화를 했다. 어때, 뭐 좀 건졌어? 박 관장은 전화를 받자마자 재우쳐 물었다.

"아냐, 별거 없었네. 자네 말대로 기녀가 맞아. 근데 흔히 보는 신세타령이더군. 윤흥신 장군 이름이 나온 건 그냥 윤 장군처럼 선정을 베푸는 목민관이 있었더라면 부모도 동생들도 그처럼 허무하게 죽지 않았을 거라는…… 뭐, 빤한 얘기들이야."

"그런 넋두리 하자고 그만큼이나 써댔대? 얼굴이 워낙 안 팔린 기녀였던 모양이군. 그런 걸로 소일했다니……."

박 관장은 김 교수의 말을 액면 그대로 믿는 눈치였다. 하긴 믿지 않을 이유도 없었다. 지금껏 김 교수는 공적인 일에 관한 한 허튼소리를 한 적이 없었다. 편지 뭉치는 어떻게 할까. 김 교수는 부러 덤덤하게 말했다.

"그렇고 그런 넋두리가 담긴 편지글을 엇따가 써먹어. 그냥 자네가 가지든지 버리든지 맘대로 하게."

통화를 끝낸 뒤 김 교수는 마지막 페이지를 펼쳤다.

……사월 초파일, 풍경 소리가 은은하게 울리던 이른 아침이었

습니다. 한눈에 알아보았습니다. 다대진에서 가장 가까운 사찰이어서 찾아온 것일까요. 아무려나 하고많은 사찰을 두고 제가 있는 곳을 찾은 것도 인연이겠지요. 업보라 한들 또 어쩌겠습니까.

사내아이의 손을 잡고 절마당에 들어선 아낙을 본 순간, 숨을 쉴 수가 없었습니다. 어미의 손에 이끌려 타박타박 걷는 아이를 뚫어져라 보았습니다. 다소 완고해 보이는 턱선과 기름한 콧날, 그리고 반듯한 이마는 영락없는 나리의 모습이었습니다. 아낙은 제 앞에서 합장을 하더니 등을 하나 달고 싶다고 했습니다. 제가 행자라는 사실을 말하지 않았습니다. 제가 종무소에서 가져온 화선지에다 아낙이 조심스레 이름 석 자를 썼습니다. 윤흥신. 가슴 깊은 곳에서 거짓말처럼 한 송이 연화蓮花가 피어나더이다. 제 눈과 마주친 아이가 싱긋 웃었습니다. 저도 모르게 덥석, 아이의 손을 잡았지요. 법당으로 향하던 아낙이 문득 걸음을 멈추더니 저를 돌아보았습니다. 제 얼굴을 이윽하게 바라보던 아낙이 한마디했지요. 뭐라고 한 줄 아시겠습니까? 놀라지 마시어요.

스님, 눈매가 참 곱소.

기억나십니까. 언젠가 제가 올린 탁배기 한 잔을 단숨에 비우고 난 나리가 저를 보며 그리 말씀하셨지요.

화우야, 눈매가 참 곱구나.

─중략

……그리하였던 것입니다. 언젠가 나리가 그러셨지요. 글을

몰라서 진천현감을 하다 파직된 일이 있노라고. 그러나 이 글은 읽어 내시리라 믿습니다. 저 같은 미욱한 행자도 읽고 쓰는 글인걸요. 나리, 원수의 더러운 묵자墨字로 나리의 혼을, 아니 나리의 분신을 더럽힌 저를 부디 용서해 주셔요. 오늘 저는 그간 써서 묵혀 둔 것에다 두어 장 덧붙인 서찰을 나전함에 넣어 나리가 가신 곳에 묻으려 합니다. 불문에 귀의한 자가 그런 물건을 여태 지녀온 것도 모자라 속인들의 행태를 답습하는 걸 석존께서 아신다면 불벼락을 내리실지도 모르겠습니다. 어쩌겠습니까. 그렇다 해도 달게 받을 수밖에요. 나리, 함께 죽지 못한 이 천한 것을 그만 잊어 주셔요. 저 또한 이 일을 끝낸 연후엔 속계를 잊고 불도를 닦으며 여생을 보낼 생각입니다. 그렇게 되도록 도와주셔요. 和雨.

뜻밖에도 이름은 한자로 적혀 있었다. 반가班家 출신임을 짐작게 하는 대목이었다. 아마 무의식적으로 적었을 것이다. 예상과는 달리 이름 첫자는 꽃화가 아니라 화할화였다. 어디든 깃드는 성질을 가진 비와의 조합. 화우. 이름을 되뇌어 보았다. 그리고 눈을 감았다. 여운이 길었다.

다음날 김 교수는 동트지 않은 새벽에 윤공단으로 갔다. 도로를 질주하는 차량이 간간이 눈에 띌 뿐 사람은 보이지 않았다. 눈앞의 비석이 문화재라는 사실이 떠올랐다. 비난을 받을 수 있는 행위였다. 잠시 망설이던 김 교수는 가방에서 편지 뭉치를 꺼냈다. 그리고 비석 맞은편에서 불을 댕겼다. 빛바랜 선지는 순식간에 타올랐다. 바람 한줄기가 건너왔다. 거뭇한 재가 비석 주위로 난분분 흩날렸다. 소지燒紙. 갑자기 그 말이 떠올랐다. 저 재는 공중을 떠돌다 인연 닿는 곳에 내려앉을 것이다. 비를 만나면 화초의 자양분이 되거나 땅속 깊이 스며들겠지.

계단을 내려오다 휴대폰에 찍힌 메시지를 보았다. 아내였다. 날짜를 보니 간밤에 보낸 것이었다. 아니나 다를까 이번에도 하단동 집과 관련된 내용이었다. 김 교수는 잠시 걸음을 멈추고 답장을 썼다.

─불필요한 가구 다 팔고 집을 줄이면 해결될 문제야. 내가 하단동 집을 팔지 않는 건 그 집에 담겨 있는, 돈으로 살 수 없는 가치 때문이야. 내 말대로 한다면 때깔 고운 나전함 하나 선물하지.

전망대 혹은 세상의 끝

29일째 되는 날

구름은 걷히지 않고 구조대는 보이지 않는다. 구조. 그것은 이제 자위自慰란 단어로 대체해야 할지도 모르겠다. 푸수수 먼지덩이가 떨어지는 것 같다. 200미터 정도 떨어진 곳에 있는 Y은행 본점 건물이다. 40층 규모의 그 건물은 13개 층을 빼곤 죄다 물에 잠겼다. 남은 13개 층 중 두어 개 층도 잠겼다 말았다 하는 형국이다. 어쨌거나 저건 엄연히 사람들이다. 떨어지는 모습만으로는 생사를 알 수 없다. 살아 있는 사람일 경우 저것은 죽고자 하는 행위일 수도, 용기 있는 탈출 행위일 수도 있다. 그런데 내 앞에 있는 여자는 진즉에 전자로 단정한 눈치다. 기의와 기표는 자의적 관계라는 구조주의 언어학의 명제가 빛을 발하는 순간이다. 나는 슬며시 고개를 돌린다. 갑자기 여자가 비명을 지른다. 창문 밖으로 사람의 형체가 지나갔다는 것이다. 이 건물이라고 예외는 아니다. 여태도 저러는 걸 보면 꽤나 심약한 여자다. 나는 창밖으로 머리를 내밀고 아래를 내려다본다. 아직은 형체가 온전한 사람들이 물에 둥둥 떠다닌다. 내 입에서 바람 빠지는 소리가 새어 나온다.

"좀 더 기다려 보지……."

여자의 목소리가 갈라져 나온다. 여자의 악력에 패트병이 우그러진다. 나는 여자와 패트병을 번갈아 본다. 여자가 고개를 든다. 나는 여자의 시선을 피한다. 여자가 저기요, 하며 입을 뗀다. 그때 어디선가 날카로운 파열음이 들린다. 나는 위를 올려다본다. 근래 들어 심심찮게 들리는 소리다. 아무래도 총소리 같다. 그러나 아무도 그 문제를 입에 올리지 않는다. 나는 여자를 본다. 그새 여자의 시선은 다른 데 가 있다.

"밑에, 그러니까 수면 가까이 잠수함이 대기하고 있는 건 아닐까요?"

인턴의 말에 장로가 헛기침을 한다. 나는 고개를 끄덕인다. 잠수함이라는 말이 갖는 내재적 의미에 생각이 미친 때문이다. 단어의 의미는 규칙이 아닌 언어게임의 배경에 기인한다고 말한 이는 비트겐슈타인이다. 지금의 사태를 게임으로 간주한다면 잠수함을 구원의 동아줄로 대체해도 무방할 터이다. 비트겐슈타인이 떠오르자 연상작용으로 그가 주창한 복합명제의 진리표가 떠오른다. 요소명제, 그러니까 재난이 발생했다, 세상은 물에 잠겼다, 그리고 사람들이 빠져 죽었다, 잠수함이 나타났다, 사람들은 구조되었다와 같은 것들을 'p이고 q이다' 형식에 섞바꿔 대입해 본다. 당연히 참이 나오지 않는다. 확인할 길이 없는 잠수함이 문제다. 하지만 뭐 상관없다. 어차피 거짓이라는 걸 알고 있기 때문이다.

"이럴 줄 알았으면……."
인턴이 버릇처럼 주먹 쥔 손을 턱에 댄다.
"P시에서 보습학원 강사나 할 건데 말예요."
"아직 문제의 본질을 모르나 본데……."
장로다. 물에 잠긴 도시에서 눈을 떼지 않고 말한다. 여자가 무슨 말이냐고 눈으로 묻는다. 다소 둔감한 인턴과 달리 여자는 상당히 민감한 편이다. 둔감과 민감 중 어느 쪽이 생존에 유리할까. 잠깐 그런 생각을 한 것도 같다. 나는 그냥 어깨를 으쓱하는 걸로 대답을 대신한다. 정규직 전환을 목전에 두고 있었다는 인턴은 툭하면 뭔가에 속은 기분이라며 주먹 쥔 손으로 턱을 문지른다. 〈스카이빌딩〉에 온 건 프레젠테이션 때문이라고 했다. 빠뜨린 게 있어 사무실에 다녀오던 길이었다며 아무튼 여기만 오지 않았어도 이런 일을 겪지 않았을 거란다. 나는 그때마다 그의 얼굴을 살핀다. 좌절감에 빠진 자들이 항용 가지는 기표를 읽기 위해서다. 어떨 땐 고개를 주억거리기도 한다. 광고주의 일정에 맞춰 밤 9시에 부득불 올라왔으니 그런 생각을 할 수도 있겠지. 하지만 끝에 가서는 고개를 젓는다. P시는 물론 모든 도시가 아니, 국경을 가진 모든 나라가 물에 잠겼을 개연성이 크다.

"어머, 저길 보세요."

여자가 가리킨 곳으로 모두의 시선이 쏠린다. 은행본점에서 왼쪽 방향에 있는 건물이다. 여기보다 훨씬 아래쪽이다. 물에 잠긴 건물의 한쪽에서 직사각형의 물체가 쓸려 나온다. 그 위에서 움직임을 보이는 건 사람들이다. 셋 같기도 하고 넷 같기도 하다.

"뗏목이군, 이것저것 달아서 만든."

금이 간 유리창에 바짝 붙어 있던 장로가 혀를 찬다.

"어리석은 자들이야. 하나님의 역사를 전혀 이해하지 못하고 있어."

우리는 숨을 죽이고 뗏목의 움직임을 좇는다. 물결에 이리저리 흔들리면서도 뗏목은 용케 앞으로 나아간다. 그럭저럭 방향을 잡고 나아가던 그것은 그러나 어느 순간 왁살스런 파도에 맥없이 뒤집힌다. 여자가 두 손으로 입을 막는다. 자세히 보니 파도는 커다란 부유물을 품고 있다. 건축물의 잔해로 보이는 그것은 파도의 힘을 업고 뗏목을 짓찧는다. 뭐라도 잡으려고 안간힘을 쓰던 사람들이 하나 둘 물에 잠긴다. 나는 양손을 주머니에 찌르고 출입구 쪽으로 간다. 세 사람의 시선은 여전히 한곳에 꽂혀 있다. 하나님 아버지, 그렇게 시작된 장로의 기도는 언제나처럼 아멘으로 끝난다. 그 소리가 마치 유행가의 후렴구처럼 들린다. 손으로 턱을 감싼 채 망연히 서 있던 인턴이 몸을 돌린다. 기침을 몇 번 하고 난 장로가 입술을 훔치곤 내 곁으로 온다.

"장 교수, 저걸 보니 무슨 생각이 들어요?"

내가 말이 없자 장로는 입꼬리를 올린다. 나는 장로의 의도를 안다. 그가 말하고 싶은 건 이쯤에서 종교에 귀의하는 게 어떠냐는 거다. "장 교수." 장로가 다시 부른다.

"죄송한데요, 전 교수가 아니라 시간강사입니다."

말하고 나서야 괜한 말을 했다는 생각이 든다. 사실 대수롭지 않은 문제다. 이 시점에서 교수면 어떻고 시간강사면 또 어떤가. 게다가 애초에 B대학에서 언어학을 가르치고 있다면서 교수연한 것도 나 자신이었다. 흐음. 장로의 입이 실쭉해진다. 그의 입에서 종말이니 불벼락이니 하는 말이 나오기 전에 나는 서둘러 자리를 옮긴다. 상단이 반투명유리로 된 파티션 안에는 사무용 책상과 의자가 있다. 여직원의 자리였던 듯 아기자기한 액세서리와 머리핀 파우치 등속이 눈에 띈다. 벽에는 행사일정표와 이런저런 쪽지가 붙어 있다. 나는 왼편에 서 있는 스탠드액자를 본다. 가족사진이다. 모두 여섯인데 하나같이 환하게 웃는 모습이다. 여직원은 어디 갔을까. 흘깃 입구를 본다. 금방이라도 여직원이 슬리퍼를 끌며 들어설 것 같다. 모니터 화면은 까맣게 죽어 있다. 나는 의자를 당겨 앉는다. 또 뭔가 무너지는지 둔탁한 굉음이 들렸지만 신경쓰지 않는다. 컴퓨터에 연결된 전원 스위치를 눌러 본다. 아무런 반응이 없다. 불가항력이란 단어가 떠오른다. 몸을 일으켜 주위를 둘러본다. 나머지 세 사람도 어디로 들어가 앉았는지 보이지 않는다. 넓은 사무실이 휑하다. 다들 점심 먹으러 나갔나. 어이없게도 그 말이 내 입에서 나온다.

첫날

패스트푸드점에 들렀다 오는 길이었다. 로비 게시판에 행사를 알리는 포스트가 붙어 있었다. 구조주의의 대가들인 소쉬르, 레비 스트로스, 들뢰즈 등의 사진과 함께 큼지막한 고딕체 글자가 눈길을 끌었다.

〈공시적 언어구조의 적격성과 관계적 측면에서의 심리언어의 고찰〉

다소 산만해 보이는 제목이었다. 나는 심포지엄 장소가 50층이라는 걸 확인한 뒤 시계를 보았다. 한 시간가량 여유가 있었다. 점심시간이라 그런지 로비는 비교적 한산했다. 안내도에서 전망대를 찾았다. 55층이었다. 그곳에서 시간을 보내다 내려갈 생각이었다. 햄버거와 커피를 담은 봉지를 들고 엘리베이터를 탔다. 밖으로 돌출된 부위가 유리로 된 원통형 엘리베이터였다. 탑승인원은 나를 포함하여 모두 네 명이었다. 계기판 위의 설명서엔 적정인원이 18명이라고 적혀 있었다. 먹구름이 잔뜩 낀 날씨에 어울리지 않게 경쾌한 피아노곡이 흐르고 있었다. 최첨단 건물의 위용을 과시하듯 엘리베이터의 내부는 화려하면서도 안락했다. 쾌속으로 상승하던 엘리베이터가 멈춘 건 41에 불이 들어왔을 때였다. 덜컹, 하는 소리와 함께 엘리베이터는 크게 한번 요동친 뒤 멈췄다. 나는 넘어진 노인을 부축해 일으킨 뒤 벽에 등을 기댔다. 엉거주춤 서 있던 여자가 내게 무슨 말을 했지만 알아들을 수 없었다. 가장자리에 부착된 손잡이를 움켜쥔 여자는 사색이 되어 있었다.

"뭐, 정전이겠죠. 걱정 마세요. 금방 사람이 올 테니."

왜 그런 말을 했을까. 나는 씩 웃어 보이는 여유를 부리기까지 했다.

"어, 저, 저……."

젊은 사내가 말을 잇지 못했다. 그가 인턴이었다.

"뭔데 그래요?"

그의 시선을 좇던 나 역시 할 말을 잊었다. 그건 영화에서나 보던 광경이었다. 거대한 물결이 도시를 삼키고 있었다. 착시였을까, 건너편 산의 뭉긋한 등성이가 신기루처럼 흔들리고 있었다. 물결은 채 일분도 안되어 스카이빌딩에 다다랐다.

"해일이군."

입을 연 건 정장 차림의 백발노인이었다. 나중에 H교회의 장로라고 자신을 소개한 그는 영성회복집회 참석차 왔다고 했다. 예견한 사태라는 듯 장로는 믿기지 않을 정도로 침착했다. 인턴이 상기된 얼굴로 핸드폰을 꺼냈다. 불통이에요. 침묵이 이어졌다.

"우, 우리, 이제 어, 어떡해요?"

여자가 더듬거리며 말했다. 우리? 그 말을 듣는 순간 엘리베이터가 견고한 성곽처럼 느껴졌다. 아닌 게 아니라 그 말은 전혀 무관했던 네 사람을 일시에 결속시키는 효과가 있었다. 나는 심포지엄의 제목을 상기했다.

엘리베이터에서 내려다본 지상은 지극히 비현실적이었다. 컴퓨터 그래픽이 과도하게 적용된 B급영화의 한 장면을 보는 듯했다. 둘 중 하나였다. 잠기거나 잠기지 않거나. 아직 잠기지 않은 것들은 저들끼리 부딪치고 부서졌다. 거리가 먼 데다 방음까지 완벽해서인지 소리는 들리지 않았다. 엘리베이터가 기우뚱거렸다. 다들 벽에 바짝붙어 선 채 눈알을 굴렸다. 내진설계 특등급이 적용된 건물이라고했는데…… 인턴이 중얼거렸다. 그때 내 바지주머니에서 알람소리가 울렸다. 핸드폰을 꺼내 정지버튼을 눌렀다. 여자와 노인이 힘없이 주저앉았다. 나는 출입문에 귀를 대 보았다. 정체불명의 소리가간헐적으로 이어졌다.

"벌써 한 시간이 지났어요."

여자의 말이 끝나기 무섭게 인턴이 자리에서 일어나 천장을 올려다보았다.

"천장으로 나가시게요?"

"영화에서나 그러는 거예요. 최신형 엘리베이터는 외부에서만 개구부를 열 수 있어요."

그는 내게 같이 문을 열자고 했다. 천장에서 이상한 소리가 들렸다.

"아무도 오지 않을 거라는 거, 아시잖아요."

머뭇거리는 나에게 밖을 가리켰다. 장로가 시뜻한 표정으로 우리를 바라보았다.

"강제로 열면 급발진할 우려가 있다지만 전원이 꺼졌으니 괜찮을거예요."

"저도 도울게요."

여자가 나서는 걸 인턴이 말렸다. 둘이 해도 충분하다고 했다.

"시에프(CF)를 찍을 때 엘리베이터를 정지시켜야 할 상황이 많거든요. 엘리베이터 기술자한테서 이것저것 주워들은 거예요. 근데 왜 이제야 생각났는지 몰라."

묻지도 않은 말을 하고 난 인턴이 문이 맞닿은 부분에 손가락을 넣었다. 나는 반대쪽 문을 맡았다. 인턴과 내가 한쪽씩 잡고 힘을 주자 생각보다 쉽게 문이 열렸다. 엘리베이터 바닥이 하차 지점에서 일 미터 정도 내려간 곳에 위치해 있었지만 빠져나가는 덴 문제가 없었다. 엘리베이터에서 나와 맞은편 사무실로 들어간 우리는 정수기부터 찾았다. 정신없이 물을 마신 뒤 창밖을 보았다. 온 사방이 물이었다.

35일째 되는 날

먹을 게 거의 다 떨어졌다. 남은 거라곤 탈의실의 사물함에서 가져온 비스킷 몇 봉지뿐이다. 다용도실과 책상서랍은 물론 화장실까지 샅샅이 뒤졌지만 허탕이었다. 다른 층 사람들의 도움을 기대할 수도 없다. 첫날, 갈증을 해소한 우리는 서둘러 계단을 올라갔었다. 그러나 위층으로 진입할 수가 없었다. 철제문이 앞을 가로막고 있었다. 방화문이었다. 중앙통로는 물론 반대편 층계참도 마찬가지였다. 모든 통로가 폐쇄되어 있었다. 고립되었다는 걸 확인한 순간 공포가 엄습했다. 이전과는 성격이 다른 공포였다. 나와 인턴과 여자의 표정이 비슷했는데 이상하게도 장로는 우리와 달랐다. 그의 얼굴엔 뭐랄까, 칼날의 녹을 벗겼을 때 드러난 무뎌진 번득임 같은 게 있었다.

"일부러 닫은 게 아닐까요. 그런다고 피할 수 있는 것도 아닌데."

여자가 계단으로 이어진 통로를 바라보며 혼잣말처럼 중얼거린다. 여자의 손에는 우그러진 패트병이 들려 있다. 컵으로 한 잔이 될까 말까 한 물이 담겨 있다. 사무실 한쪽 벽이 새삼 눈길을 끈다. 수거해 온 정수기들이 바닥을 드러낸 채 쌓여 있다. 18리터 생수통 한 개가 남았는데 그마저도 반이 비었다.

"올라가 봅시다. 위에는 카페와 뷔페식당도 있으니 좀 낫지 않겠어요?"

인턴의 말이다. 여자가 고개를 끄덕인다.

"부질없는 짓. 아직도 모르겠소? 이건 인간의 힘으로는 어쩔 수 없는 일이요."

장로가 힐난조로 말하자 여자가 발끈한다.

"그럼, 이대로 가만히 앉아서 죽잔 말이에요? 물이 37층까지 올라왔어요. 가서 확인해 보시라구요."

혀를 차던 장로가 손가락으로 창밖을 가리킨다.

"저게 뭐라고 생각하시오?"

아무도 대답하지 않는다. 장로는 그럴 줄 알았다는 듯 코웃음을 치고는 창가로 걸어가 창을 두드린다.

"저건 심판의 표식이요. 하나님의 뜻이 현현한 거지. 그 옛날 노아를 증인으로 세우시고 40일간 밤낮을 가리지 않고 비를 내리신 당신께서 인간들의 죄를 씻어 낼 요량으로 오늘 다시 한 번 역사하신 게요. 생각해 보시오. 그간 인간들이 얼마나 많은 죄를 지었는가를. 돈과 권력을 차지하겠다고, 영토를 넓히겠다고, 이데올로기니 뭐니 하는 허깨비 같은 우상을 두고 벌인 다툼으로 얼마나 많은 피를 흘렸소. 그 피의 양이 저 물보다 적다고 할 수 없을 게요. 어디 그뿐인가, 천륜을 거스르는 건 다반사고 심지어 간음조차 사랑으로 미화되는 세상이 되었소. 여긴 21세기의 소돔과 고모라요. 어때 내 말이 틀렸소?"

장로의 시선이 여자에게로 향한다. 장로의 얼굴에 혐오감이 배어난다. 여자가 해진 치마를 당겨 허벅지를 가린다. 장로는 내친김에 할 말을 다해야겠다는 듯 주저리주저리 말을 이어간다. 세 사람 중 누구도 그 말에 토를 달거나 이의를 제기하지 않는다. 다들 지친 표정이다. 장로가 말한 표식이란 말이 소쉬르가 언급한 기표記表와 닮았다는 생각이 언뜻 스친다. 그렇다면 도시를 집어삼킨 저것은 신神의 기호인 셈이다. 장로는 자꾸만 소돔과 고모라를 들먹인다. 여기 남은 사람들은 그럼 롯의 후손이겠군. 나는 돌아서며 실없는 소리를 내뱉는다.

인턴이 앞장서겠다고 했다. 나는 별말 없이 뒤를 따른다. 엘리베이터 승강구는 생각했던 것보다 훨씬 어둡다. 떨어지면 끝장이다. 나는 인턴과 한 발짝 정도 거리를 유지한 채 조심스레 사다리를 밟고 올라간다. 통로로 머리를 들이민 여자가 조심하라는 말을 되풀이한다. 여자는 같이 가자는 말에 올라간다고 뾰족한 수가 있겠느냐며 고개를 저었다. "그냥 여기서 기다릴게요." 여자가 나직이 말했다. 간밤에 여자는 폐쇄공포증이 있다고 고백했다. 깜깜한 곳에서는 증세가 심해진다고도 했다. 심지어 옷도 여러 벌 껴입거나 치렁치렁한 건 싫다는 말에 여자가 다이어트 관리사란 사실이 생각났다. 자신의 약점이 직업 결정에 영향력을 행사하기도 하죠. 여자는 자신의 몸을 훑어보는 나에게 짧은 치마를 가리키며 쿡, 웃었다. 그것도 범주화할 수 있는 말이다 싶어 고개를 끄덕였다. 그런 얘기를 나눈 뒤부터 여자는 내게 무람없이 굴었다. 나는 보이지 않을 것임을 알면서도 아래를 향해 손을 흔든다.

42층, 43층, 44층, 45층, 46층, 47층, 48층을 지났다. 인턴이 동작을 멈춘 건 49층에 이르렀을 때. 인턴은 고개를 들고 뭔가를 확인하더니 곧바로 통로와 연결된 디딤대로 건너간다.

"뷔페식당은 53층 아냐? 카페는 54층이고."

내 말에 대답은 않고 안쪽을 가리킨다.

"문이 열려 있어요."

나는 고개를 빼고 안쪽을 기웃거린다. 여기선 보이지 않는데. 인턴은 내 말을 못 들었는지 곧장 통로로 나간다. 나는 서둘러 그를 따라간다. 우리는 가까운 사무실로 들어간다. 완전히 파손된 슬라이딩 자동문의 파편이 바닥에 뒹굴고 있다. 천천히 걸음을 옮기던 인턴이 후, 하고 숨을 내쉬며 걸음을 멈춘다. 나도 걸음을 멈춘다. 우리의 시선은 창문 쪽에서 얽힌다. 허리가 푹 꺾인 시신 한 구가 창틀에 걸쳐져 있다. 오가리 든 수숫대 같다. 시신의 복부에 박힌 유리조각을 살피던 나는 침을 삼킨다. 위에서 떨어진 뭔가에 부딪쳐 목이 부러졌는지 바람이 불 때마다 머리가 창을 두드린다. 여자 같은데요. 한

참만에 인턴이 입을 연다. 나이가 꽤 되어 보이는군. 흰머리가 바람에 마구 날리는 모습을 보며 내가 덧붙인다. 시신을 수습할 엄두가 나지 않는다.

"이걸 딛고 창문을 넘으려다 힘에 부쳐 고꾸라진 모양이에요."

인턴이 창틀 아래에 놓인 의자를 가리킨다. 나는 죽은 여자의 머리칼을 다시 살핀다. 희망이라고 불리는 감정처럼 염색성분 역시 서서히 바래고 날아갔을 터이다. 죽음과 삶의 양태로 어쨌거나 여자와 나는 관계라는 걸 맺은 셈이다. 그 관계가 어떤 의미로 발현될지는 아무도 모른다. 우리는 복도에 면한 사무실들을 차례로 훑어간다. 휑뎅그렁하고 귀살쩍은, 대체로 엇비슷한 풍경이다. 아직 생존자는 보이지 않는다. 그때까지 발견한 시신은 모두 세 구다.

"대부분 식사하러 갔을 테고 남아 있던 사람들은 그나마 생존에 유리한 위쪽으로 대피했을 거예요."

이미 알고 있는 얘기를 또다시 하는 건 인턴 역시 위쪽에 대한 기대를 저버리지 않고 있다는 뜻이다. 사무실 한쪽에 있는 별실을 둘러보고 있는데 통로에서 이상한 소리가 들린다. 나가 보니 인턴이 엉거주춤 선 자세로 토하고 있다. 먹은 게 없으니 그냥 헛구역질이다.

"왜, 속이 안 좋아?"

나는 다가가 등을 쓸어 준다. 손등으로 입술을 훔치고 난 인턴이 벽에 등을 기대고 앉는다. 나는 그가 나온 사무실로 들어간다. 상무라고 적힌 팻말이 눈에 띈다. 나는 문 입구에 서서 안을 살핀다. 상당히 넓은 공간이다. 회의용 테이블 끝에는 스크린이 걸려 있다. 천천히 시선을 옮기다가 부패가 상당히 진행된 두 구의 시신을 발견한다. 소파 아래 연두색 카펫 위다. 남녀는 아무것도 걸치지 않은 알몸으로 뒤엉켜 있다. 조악한 춘화春畫를 보는 듯한 느낌이다. 그것도 오물이 잔뜩 묻은.

"마지막까지 즐긴 모양이에요."

인턴이 씁쓰레한 웃음을 지으며 말한다. 아아, 이대로 죽어도 좋을 것 같아. 불현듯 그녀의 목소리가 떠오른다. 오르가슴에 이를 때면 그녀는 번번이 그 말을 하며 내 목을 끌어안았었다. 그 말에 도취된 나는 그녀와 함께라면 기꺼이 죽을 수 있을 것 같았다. 순전히 육체언어의 기표로만 작동될 것 같은 섹스 역시 마찬가지였다. 관계를 내포하는 이른바 청각영상이 환기될 때 커뮤니케이션이 원활해졌다. 그러나 자의성은 언어기호의 1원칙이라고 한 소쉬르의 말은 유효했다. 자기가 교수가 되는 것보다 내가 부장이 되는 게 더 빠르겠다. 그렇게 말할 땐 아랫배가 욱신거렸다. 내 친구 인숙이 있지, 걔네 식구들 다음달 영국으로 가나 봐. 차장으로 승진하면서 해외지사로 발령받았대. 부장 달기 전에 꼭 거치는 코스라나 뭐라나. 회사에서 유레일패스도 지급한다니 이참에 유럽여행을 마스터하게 생겼어. 그렇게 늘어놓을 땐 명치 부위가 쿡쿡 쑤셨다. 대상에 대한 시각차이는 낮과 밤만큼이나 뚜렷했다. 실패한 커뮤니케이션의 전형이었다. 손바닥 뒤집히듯 표변하는 입장. 결국 개념의 차이가 문제였다. 관계 속의 위치란 것도 알고 보면 개념의 파생물이었다.

"미안해. 어쩔 수 없었어. 아니, 솔직히 말하면 자기가 가는 길이 너무 불확실해서 도저히 따라갈 용기가 나지 않아. 자기도 알잖아. 내가 겁이 많다는 거.”

부모가 낙점한 신랑감을 받아들이기로 했다는 말을 하면서 그녀는 한 번도 눈을 내리깔지 않았다. 그런 포즈랄까 기표는 결코 낯선 게 아니었으므로 나는 그다지 놀라지 않았다. 이전에 만났던 여자들이 생각났다. 비슷했지만 어떤 점에서는 전혀 달랐다. 뒤이어 나를 두고 실랑이를 벌이면서도 이혼절차를 밟는 데 한 점 소홀함이 없었던 부모의 모습도 떠올랐다. 그녀의 이별 통보는 내가 구조주의 언어학을 선택하면서 품었던 기대를 다시 한 번 상기시켰다. 배척되거나 소외되는 데에도 어떤 공식이 있을 거라는, 그러니까 배척과 소외의 다양한 동인動因의 범주화가 가능할 거라는 기대를.

35일째 되는 날 밤

사위가 어두워지면서 바람도 한층 더 거세어졌다. 인턴과 나는 바다와 반대 방향에 있는 조그만 방에서 날이 밝기를 기다린다. 사무용 집기가 가득한 방이다. 창문이 없어 소음이 덜한 곳이다. 그러나 잘못된 선택이었음이 이내 판명되었다. 짙은 어둠이 깎아지른 벼랑처럼 막아섰다. 게다가 끊임없이 신경을 자극하는 악취. 악취는 밖에서도 흘러오지만 몸에서도 올라온다. 50층으로 통하는 층계참에 여섯 구의 시신이 있었다. 다들 머리가 희끗희끗했다. 코부터 싸잡았다. 시취屍臭였다. 위층에 신호를 보내려고 그랬는지 방화벽은 온통 찍힌 자국이었다. 인턴과 나는 얼굴에 수건을 두르고 시신을 창밖으로 던졌다. 세 번째 시신을 들다 인턴이 움찔했다. 상의와 손등이 거무죽죽했다. 추깃물이었다. 우리는 하던 일을 중단하고 뒤로 물러났다.

사자死者의 비언어적 표현은 어떤 언어보다 강렬하다. 그리고 그런 표현 방식은 언제 어디서나 가능하다. 여섯 대의 엘리베이터 중 한 대가 49층에 서 있었다. 그 안에도 몇 구의 시신이 있었다. 모두 여자들이었다. 곱다시 쭈그러진 모습들이 아예 나올 염을 갖지 않은 듯 보였다. 죽은 자들의 표정은 제각각이었지만 그들이 전하는 것은 일치했다. 마침내 같은 세계에 등재되었다는 사실. 스프레이로 마구 갈겨쓴 낙서를 한번이라도 지워 본 사람은 안다. 그걸 지우는 건 새로 그리는 일보다 열 배는 더 힘들다는 것을. 시취를 지우는 일은 그보다 백배쯤 힘든 일이다. 해결책은 거기서 멀리멀리 떠나든가 그게 안 되면 일찌감치 포기하는 것이다. 인턴이 생수통을 건넨다. 나는 한 모금 마시고 돌려준다.

"그 여자, 제작 2팀의 팀장이이에요. 프리젠테이션 때문에 함께 온."

무슨 말이지? 나는 눈을 끔벅거린다.

"상무실에 있던 여자 시신요. 엉켜 있던."

아. 나는 그제야 고개를 끄덕인다.

"승강구에서 숫자를 확인할 때부터 이상하더라니. 그러니까 49층엔 팀장인가 뭔가 하는 그 여자를 찾으러 온 거였군."

"아, 아녜요."

인턴이 머쓱한 표정으로 말머리를 돌린다.

"남자는 아마 광고주의 동생 되는 사람일 거예요. 직함은 상무인데 송 후안, 그게 그 사람 별명이에요."

"송 후안?"

"돈 후안, 아시죠? 카사노바와 쌍벽을 이루는. 그 사람의 성이 송씨예요. 여성 찬미자인 카사노바와 달리 돈 후안은 여성을 욕망의 대상으로 삼았잖아요. 그 사람이 그런 스타일이에요. 유부남인데 한마디로 나쁜 남자의 전형이라고 할 수 있죠. 어쨌거나 홍보 업무를 관장하고 있으니 받들어 모시는 수밖에요. 솔직히 말해 광고계 사람들에겐 저승사자나 다름없죠."

"그럼, 자네 팀장이 겁탈이라도 당했다는……?"

"아뇨. 둘은 필요에 의해 만나는 관계예요. 술자리에서 오가는 얘기 들었는데 팀장도 남자를 든든한 스폰서쯤으로 치부한다는 것 같았어요."

갑자기 짜증이 난다. 이 상황에서 그런 얘기가 무슨 소용인가 싶다.

"팀장 때문에 온 건 아니고요."

묻지도 않은 말을 한다. 내가 반응을 보이지 않자 인턴은 이번에 맡은 광고 건에 대해 두서없이 늘어놓는다. 그러더니 갑자기 유턴한다.

"우리 팀원 중에 해군 특전단 출신이 있어요. 보통 유디티로 알려진 그 부대 말예요. 구조와 탈출 요령에 빠삭한 그 친구라면 무슨 좋은 생각이 있지 않을까 싶었죠. 여기 없는 걸 보니 일단은 위쪽으로 가야 할 것 같네요."

나는 대답하지 않는다. 인턴은 내 그런 태도가 신경쓰인다는 눈치다. 공기의 흐름만으로도 상대의 마음을 읽을 수 있을 것 같아 나는 내심 놀란다. 나는 고개를 들어 모종의 파동을 읽으려 한다. 중심지는 인턴이다. 팀장인가 뭔가 하는 여자의 시신을 본 뒤부터 인턴은 울렁증이 있는 사람처럼 군다. 인턴이 다시 입을 뗀다.

　"한 가지 이해할 수 없는 건 그 두 사람 아니, 팀장이 왜 49층에 남았냐는 거예요. 이런 상황이면 손익 계산을 할 계제는 아닌데 말예요. 도무지……."

　팀장이 내심 사랑했는지 안 했는지, 사실 여부를 어떻게 안다고. 아무튼, 무의미가 모여 의미를 만들기도 하는 법이니까. 나는 그 말을 꿀꺽 삼킨다.

　규명과 규정은 얼핏 보아 그게 그거 같지만 엄연히 다른 말이다. 지금 생각하면 나는 규명할 수 없는 사안을 규정하려 들지 않았다. 그런데 내가 접한 사람들은 대부분 규정에 맞추어 규명하려 들었다. 그러니까 내가 하고 싶은 말은 이런 것이다. 규명하고 또 규명하라. 그런 다음 규정해도 늦지 않다. 이 말은 내가 소쉬르와 레비 스트로스를 알기 훨씬 전부터 읊조렸던 말이다. 언어, 그러니까 뭉뚱그려 말이라고 하는 것들의 자기기만적 행태에 질려 있던 내게 '개별적인 것들의 범주화'는 탄산음료만큼이나 청량감을 주는 말이었다. 나는 그 말을 인문학부에 입학한 그해, 교양강좌로 선택한 언어학, 정확히 말해 구조주의 언어학 시간에 들었는데 그 말을 듣자마자 언어학과를 선택하기로 결심했다.

　이혼하기 직전까지도 부모는 내게 각각 다른 사인을 보냈다. 나는 당연히 혼란에 빠질 수밖에 없었다. 엄마는 아버지와 살면 물질적 풍요를 누릴 것이라고 했고, 아버지는 엄마와 살면 따뜻한 집밥을 먹을 수 있을 것이라고 했다. 나는 한참을 망설이다 엄마를 선택했다. 그 결과, 나는 허구한 날 배달음식을 먹는 처지가 되었다. 그때부터 나는 표현방식이랄까, 형식이랄까 아무튼 기표라 일컫는 것들에 유의했다. 연애를 할 때도 마찬가지였다. 어떤 말이든 위치적 맥락의 차원에서 파악하려 드는 나를 여자들은 이구동성으로 성토했다. 여자들에겐 그것이 사랑을 의심하는 이단적 행위로 비치는 모양이었다. 처음엔 신중한 태도라고 호평했던 같은 과의 여자애는 헤어지는 자리에서 나를 빤히 쳐다보더니 동음이의어보다는 다의어 분석이 재밌긴 재미있지, 라고 했다. 무슨 말이냐고 반문하자 말 그대로라고 했다. 나는 당장에 스마트폰으로 다의어를 검색했다. 다의어에는 중심의미가 있고 주변의미가 있다. 그러니까 여자애는 내게 노상 주변만 맴도는 외눈박이가 아니냐는 말을 하고 싶었던 것이다. 만난 지 석 달이 지나도록 키스를 시도하지 않은 불찰이 있긴 해도 그건 너무 심한 말이었다. 여자애는 간과하고 있었다. 내가 하는 말, 언어학적으로 말해 나라는 인간의 정신적 흔적 또한 다의성의 하나라는 사실 말이다. 여자애가 나를 좀 더 진지하게 생각했다면 중심을 비껴간 나의 선이 어떤 재질인지, 어떤 연유로 거기에 매여 있는지부터 물어봤어야 하지 않을까. 그러나 나는 여자애에게 그런 말 대신 부디 뜻이 통하는 남자를 만나 곧바로 중심에 진입하기를 바란다고 했다. 집으로 돌아오면서 나는 구조주의의 핵심어가 '관계'라는 사실을 곱씹었다. 그렇다. 모든 일은 관계가 만든 구조 안에서 해석되어야 했다. 내가 여자애와의 관계를 정리했다고 해서 구조가 붕괴된 것은 아니다. 다만 나는 그 여자애에게 소외된 요소로 남을 뿐이다. 나는 레비 스트로스가 걸어간 길을 선망했다. 그는 문화인류학적 측면에서 인간 사이의 보편적 기질을 도출하려고 했다. 내가 그와 다른 점은 나는 틀을 조금 축소하여 배척되거나 소외된 자들의 공통된 의미망을 엮으려고 했다는 것이다. 그러한 의미망을 얻기 위해서는 각자의 양식으로 풀어낸 기호를 한데 모아 분류하는 작업이 필요했다. 훗날 나는 석사논문 부제에 '배척과 소외의 인류학'이란 구절을 첨가했는데 설명을 듣던 몇몇 학우는 웃기지도 않는다며 웃었다. 다의성을 충분히 이해하고 있었으므로 나는 실망하거나 주눅 들지 않았다. 게다가 오독한 기표 또한 기의를 방증하는 의미만큼은 있지 않겠느냐는 교수의 말은 적잖이 위로가 되었다. 그러나 다 지나간 일이다. 지금의 나는 너무나 다의적이어서 어느 것이 나 자신인지 때로는 나 자신조차 헷갈릴 때가 있다. 이럴 때 사용하는 말이 있었는데…… 과유불급이었나?

"무슨 생각을 그렇게 골똘히 하세요?"

침묵을 깨고 인턴이 묻는다. 어, 위치 변화에 대해. 부지불식간에 튀어나온 말이다.

36일째 되는 날

인턴이 뒷주머니에서 꺼낸 건 놀랍게도 핸드폰이다.

"그걸 아직도 갖고 있어?"

핸드폰의 버튼을 이것저것 눌러 보던 인턴은 그러게요, 하며 그것을 다시 주머니에 넣는다.

"허구한 날 티브이 앞에서 시간을 보내는 엄마가 딱해 보였는데 그 모습이 이렇게 그리울 줄 몰랐네요."

인턴이 감상적인 어조로 말한다. 나는 고개를 끄덕인다. 나는 핸드폰을 버리라는 말은 하지 않는다. 언젠가 전기가 들어오고 전파가 떠다니고 다시금 문자와 사진을 주고받을 날이 올지도 모른다. 문득 전기는 이 시대 모든 기표의 잉크였다는 생각이 스친다. 그때 인턴이 동작을 멈춘다. 나를 돌아본 인턴이 통로를 가리킨다. 건너가자는 신호다. 몇 층이냐고 묻자, "53층요." 짧게 답한다.

안으로 들어간 우리는 낯선 풍경에 놀란다. 여기저기 의자와 테이블로 바리케이드를 쳐 놓았다. 총탄 자국도 보인다. 군데군데 사람들이 탈진해 쓰러져 있다. 특이한 건 술병이 널려 있다는 사실이다. 나는 그중 한 남자에게 다가가 그의 어깨를 흔든다. 남자는 게슴츠레 눈을 뜨고 입술을 달싹인다. 술 냄새가 훅 끼친다. 인턴이 나를 부른다. 우리는 주방에 붙어 있는 부식창고 근처에서 비로소 대화가 가능한 상대를 만난다. 짙은 감색 제복을 입은 청년이다. 벽에 기대어 앉아 있던 늙수그레한 남자가 푸푸거리더니 다시 눈을 감는다. 다소 작아 보이는 일인용 소파에 웅크리고 있던 청년은 우리를 보고도 놀라지 않는다. 그의 발치께에도 술병이 뒹굴고 있다.

"무슨 일 있었어요?"

인턴이 묻는다. 청년이 히죽 웃다가 옆구리를 잡으며 찡그린다. 그 부위의 셔츠가 거무죽죽하게 젖어 있다. 괜찮아요? 인턴이 손을 대려 하자 청년이 손사래를 친다.

"세상이…… 뒤집어졌는데…… 무슨 일 있었느냐, 그딴…… 질문을 해요?"

힘겹게 내뱉는 청년의 말에 나와 인턴은 머쓱한 얼굴로 눈을 맞춘다. 웬 바리케이드냐고 물었어요. 이번엔 내가 나선다. 바리케이드? 청년이 눈을 끔벅인다. 인턴이 부연한다. 아, 그거. 혀로 입술을 축이고 난 청년이 이곳에 있지 않았느냐고 묻는다. 나와 인턴은 동시에 고개를 끄덕인다.

뷔페식당은 그날 하루, K국에서 온 국빈을 위한 만찬장으로 변모했다. 전망이 워낙 좋은 데다 주변에 더 높은 곳이 없어 보안에도 용이하다는 이유로 K국 정보기관에서 특별히 요청했다고 했다. K국은 아직 수교하지 않은 잠재적 적성국이다. 일반인들의 접근이 차단되었음은 물론이다. 우아한 실내악이 흐르던 만찬장은 그러나 얼마 안가 공포의 도가니로 변했다. 그리고 또 얼마간의 시간이 흐른 뒤 새로운 지옥이 열렸다.

"그들 간에 총격전이 벌어졌죠. 헬리콥터가……."

전망대 위의 옥상에 있는 헬리콥터는 단 한 대, 그것을 두고 양측

경호요원들이 충돌했다. 그리고 승리를 거머쥔 측에서 모든 것을 통제했다. 층별로 설치된 방화벽을 내림으로써 외부 세력의 접근을 원천봉쇄했고 식재료와 음료는 전망대로 옮겼다. 55층은 지휘통제소가되었다. "시시각각 물이 불어나고 있는데도?" 인턴이 입을 비죽거린다. 청년의 목소리가 점점 작아진다. 식수가 떨어진 뒤부터 술을 마시고 있다는 말을 끝으로 청년은 입을 열지 않는다. "당신은 그럼, 승리한 쪽 경호요원이었나?" 인턴이 묻는 말에 무슨 말인가를 내뱉곤 숨을 몰아쉰다. "이 건물의 경비직원이라잖아." 인턴이 더 물으려는 걸 내가 제지한다.

카페가 있는 54층에서 나는 심포지엄에 참석하기 위해 내한한 울브란트 박사를 만났다. 유감스럽게도 박사는 숨이 간당간당한 상태라 대화가 불가능했다. 54층도 비슷한 상황이다. 아래층보다 나은 점이 있다면 시신이 보이지 않는다는 것, 그리고 개봉하지 않은 생수병이 꽤 많다는 정도이다. 우리가 생수병을 따서 들이켜는 걸 제지하는 사람은 없다. 아니, 제지할 여력이 없다고 하는 편이 정확할 것이다. 눕거나 기댄 모습 그대로 정물이 되어가는 사람들. 서로를 구성하기보다 스스로의 것을 스스로에게만 설정하기로 결심한 사람들. 그들을 힐금거리며 나는 크로스백에 생수통 두어 개와 참치통조림 몇 개를 집어넣는다. 통조림은 유통기한이 아직 한참 남았다. 인간이 멸절한 뒤 지구를 찾은 외계인이 통조림을 본다면 무슨 생각을할까. 외계인은 어쩌면 지느러미가 제거된 고기가 든 깡통을 한때

이 별을 지배했던 생명체의 무덤으로 여길지도 모른다. 당연히 언어의 구조는 알 길이 없을 테고. 인턴이 왜 웃느냐고 묻는다. 나는 그냥, 이라고 답한다.

54층 사람들 몰래 53층 사이에 있는 방화문의 잠금장치를 해제하고 온 우리는 전망대로 올라가는 문제에 대해 의견을 나눈다. 아무래도 위험하겠다는 인턴의 말에 나는 다시 웃음을 보인다. 나는 장로가 그랬던 것처럼 창밖을 가리킨다. 저것보다 더 위험한 게 있다고 생각해? 내 말에 인턴도 웃고 만다. 우리는 조심스레 승강구 계단을 딛고 올라간다. 승강구 문을 열고 나와 안쪽을 기웃거리던 인턴이 어쩌자고 조심성 없이 걸음을 옮긴다. 고개를 내밀던 나는 권총을 든 사내와 눈이 마주친다. 사내는 총구를 까닥거리며 나를 안으로 몬다. 우리의 출현에 몇몇이 호기심을 보이며 다가온다. 검정색 슈트를 입은 사내의 손에는 와인 잔이 들려 있다. 상의 안쪽에 권총 홀더가 보인다. 그는 와인 한 모금을 마신 뒤 우리를 찬찬히 뜯어본다. 그러곤 우리가 나왔던 엘리베이터 승강구를 곁눈으로 일별한다.

"완전히 폐쇄했는데 저길 빠뜨렸군. 자네들 말고도 저길 아는 사람이 있나?"

내가 고개를 젓자 자네들은 봐주지. 더는 안 돼. 만약, 이 시각 이후 저 구멍에서 나오는 자가 있다면, 그러면서 목을 긋는 시늉을 한다. 우리는 묵묵히 듣는다. 사내가 가라고 손짓한다. 인턴과 나는 구석진 자리의 남자 곁에 가서 앉는다. 눈썹이 짙은 초로의 남자는 우리에게 건포도를 권한다. 옷깃에 달린 의원배지가 눈길을 끈다. 티

브이에서 많이 봤던 얼굴이다. 내 기억이 맞는다면 남자는 집권당의 중진 중 한 명이다. 현재 상황을 묻는 내 질문에 그는 슬쩍 주위를 살핀다. 경호원들이 장악하고 있지. 말해 놓고 의원은 낯을 붉힌다. 도덕이니 법이니 하는 것들이 이것보다 못하게 되었거든. 그러면서 방아쇠를 당기는 시늉을 한다. 나는 그가 건넨 건포도를 몇 알 입에 털어 넣는다. 달짝지근한 맛이 경직되었던 기분을 누그러뜨린다. 나는 궁금해진다. 헬리콥터를 두고 총격전을 벌였던 이들이 어떻게 이런 평화를 연출할 수 있는가. 의원은 옥상에 가 보면 답을 알 수 있을 거란다. 옥상에 올라간 우리는 의원이 한 말을 재깍 이해한다. 헬리콥터는 프로펠러가 떨어져 나간 상태로 옥상 난간에 처박혀 있다. 동체 여기저기에 총탄 구멍이 나 있다.

"서로 탑승하겠다고 자기들끼리 또 싸운 모양이네요."

"그러게."

우리는 다시 내려와 이곳저곳을 살핀다. 천장까지 닿을 정도로 그득 쌓인 생수박스며 이런저런 먹거리가 쟁여 있는 곳 앞에서 할 말을 잊는다. 굶주림을 견디다 못해 커피프리마를 한 움큼 삼켰다가 기도가 막혀 죽은 아래층의 누군가가 떠오른다. 국빈으로 온 외국 정치인을 위시한 국내외 유명 인사들은 이 와중에도 끼리끼리 모여 밀담을 나눈다. 하지만 경호원 패거리의 눈치를 보는 기색이 역력하다. 폭력이 발생하지 않는 이유가 충분한 음식 때문이라고? 나는 고개를 젓는다. 살 수 있다는 믿음이 생기면 상황은 달라질 것이다. 역설적이게도 미래에 대한 전망이 제로가 되었기에 평화가 온 것이다.

그렇다면 또 한 가지 의문이 남는다. 왜 아래층 사람들을 받아들이지 않는 것일까.

"그들을 받아들이면? 달라지는 게 있나? 어차피 죽을 운명이야. 우리는 저들과 얽히고 싶지 않아. 다만 남은 시간을 느긋이 보내고 싶은 거라네."

의원의 말을 엿듣던 사내의 입가에 냉소가 흐른다.

"내려가면 비루한 죽음이, 여기에 머물면 그나마 우아한 죽음이 기다리지. 게다가 전망도 좋잖아 여기."

머리가 벗겨진 늙은이 하나가 그 말을 하곤 킬킬거린다. 섬뜩한 눈빛이다. 자세히 보니 꽤 명망 있는 원로 정치인이다. "다들 미쳤어요." 인턴이 내 귀에 대고 속삭인다. "아냐, 원래의 모습으로 돌아온 거야." 무슨 뜻이냐는 듯 인턴이 빤히 쳐다본다. "생래적 본능 말야." 나는 그 말만 하고는 출구로 향한다.

"여자는 어디 갔어요?"

재차 물어도 대답이 없다. 연신 우물거리며 딴전을 피운다.

"못 들었어요?"

내가 다가가자 뒷걸음질한다. 주머니에서 뭔가 떨어진다. 나는 허리를 굽혀 그것을 줍는다. 말라비틀어진 건어물이다. 장로는 황급히 뒤를 가린다. 못 보던 종이상자가 있다. 내가 다가가자 장로는 앞을 막는다. 밀치고 상자를 당긴다. 어디서 그런 힘이 나오는지 장로가 상자를 낚아챈다. 상자가 찢어지면서 먹을 게 쏟아진다. 어디에 숨겨 놓았던 것일까. 장로의 두 눈이 희번덕거린다. 욕지기가 치민다. 나는 창문으로 간다. 물이 턱까지 차오른 느낌이다. 물결은 40층 하단부에서 넘실거린다. 그때 그것이 보인다. 보랏빛 재킷에 체크무늬의 짧은 치마. 사라진 여자다. 여자는 구명보트의 앞부분에 엎어져 있다. 보트에는 또 다른 여자와 한 남자가 있다. 여자의 품에는 어린아이가 있다. 일가족으로 보이는 그들은 전혀 움직임이 없다. 창틀에 묶여 있는 끈이 그제야 눈에 들어온다. 끈의 한쪽 끝이 뱃머리에서 흔들리고 있다. 잡다한 건조물의 파편과 난파선에서 떨어져 나온 부유물들에 에워싸인 보트는 한자리에서 요동치고 있다. 나는 고개를 돌려 장로를 부른다.

"어떻게 된 일이에요?"

장로의 시선이 엉뚱한 곳으로 향한다.

"하나님의 뜻을 저버린 대가야."

내가 멱살을 틀어쥐자 얼굴이 시뻘게지면서 킥킥거린다. 바닥으로 내동댕이쳐진 장로가 목을 쓰다듬으며 나를 노려본다.

"선택받지 못한 인간들에게 손을 내미는 것도 죄악이야. 나는 그것을 응징했을 뿐이야."

나는 성큼성큼 다가가 장로의 멱살을 잡고 창가로 끌고 간다.

"자, 보라고. 저 아래 가여운 사마리아 여인과 그녀의 어린 아들이 있어. 당신은 그들에게 손을 내민 여자를 죽인 거야. 신이 있다면, 당신이야말로 신의 뜻을 저버린 거라고."

나는 장로를 창밖으로 밀어 버린다.

나는 엘리베이터 승강구의 계단을 밟은 채 위를 올려다본다. 인턴의 마지막 표정이 떠오른다. 승강구로 가는데 사내가 불러 세웠다. 사내는 가방을 두고 가라고 했다. 그는 가방에 무엇이 들었는지 다 안다는 표정이었다. 나는 가방을 그의 발 앞으로 던졌다. 하지만 인턴은 말을 듣지 않았다.

"이것이 없어진다고 당신들 생활에 지장이 생기는 것도 아니잖소."

인턴이 심호흡을 한 뒤 한마디 덧붙였다.

"건물이 물에 잠길 때까지 남은 음식을 다 먹을 수 있을지도 의문이고."

인턴이 승강구 쪽으로 걸음을 뗌과 동시에 총성이 울렸다. 그런 풍경에 익숙한 듯 실내에 있던 누구도 거기에 관심을 보이지 않았다. 인턴이 가래 끓는 소리를 내며 내게 말했다.

"한 가지 속인 게 있어요."

나는 손으로 그의 목을 받치고 물었다.

"그게 뭔데, 용서해 줄게."

인턴의 입가에 설핏 미소가 스쳤다.

"사실, 49층에 내린 건 팀장 때문이었어요. 내가 팀장을 좋아하고 있었거든요."

호흡이 곤란한지 꺽꺽거렸다. 그러나 나는 그의 말을 제지할 수 없었다.

"그런 모습으로 죽은 걸 보니…… 원망이 연민으로, 그리고 죄책

감으로 바뀌었죠. 이상한 경험이었어요. 자신의 위치가 곧 자신의 의미라고 한 당신의 말이 생각나더군요. 어려운 말이었는데…… 그 순간 그 말을 이해할 것도 같았죠."

나는 올라가는 것을 포기하고 밖으로 나온다. 물이 급속도로 불어나고 있다. 다시 인턴이 생각난다. 인턴은 숨을 거두기 직전 내 손으로 바다에 던져 줄 것을 부탁했다.

마지막 날

나는 가라앉기 시작한 보트에서 수위가 올라가는 바다를 지켜본다. 바닷물은 어느새 54층에 육박하고 있다. 더 이상 바닷물에 뛰어드는 사람은 없다. 소쉬르는 의미를 기의, 형식을 기표라고 했다. 그리고 그것은 관계의 차이에서 발생하는 것이라고 부연했다. 얼마 전까지 함께 있던 여자가 한 말이 생각난다. 저건 말예요, 어쩌면 신神이 손을 씻고 털 때 떨어진 물방울이 고인 것이거나 박장대소 끝에 찔끔 흘린 눈물일지도 모르죠. 장로는 금세라도 한 대 칠 것처럼 씨근덕거렸다. 여자야말로 구조주의를 완벽하게 이해한 사람처럼 보였다. 나도 모르게 입꼬리가 올라간다. 신성모독을 강변하던 장로는 지금 어디에 있나.

마침내 수위가 55층에 다다랐다. 층 전체를 통유리로 꾸며 세상에서 가장 전망 좋은 전망대로 불리던 곳. 물살에 떠밀린 보트가 그쪽으로 이동한다. 서서히 전망대가 물에 잠기고 있다. 나는 눈을 크게 뜨고 바라본다. 잘못 본 것일까. 유리창 너머로 그 사내를 본 것도 같다. 나는 눈을 비비고 주시한다. 바다가 전망대를 삼키는 찰나, 나는 보았다. 나를 향해 와인 잔을 치켜드는 사내. 내 일람표에는 없는 창발적인 기표다. 가슴까지 물이 차올랐지만 나는 허둥대지 않는다. 연신 바닷물을 뱉으며 나는 생각한다. 애초에 배척이나 소외 따위의 개념은 없었다. 그것은 대상에 매인 인간의 넋두리에 지나지 않는 것. 내 대학 시절의 은사라면 '관습에 세뇌된 자의 암호 찾기'쯤으로 표현하려나. 아무튼 그런 개념이 없으므로 공식도 만들 수 없다. 다만 시선이 어긋나거나 서로의 시계에서 사라질 뿐. 지금은 자위自慰가 곧 구조救助다. 그게 내 기의다.

나는 나를 떠났던 모든 것들을 향해, 그리고 막 덮쳐오는 파도를 향해 인사한다. 안녕히, 나의 기표들.

연기의 고수

"아니, 피해자의 말로는 일 분도 채 되지 않은 시간에 털렸다는데, 생각해 봐, 자네가 경찰관을 사칭하다 잡힌 곳이야. 게다가 CCTV의 사각지대고. 정황이 그런데 가방을 가져간 자가 K, 그자일 거라고 남 말하듯 해? 게다가 작자의 소재도 모른다? 지나가는 개가 웃을 일이야. 연기 연습을 했느니 어쩌니 하는, 말도 안 되는 소린 그만하고 이쯤에서 깨끗이 털어놓으라고. 혼자 뒤집어쓰기 싫으면 말이지."

오 형사가 진술서를 흔들며 인상을 썼다. M은 오 형사의 시선을 피하며 "그, 그러니까 말이죠." 그 말을 뱉어 놓곤 얼굴을 붉힌다. M은 긴장을 하면 말을 더듬는 버릇이 있다. 감정의 기복이 심한 대사를 할 때도 마찬가지다. 단역을 전전하는 것도 그 때문이다. 그때 누군가가 느닷없이 고함을 지른다. M은 흠칫 놀라며 고개를 든다. 오 형사와 눈이 마주친다. 오 형사가 고개를 돌리더니 수화기를 들고 있는 동료에게 한마디한다.

"어이, 좀 살살 해."

M은 이곳이 자신에게 익숙한 무대가 아니란 걸 실감한다. 그러니까 과장과 익살 따윈 전혀 통하지 않는. 강박을 떨치려 입을 열어 보지만 결과는 마찬가지다. 이번엔 속에서 부대끼던 말들이 서로 먼저 나가겠다고 다투는 바람에 기침이 터져 나온다. 오 형사가 이죽거린다.

"자네 연기 실력은 알았으니까, 이제 그만 현실로 돌아오는 게 어때?"

오 형사는 모니터의 각도를 조정한 뒤 M의 눈을 응시한다.

"저, 정말이에요. 아마 K가 아, 아니, 확실히 K, 그치가 이, 일방적으로 저지른 일이라니까요. 저, 저는 그치의 꿍꿍이속도 모르고……."

오 형사의 눈꼬리가 올라간다. M은 움찔하며 시선을 돌린다. 잠시 후 오 형사가 무슨 생각에서인지 코코아 한 잔을 타서 건넨다. 잔이 완전히 비워질 때까지 오 형사는 M을 내버려둔다. M은 연극의 레퍼토리를 더듬어 본다. 압박 수단이 채찍에서 당근으로 바뀐 상황, 이럴 때 적합한 대사가 있었는데. M의 머릿속이 분주해진다. 오 형사가 하품을 하면서 상체를 세운다. 오 형사의 손에 노트가 들려 있다. 압수품 중 하나이다. M이 침대 머리맡에 두고 심심파적으로 끄적거렸던 일기장 겸 낙서장이다. 오 형사는 몇 장을 넘기더니 어느 한 대목을 소리 내어 읽는다.

'가이드라인을 넘어야 했다. 그들이 쳐 놓은 가이드라인은 수시로 변했다. 5%가 되었다가 10%가 되기도 했다. 변하지 않는 건 가이드라인을 떠받치고 있는 저쪽 세계의 견고함이었다. 이른바 기득권이라는 것이다. 불운하게도 나는 가이드라인 저편을 경험한 적이 없다. 삼류 대학 출신에다 스펙조차 부실한 나에겐 그건 그림의 떡에 불과했다. 가끔 눈 깜짝할 사이에 가이드라인을 넘는 이들을 보았는데 대부분 연기를 하거나 노래를 하는 이들이었다. 나는 감성이 풍부하므로 연기라면 할 만하다고 생각했다.'

오 형사가 읽기를 멈추더니 정색을 하고 M을 쏘아본다.
"문장력이 보통이 아냐. 차라리 작가가 되지 그랬어? 아무튼 자네 말대로라면 K라는 그 친구, 연기자 지망생인 자네를 교묘히 이용한 거야. 안 그래? 자, 그 친구 어디 있나 지금."
M은 지그시 어금니를 깨문다. 믿거나 말거나 M 역시 K의 인적 사항에 대해 전혀 아는 바가 없다. 확실한 건 자신이 배우를 꿈꾸었다는 것, 그리고 수긍하고 싶진 않지만 K의 농간에 보기 좋게 넘어갔다는 것, 그 두 가지뿐이다. 노트를 덮은 오형사가 잠시 숨을 고르더니 서류를 펼친다.
"자, 다시 정리해 보지. 그러니까 자네는 소울극단의 배우인데 실수로 무대 의상을 그대로 입고 나갔다가……."

그렇다. M은 무대 의상을 그대로 입고 나갔다가 K를 만났다. 그날 M이 맡은 역이 하필이면 경찰관이었다. 마피아 조직원으로 분한 주인공이 기관총을 난사하는 즉시 M은 고꾸라져야 했다. 굳이 고통을 연기할 필요도 없었다. 시체가 된 그는 다음 장면에 방해가 되지 않게 베니어판으로 급조된 풀숲에 가려질 것이었다. 후반부의 회상 장면에 또 한 번 등장하지만 그때도 탕탕, 총소리에 맞춰 쓰러지면 그만이었다. 하긴 쓰러지는 것도 연기라면 연기였다. 연출자는 M의 분장보다 풀숲의 색깔에 더 신경을 썼다.

그날 M은 공연이 끝난 뒤 극단 사무실 근처의 포장마차에서 소주를 두 병이나 마셨다. 왠지 술이 술술 넘어갔다. 단원들이 뿔뿔이 흩어지고 나서도 M은 자리를 떠나지 않았다. 지난번 공연에서 '햄릿'의 오필리아를 맡았던 여배우가 M을 가리키며 오만 원권 한 장을 포장마차 주인에게 맡기고 갔다. M은 그녀가 최근 공중파방송의 한 드라마에서 조연을 따낸 사실을 알고 있었다. 소품 담당자에게까지 웃음으로 대하는 그녀를 떠올렸다. 연기력도 출중하지만 마음씨도 고운 여자였다. 그 둘 다를 가진 여자는 정말 드물다고 M은 생각했다. M의 경우 사람을 판단하는 척도는 마음씨였다. 그것은 M이 갖고 있는 성격상의 결함, 즉 애정결핍증과 무관치 않았다. 그리고 그것은 M의 잘못이 아니었다. 그것의 연원은 어쩌면 그의 부모에게서 찾아야 할지도 몰랐다.

"수능을 코앞에 둔 시점에서 이혼한다는 게 말이 돼?"

언젠가 M이 K에게 하소연하듯 한 말이었다. K의 답변은 간단했다.

"그러니 너 자신만 믿으란 말이야."

K는 뒷날, 여배우가 술값을 대신 지불한 것에 대해서도 야유를 보냈다. K는 그것 역시 외로움이나 두려움을 예방하기 위한 조치라고 했다. M은 그게 무슨 말인지 이해할 수 없었다. K의 시선이 삐딱하다는 생각만 어렴풋이 들 뿐이었다.

여자의 배려에 가슴이 따뜻해진 것도 잠시, 이내 외로움이 몰려왔다. 손님이라곤 M뿐이었다. M은 휴대폰을 꺼내 1번을 길게 눌렀다. M과 꽤 오랫동안 사귄 여자의 단축번호였다. 없는 번호라는 메시지가 흘러나왔다. 모호한 핑계에서 수신거부로, 수신거부에서 결번으로, 요 몇 달 사이에 둘의 관계는 급전직하했다. 그것은 탤런트 시험에 다섯 번 낙방한 뒤 무보수로 극단에 입단한 M의 행보와 궤적을 같이 했다. 극단에 들어간 것은 연기의 기초를 제대로 배우라는 주위의 충고 때문이었다. 불운의 연속. M의 머리에 그 말이 떠올랐다. 연극 대사에서 사용 빈도가 높은 말이었다. M은 거스름돈을 받고 밖으로 나왔다. M의 발길이 저도 모르게 방송국 쪽으로 향했다. 두 블록을 걸어서 갔다. 거기, M이 최종 목표로 삼은 성채는 언제나처럼 뜨르르하게 위용을 과시하고 있었다. M은 그 근처에서 또 다른 포장마차를 만났다. 그는 문득 몽골 유목민의 게르를 떠올렸다. 포장마차는 기동성뿐만 아니라 상술도 뛰어났다. 별들의 집결소인 방송국과 인접해 있어서일까, 그가 허청거리며 들어간 곳은 일반 포장마차와는 확연히 구별되는 분위기였다. M은 몰랐는데 그곳은 기업형 포장마차로 불리는 곳이었다. 어디서 전기를 끌어왔는지 정연하게 대

오를 갖춘 테이블마다 할로겐램프가 총총 빛을 뿌리고 있었고 간이 수족관엔 싱싱한 활어가 유영하고 있었다. M은 K에게 그 포장마차를 언급하며, "집어등이 달린 고깃배 같았다니까. 나는 흐느적거리는 오징어였고." 라고 말한 적이 있었다. 그다지 웃기는 말도 아니었다. "킥킥, 오징어처럼?" K는 그러더니 "밝은 빛에 깜빡 속아 채낚기에 걸리는?" 하면서 미친놈처럼 웃어댔다. M은 K가 그렇게 웃는 모습을 그날 이후 두 번 다시 볼 수 없었다.

M은 간신히 몸을 가누고 지갑을 꺼냈다. 지갑 속에서 나온 건 천원권 석 장이었다. 술이 확 깨는 순간이었다. M은 주머니를 뒤졌다. 냄새 나는 손수건뿐이었다. 그는 다시 자리에 앉아 기억을 더듬었다. 여배우가 지폐를 포장마차 주인에게 건네던 장면과 자신이 거스름돈을 챙기던 장면이 오버랩되었다. 천 원권으로 받은 거스름돈을 만 원권으로 착각한 게 분명했다. 머릿속에서 잡다한 생각이 불티처럼 날아다녔지만 반짝, 점화되는 건 없었다. 호랑이 굴에 들어가도 정신만 차리면 살 수 있다. M은 그 말을 주문처럼 외우며 계산대로 향했다. 그때였다. 기다렸다는 듯 갑자기 나타난 호랑이 한 마리가 그의 팔목을 잡아챘다. '눈치챈 모양이군.' M은 자포자기의 심정으로 호랑이를 올려다보았다. 깍두기 머리를 한 사내였다. 우락부락이란 말이 절로 떠올랐다.

"이봐, 호랑이니 뭐니, 그딴 식으로 빙빙 돌리지 말고 직설적으로 말하란 말이야. 나 참, 자네 눈에는 여기가 연극무대로 보이나?"

"연극판에서 놀다 보니 윤색하는 게 습관이 돼서, 죄송합니다."

"윤색은 또 뭐야. 그나저나 이젠 말을 더듬지 않네?"

오 형사는 탐색하는 눈빛으로 M을 건너다본다. M이 눈길을 피하자 시계를 보며 "박 형사가 왜 이렇게 늦지?" 한다. "계속 할까요?" M의 말에 오 형사는 "어? 그래, 계속해." 하며 손가락을 흔든다. 그러면서도 출입구를 흘금거린다.

"그러니까 그 호랑이, 아, 아뇨. 그 깍두기 머리를 한 사내가 제 팔을 잡고 카운터 뒤편으로 갔다는 말이죠."

카운터 뒤편, 기역자로 꺾인 곳으로 들어가자 간이 화장실이 있었다. 깍두기는 주위를 한 바퀴 둘러보더니 얼어붙은 M에게 봉투를 내밀었다. 그것도 험상궂은 인상에 어울리지 않게 아주 정중한 포즈로. 강펀치 대신 봉투를 받은 M은 얼떨떨한 표정으로 상대를 보았다.

"이, 이게 무, 무슨……?"

대답 대신 깍두기는 손을 내밀었다. M은 얼떨결에 그 손을 잡았다. 깍두기가 호탕하게 웃으며 M의 손을 잡고 흔들었다.

"얼마 안됩니다. 새로 오신 모양인데, 요 앞에서 안마나 받고 가시라고. 아무튼 앞으로 잘 부탁드리겠습니다. 경관님!"

오 형사가 손을 들었다.

"잠깐, 그 친구가 자네한테 뇌물을 줬다는 말 아냐?"

오 형사가 손으로 턱을 문지른다.

"아, 네. 그게, 제가 진짜 경찰관이 아니니까 뇌물이란 말을 쓰기는 좀……."

"이거야 원, 나까지 연극 무대에 오른 기분이군."

오 형사는 이맛살을 찌푸린다. M은 오 형사의 눈치를 살핀다. 오 형사는 계속하라는 뜻으로 턱짓을 한다. M은 안도의 한숨을 내쉰다.

M에게 봉투를 건넨 사내는 그럼, 하더니 어슬렁어슬렁 밖으로 나갔다. M은 봉투 속을 들여다보았다. 지폐였다. 만 원권으로 모두 스무 장이었다. 횡재했다는 느낌은 없었다. 그저 얼떨떨한 기분이었다. M은 세면대에 붙어 있는 거울을 보고서야 일의 전말을 알 수 있었다. 지퍼가 열린 점퍼 사이로 보이는 옷. 그것은 경찰복이었다. M은 그제야 자신이 공연을 마친 뒤 옷을 갈아입지 않고 나왔다는 것을 알았다. 허리춤에 걸린 권총과 수갑이 유독 눈길을 끌었다. 돌연 체크무늬 베레모와 선글라스가 거울에 비쳤다. 한밤에 선글라스까지 낀 모습이라니. 아연한 표정을 짓는 그에게 거울 속의 베레모가 씩 웃어 보였다. M은 점퍼를 걸치는 둥 마는 둥 하고 밖으로 나왔다. 출구로 향하는 M에게 깍두기가 슬쩍 말을 붙였다.

"근데 박 경장님은 다른 데로 가신 모양이죠? 요즘 통 보이지 않던데."

M은 걸음을 멈추지 않았다.

"아, 그게, 얼마 전에 본청 정보과로 발령났어요."

되는 대로 내뱉었다.

"아, 그래서!"

깍두기는 고개를 끄덕였다. M의 뒷모습을 물끄러미 바라보던 깍두기가 옆에 있던 종업원의 어깨에 손을 두르며 말했다.

"말세다 말세. 저치 말야. 신뼁인 모양인데 숫제 정복을 받쳐 입고 나대는 거 봤지? 노골적으로 말야. 벌써부터 저러니 나중에 뭐가 되겠냐."

이번엔 종업원이 고개를 끄덕였다.

더는 못 참겠다는 듯 오 형사가 사뭇 격앙된 어조로 쏘아붙인다.

"자네 같은 작자들 때문에 우리 경찰이 욕을 먹는 거야. 경찰복을 입고 술집엘 가? 게다가 봉투를 준다고 넙죽 받아?"

M은 황황히 고개를 숙인다.

"아 그래서, 어떻게 됐어? 그 베레모, 그러니까 K라는 그 친구와 그날 밤 범죄를 모의했단 말 아냐?"

오 형사가 성마른 투로 추궁한다. M은 얼굴을 붉히며 고개를 젓는다.

깍두기의 말대로 길 건너편에 '출장안마'라고 쓰인 네온 간판이 반짝이고 있었다. 3층 건물이었다.

"거긴 안 가는 게 좋을걸. 재미 좀 보려다 물총이 새게 된다구. 여자들이 죄다 성병에 걸렸다는 소문이 자자해."

바람처럼 귓등을 스치는 목소리. 좀 전에 본 베레모였다. 얼마 안 가 밝혀지지만 그가 바로 K였다. 나중에 K와의 첫 만남에 대한 질문을 오 형사에게 받았을 때, M의 머리에 단박 떠오른 단어가 날라리였다. 연예인 흉내를 내며 방송국 주변을 얼쩡거리다 반반한 여자애들을 보면 지분거리는. 방송국 근처에서 그런 유의 인간을 보는 것은 항용 있는 일이었다. K가 의도적으로 자신을 관찰하고 있었다는 데 생각이 미쳤다. 제까짓 게 비리경찰을 추적하는 파파라치라도 된다는 거야 뭐야. M은 심호흡을 한 뒤 다짜고짜 K의 멱살을 추켜잡았다.

"까불지 마. 뭐하는 놈인지 모르겠지만 대한민국 경찰이 물로 보이냐?"

K가 키득키득 웃기 시작했다. 녀석이 쓴 선글라스에 네온이 번질거렸다. 손아귀의 힘이 스르르 풀렸다. 한 발짝 떨어진 곳에서 허리를 잡고 한참을 더 웃던 녀석이 갑자기 웃음을 그치고 말했다.

"왼팔에 부착한 패치 말야. 무궁화를 잡고 있는 참수리의 목 뒤로 저울대랑 저울판이 있어야 하거든? 근데 참수리만 있어. 그것도 고개를 반대 방향으로 한. 그리고 허리에 차고 있는 권총 말야, 물론 장난감이겠지만. 그건 반자동권총인 베레타야. 주로 미국 경찰관들이 휴대하는 거지. 우리나라 경찰은 대부분 38구경 리볼버야. 수갑도 마찬가지, 재질이 스테인리스라면 그것처럼 거뭇거뭇 칠이 벗겨지지 않아."

오 형사가 잠깐, 하더니 전화를 받는 바람에 M은 얘기를 중단한다. 아, 아, 그래. 통화하면서도 오 형사는 그것이 민완 형사 특유의 포스라는 듯 M에게서 눈을 떼지 않는다. 통화를 마친 오 형사가 턱을 쓰다듬으며 말한다.

"그러니까, K는 그때 이미 자네가 가짜 경찰임을 알고 있었단 얘기 아냐."

"그렇죠. 녀석은 이미 그때 일을 꾸미고 있었던 거예요. 녀석이 말

끝마다 대장을 들먹일 때 알아봤어야 하는 건데. 한마디로 제 눈이 삐었던 거죠."

M은 눈이 삐었었다는 대목을 유난히 힘주어 말한다. 오 형사는 별다른 반응을 보이지 않는다.

아닌 게 아니라 K는 대장이란 말을 입버릇처럼 강조함으로써 자신이 한때 조직의 일원이었음을 시사했다. M이 포장마차 사내에게 봉투를 받은 게 신경 쓰인다고 하자 K는 느물느물 웃었다.

"옛날에 우리 대장이 그랬었지. 눈먼 돈은 어차피 돌고 돌게 되어 있다. 무슨 말인지 알겠어? 그 포장마차는 무허가야. 따라서 네가 받은 돈은 불법으로 번 돈의 일부란 말이지. 그것도 병아리 눈물만큼도 안되는. 그러니 전혀 미안해할 필요 없어."

그래도 떨떠름한 표정을 짓는 M에게 K가 오금을 박듯 말했다.

"배트맨 알지? 고담시의 치안을 책임지는. 배트맨 역시 일반적인 범주의 법률이나 규칙을 따르지 않잖아. 그래도 시민들에게 존경을 받지. 안 그래?"

이건 또 뭐지. 농담이 아니라면 논리의 비약인가? 아니면 파괴? 아니, 조금만 더 깊이 생각하면 논리도 뭣도 아닌 한낱 궤변에 지나지 않는다는 걸 알 수 있었다. 그런데도 M은 K를 거부하지 못했다. 그것이 이 사건의 시작이었다.

"그러니까, 뭐야? K가 속했던 그 조직은 배트맨이나 로빈 후드의 그것처럼 의적 단체를 표방했다는 거 아냐. 나 참!"

오 형사는 같잖다는 표정을 짓는다.

"K는 감쪽같이 속였고 저는 등신같이 속아 넘어갔죠. 어쨌든 그건 부인할 수 없는 사실이에요."

M은 눈을 내리깔고 말한다.

"그러셔? 알았어. 그건 그렇다 치고 그치가 제안한 게 뭐야? 빙빙 돌리지 말고 말해 봐."

오 형사는 만화 같은 얘기의 끝이 어떻게 되는지 들어나 보자는 심산이다.

그날 밤 M은 K와 한 블록 지나 또 다른 포장마차에 갔었다. 그건 순전히 K의 요구 때문이었는데 M의 고민을 듣고 난 K는 무릎을 치며 말했다.

"역시, 내가 제대로 봤군. 경찰 연기를 하는데 정말이지 끼가 철철 넘치더라니까!"

그러고는 "지금은 비록 단역에 머물고 있지만 자네에겐 무시 못할 잠재력이 있어. 그 잠재력을 발휘한다면 정상급 배우가 되는 건 시간문제야, 그럼!" 하고 떠벌렸다.

그 말은 확실히 흡인력이 있었다. M은 그 말을 듣는 순간 조금 전의 해프닝 따윈 까맣게 잊은 채 K를 다시 보게 되었는데 딱히 취기 때문이라고 단정 지을 수는 없었다. M은 스무 살에 혈혈단신이 된 이후 자신의 얘기를 그처럼 진지하게 들어주는 사람을 한 번도 본 적이 없었다. 시계바늘은 새벽 2시를 가리키고 있었다.

"제안할 게 있네, 친구!"

이윽고 K가 입을 열었다. 시르죽은 M과 달리 K는 여전히 생기가 넘쳤다.

K의 제안은 현실적이면서도 파격적이었다. 명배우가 되기 위해서는 무엇보다 담력을 키워야 한다는 것이 그의 지론이었다. K의 말인즉, 주변의 모든 장소가 실전감각을 끌어올리는 데 필요한 무대, 그러니까 실습무대가 되어야 한다는 것이었다. M이 아는 한, 그것은 지금까지 어떤 강사도 시도하지 않은 방법이었다. M에겐 아픈 기억이 있었다. 연기학원을 다니던 시절, M은 강사가 자리를 비운 틈을 타 〈수강생 커리큘럼〉을 훔쳐본 적이 있었다. 그의 것은 〈파일 M〉에 담겨 있었다. 프로필 아래의 트레이닝 칸에는 이런 글이 쓰여 있었다.

─첫째, 대학로의 연극을 적극 관람하도록 유도할 것. 특히 표정 연기의 디테일한 부분은 현장에서 메모하고 이미지트레이닝을 반복하도록 권유할 것. 둘째, 국내 작가의 작품은 물론 테네시 윌리엄스, 유진오닐, 뒤렌마트, 아서 밀러 같은 외국 작가의 대본을 소개하고 극의 흐름을 파악하는 데 필요하다고 설득할 것. 셋째, 동적인 연기에도 그 나름의 표정이 있음을 이해시키고 브로드웨이의 뮤지컬을 추천할 것. 캐츠나 맘마미아, 시카고, 미스 사이공 등 오리지널 투어 공연을……

강사의 처방 어디에도 말을 더듬는 데 따른 문제점이나 교정 방안, 나아가 M의 장래성에 관한 전망이나 제언은 없었다. 더 충격이었던 것은 〈파일 M〉과 여타 파일의 내용이 별 차이가 없다는 점이었다. 뒤에 안 사실이지만 그 글은 인터넷 여기저기에서 발췌하여 짜깁기한 것이었다. 강사의 그것은 대단히 훌륭한 지침이었지만 동시에 하나 마나 한 지침이었다. M은 선불한 수강료가 아까웠지만 당장 학원을 끊었다.

다음날, M은 경찰복을 준비해 약속 장소로 나갔다. 공연 스케줄이 비어 있는 날이었다. K는 벌써 나와 기다리고 있었다.

"괜찮을까?"

K가 렌트한 차 안에서 경찰복으로 갈아입은 M이 주위를 살피며 말했다.

"그만한 용기도 없이 담력을 키우겠다고?"

"아, 알았어. 하지 뭐. 아니, 할 수 있어."

M은 길게 숨을 내쉰 다음 자동차에서 내렸다. 가슴이 쿵쾅거렸다. M은 K가 시킨 대로 배에 힘을 주고 허리를 폈다. K는 적당한 거리를 유지한 채 M의 뒤를 따르고 있었다. 실습 상대는 그리 멀지 않은 곳에 있었다. 머리가 반쯤 벗겨진 남자였다. 남자는 마치 K에게서 역할을 부여받기라도 했다는 듯 M이 접근할 즈음 담배꽁초를 도로로 던졌다.

"저, 실례합니다. 선생님은……."

돌아본 남자와 눈이 마주쳤다. 남자의 눈은 충혈되어 있었다. M은 마른침을 삼켰다.

"선생님은 방금, 그, 그러니까, 담배꽁초를 버, 버리셨습니다. 신분증을 제시해……."

남자가 칵, 가래를 뱉는 바람에 M의 말이 끊겼다. 얼굴이 확 달아올랐다.

"나, 방금 가게 폐업하고 온 사람이우. 신분증도 없고 범칙금 낼 돈도 없으니 꼴리는 대로 하슈."

전혀 예상치 못한 반응이었다.

"그, 그렇더라도, 공공장소에서 다, 담배꽁초를……."

"허, 참! 댁한테 그런 말 들을 기분이 아니라니까 그러네."

"오, 오늘은 특별히 봐드릴 테니 다, 다음부터 주의하시기 바, 바랍니다."

M이 돌아서서 몇 발짝 걸었을 때였다. "방귀 뀌는 것도 단속하지 그래. 내 건 담배연기보다 독한데." 하는 소리가 귓등으로 밀려왔다. M은 돌아보지 않고 내처 걸었다. 등에서 식은땀이 흘렀다.

"하여튼 경찰 망신은 도맡아 시키는군. 그래서 꽁지를 착 내리고 내뺐다 이거야?"

상체를 등받이에 밀착한 오 형사가 혀를 찬다.

"그나저나 내가 연극에 대해선 진짜 무식하지만 아무리 생각해도 이건 아니야. 길거리에서 연기 연습을 한다는 게 말이 돼? 당최 납득이 가질 않아. 그런 걸 제안한 인간이나 넙죽 받아들인 인간이나."

M은 저도 모르게 고개를 끄덕인다. 내 말이. 그런 표정이다.

"왜 돕느냐고? 날 의심하는 거야?"

자판기커피를 건네면서 K가 되물었다. 표정을 읽을 수 없었다. 선글라스가 신경에 거슬렸지만 M은 내색을 하지 않았다.

"나도 한때 연기자를 꿈꾸었었지. 하지만 사고가 난 뒤 꿈을 접었어. 그래도 이 세계를 떠나지 못하겠더군. 그래서 결심했지. 로드매니저가 되기로."

"사고라고 했어?"

K는 대답 대신 자신의 머리를 가리켰다.

"죽을 수도 있었는데 운이 없어서 살아났어."

운이 없어서 살아났다니, 이상한 말이었지만 M은 더 이상 묻지 않았다. M은 K의 눈치를 보다가 화제를 바꾸었다.

"로드매니저는 무슨 이유로?"

K의 입가에 미소가 번졌다.

"일단 로드매니저로 시작해서 경험이 쌓이면 엔터테인먼트를 세울 거야. 거 왜 있잖아. SM이나 JYP, YG 같은."

K는 득의연한 표정을 지었다.

"연예인 기획사를 말하는 모양인데, 장래성이 있겠어?"

M의 물음에 K는 지그시 M을 바라보았다. 그리고 정색을 하고 말했다.

"방금 너를 캐스팅했어."

한 시간 뒤 자동차 문을 닫자마자 널브러지는 M을 K가 위로했다.

"나도 처음엔 실수투성이였어. 옛날에 우리 대장이 그랬었지. 첫술에 배부르랴. 그래도 안심이 되지 않았던지 한마디 더 하셨지. 비온 뒤에 땅이 굳는다. 자, 친구! 실망하지 말고 용기를 내라고."

그때부터 M은 일주일에 한 번씩 정기적으로 K를 만나 실습을 했다. 물론 무대는 거리였다.

"왜 하필이면 경찰 역이냐고? 다른 역할도 곧 할 거야."

M이 삐딱선을 탈 때마다 K는 M의 어깨를 두드렸다.

"깡다구를 키우는 덴 이보다 좋은 게 없어."

아닌 게 아니라 처음엔 크고 작은 실수가 잇따랐지만 갈수록 좋아지고 있었다. 더 이상 단역배우가 아니었다. 그는 이제 당당히 상대를 리드하는 주연배우였다. 다양한 상대와 부딪치면서 그의 연기력은 눈에 띄게 향상되었다. 저만치 떨어진 곳에서 지켜보던 K도 가끔씩 손가락으로 동그라미를 그려 보였다. 누군가 관심을 가진 사람이 있었다면 이 도시의 어느 거리에서 주연배우 M과 무작위로 선정된 시민 배우, 그리고 연출가 K를 볼 수 있었을 것이다. 단속된 사람들은 대부분 어깨를 움츠린 채 M의 훈시를 들었으며 가짜 확인서를 받자마자 꽁지 빠지게 달아났다. 때로는 그 자리에서 무릎을 꿇고 용서를 구하는 사람도 있었다. 얼마 전에 만난 여고생이 그랬다.

"아, 이러면 안돼요. 학생, 사람들 눈도 있는데."

M이 두 손으로 일으켜 세우자 "저 담배 피우는 거, 우리 아빠 몰라요. 그런데 범칙금 고지서 날아와 봐요. 저 맞아 죽는다고요." 하며 여고생은 M의 팔에 매달렸다. 가까이서 보니 얼굴이 한효주를 닮았다. 한효주는 M이 가장 좋아하는 탤런트였다. M은 힘들 때마다 그녀와 드라마를 찍는 상상을 하곤 했었다. 순간, M은 오랫동안 꿈꾸어 왔던 일이 마침내 이루어진 듯한 환상에 사로잡혔다. M은 여고

생의 손을 잡으며 대사를 읊었다.

"알았어요. 앞으로 조심하세요. 그리고 담배는 학생의 고운 피부를 상하게 할 뿐이니 부디 끊으시기 바랍니다."

돌연한 상황에 놀란 여고생이 뜨악한 표정을 지었다.

"그, 그런데 경찰관 아저씨, 이제 그만 손 좀 놓으시면 안 될까요?"

며칠 뒤 K가 색다른 제안을 했다. 이제 담배꽁초 무단투기 단속은 접고 스케일이 좀 더 큰 상황을 만들어 보자는 거였다. 그러면서 이게 마지막 경찰 역이라고 했다.

"그게 바로 이번 사건과 관련된 것이군!"

오 형사가 팔짱을 끼며 말했다. M은 고개를 끄덕인다.

"그건 범죄 행위 아냐?"

K의 제안에 M이 난감한 표정을 지었다. K가 피식 웃었다.

"그러면 지금까지 한 건 죄다 준법 행위고?"

번호판은 K가 미리 떼 놓겠다고 했다. 하지만 자동차가 그 골목으로 온다고 백퍼센트 장담할 수 없었다. 게다가 그 시간에 통과한다는 보장도 없었다. M이 그 점을 지적하자 K는 사전 조사를 충분히 했으니 그런 걱정은 꽉 붙들어 매라고 했다.

"근데 누구야, 아는 사람이야?"

M의 질문에

"그냥, 악역에 적합한 인간."

그 한마디뿐이었다.

오 형사는 갈피를 잡을 수가 없다. 황당무계하다 싶다가도 M의 진술과 피해자의 진술이 일치하는 대목에 이르면 그만 말문이 막혔다. 그러나 공범의 정체를 모른다는 말은 도저히 수용할 수가 없다.

"다시 원점으로 돌아왔군. 그러니까 자네는 그 자동차에 돈 가방이 있는 줄 몰랐다는 얘기 아냐?"

M은 M대로 의문을 푸느라 머릿속이 복잡하다. 오 형사의 말에 의하면 운전자는 돈 가방을 은행에 가져가는 길이었다고 했다. 운전자는 사채시장의 큰손으로 통하는 Y회장의 자금 담당이다. Y회장은 최근에 프랜차이즈 형식의 호프전문점을 창업한 신흥 사업가이기도 하다. 앞뒤 맥락을 보건대 결국 자신은 재주를 부린 곰이고 K는 왕서방이라는 결론이 나온다. M은 입술을 깨문다.

한눈에 봐도 부자들이 사는 동네였다. 자동차가 언덕 아래로 내려오는 것을 본 M은 오토바이의 시동을 걸었다. 경찰 마크를 엉성하게 페인팅한 오토바이였다. 다소 불안했지만 심호흡을 하며 마음을 추슬렀다. 주사위는 던져졌다. M은 가상의 관객을 생각하며 대사를 되뇌었다. 가볍지 않게, 그러나 무겁지도 않게. 카이사르가 루비콘 강을 건너는 수고에 비하면 이 얼마나 수월한 시추에이션인가. M은 액셀을 당겼다. 오토바이가 퉁기듯 출발했다. 마주 오던 자동차의 운전자는 경찰관이 손짓을 하자 아주 모범적으로 브레이크를 밟았다. M은 운전석에서 내린 운전자에게 앞쪽 범퍼를 가리켰다. 단순한 동작이었지만 카리스마가 넘쳤다. M은 자신의 연기에 만족했다.

"어, 번호판이 어디 갔지?"

운전자는 당황한 눈치였다. 운전자가 허리를 숙여 번호판이 떨어져나간 범퍼와 차체 하단부를 살피는 동안 M은 준비한 대사를 생각했다. 그때였다. 한 사내가 잽싸게 조수석에 있던 가방을 들고 골목으로 내달았다. 굵은 뿔테안경에 두건 형태의 모자였다. 극히 짧은 순간이었지만 M은 그가 K라는 걸 직감했다. 곧이어 옆 골목에서 오토바이의 굉음이 들렸다. 운전자는 돌아가는 상황을 전혀 모르고 있었다. 운전자가 허리를 펴고 그를 보았다. 당황한 M은 대사를 까맣게 잊고 말았다.

"CCTV 몇 군데서 동일 인물이 나오는데, 그게 이 친구가 말하는 K인 모양이에요. 대부분 기초질서 위반사범을 단속한 현장이에요. 일이십 미터 떨어진 곳에서 지켜보고 있는 걸로 봐서 둘이 범행을 모의한 뒤 예행연습을 하고 있었던 걸로 추정됩니다. 근데 문제는 K라는 친구, 베레모를 쓴 데다 선글라스를 끼고 있어 얼굴을 정확히 알 수 없어요. 아무래도 수배전단을 배포해야 할 것 같은데요."

"신원 확인도 전혀?"

오 형사가 묻는다. 박 형사가 고개를 끄덕이며 M을 가리킨다.

"이 친구와 통화한 내역을 조사했는데 예상했던 대로 대포폰이었어요. 자동차를 렌트할 때 썼던 신분증도 가짜였고. 하여튼 완벽하게 사라졌어요. K라는 존재는 없어요."

"들었지?"

오 형사가 M에게 눈으로 묻는다. M은 모래시계처럼 서서히 머리가 비어 가는 느낌이다. 박 형사에게서 서류를 넘겨받은 오 형사가 입을 연다.

"안됐지만 자네, 단순히 경찰관 사칭만 한 게 아니더군. CCTV를 통해 확보된 증거에 의하면 자네는 사칭은 물론 직권 행사까지 했어. 이건 3년 이하의 징역형이나 칠백만 원 이하의 벌금형이야."

M은 눈을 감는다. 이 모든 게 진짜로 연극이었으면 하는 생각이 그의 뇌리를 뚫고 지나간다.

병원이다. 사내는 병실에 들어가기 전 화장실부터 들른다. 거울 앞에 서서 선글라스와 베레모를 벗는다. 듬성듬성 빠진 머리가 불빛에 휑하니 드러난다. 화상을 입은 눈두덩은 쭈글쭈글하게 말라붙어 버렸다. 눈썹이 없어서인지 그의 인상은 파충류처럼 차갑게 보인다. 괜찮아, 꾸미기 나름이지 뭐. 사내는 스스로를 위로한다. 사내는 비닐봉지에서 새로 맞춘 가발을 꺼내 머리에 쓴다. 사람의 머리칼로 만들었다더니 아닌 게 아니라 진짜 머리처럼 자연스럽다. 머리칼을 내려 눈두덩을 최대한 가린다. 그런 뒤 주머니에서 안경을 꺼낸다. 안경점에서 가장 굵은 테를 골랐는데도 화상 자국을 완전히 가리진 못한다. 그러나 전체적으로 무난한 인상이다. 앞머리의 웨이브를 조금만 더 살리면 인상이 훨씬 순해 보이겠다는 생각이 든다. 가발디자이너는 마음에 들지 않으면 언제든지 들르라고 했었다. 사내는 내일 중으로 AS를 받아야겠다고 마음먹는다. 사내는 베레모와 선글라스가 담긴 봉지를 쓰레기통에 던진 뒤 병실로 들어간다. 간호사가 링거와 주사약을 실은 카트를 밀고 나오다 목례를 한다. 사내도 고개를 숙인다.

"대장, 저 왔어요."

사내의 말에 병상에 누워 있던 환자가 손가락을 까딱, 움직여 보인다. 그마저도 힘겨워 보인다.

"날씨가 추워졌어요. 제 볼이 빨갛게 됐어요."

그러나 환자는 사내를 보지 못한다. 환자는 얼마 전 두 눈을 잃었다. 환자의 상태는 조금씩 악화되어 가고 있다. 머지않아 한쪽 다리를 잃을지도 모른다. 가벼운 뇌출혈이 시발점이었는데 당뇨와 그에 따른 합병증이 동맹군처럼 몰려왔다. 환자를 대장이라고 부른 사내는 침상 옆에 놓인 의자에 앉아 환자의 손을 잡는다.

"얼른 일어나서 예전처럼 저랑 팔씨름도 하고 농구도 해야죠."

사내의 말에 환자의 입술이 옴찔거린다. 몇 년 전 같았으면 "누가 들으면 조폭인 줄 알겠다. 군대도 갔다 왔으니 이젠 아버지라고 불러야 하지 않겠니?" 하며 어퍼컷을 날리는 시늉이라도 했을 터이다. 사내는 환자의 입 주변을 물휴지로 닦는다. 사내는 짱짱했던 환자의 모습을 떠올리며 다시금 전의를 다진다.

"조금 힘들었지만 계획했던 대로 처리했어요."

사내의 말에 환자가 천천히 손을 젓는다. '이제 그만하지 그러니.' 사내는 그게 그런 뜻임을 안다. 복수는 나의 것. 성경의 한 구절을 읊조리며 전의를 불태우던 모습은 온데간데없다. 사내는 "아직은

요." 하며 환자의 손을 두 손으로 감싼다.

"그자에게 몽땅 털리고 거리에 나앉은 사실을 그새 잊으셨어요? 그리고……."

사내는 말을 잇지 못한다. 환자는 사내의 손을 잡는다. 뭔가 할 말이 있지만 목에 걸려 넘어오지 않는 눈치다. 사내는 복도로 나와 창문을 연다. 가발을 썼는데도 머리가 선득하다. 억병으로 취한 밤과 가스레인지의 불꽃, 사이렌 소리 따위가 방금 전의 일인 듯 생생하다. 다시 생각해도 부끄러운 일이다. 차라리 면도칼을 쓰든지 옥상에 올라가는 편이 나았을 것이다. 사내는 도시의 야경을 내려다본다. 도로를 따라 불빛이 깜박거린다. 스타를 꿈꾸었던 한 남자의 얼굴이 떠오른다. 그래 M이었지. M은 연기의 중요성을 새삼 일깨워 준 친구이다. 꿈꾸었던 별과는 전혀 다른 별을 갖게 될 M을 생각하니 조금은 안됐다는 생각이 든다. 하지만, 사내는 심호흡을 한다. 이곳에서 살아남기 위한 최우선 요건이 연기력이라면 그다음은 희생이다. 내 뜻을 관철하기 위해선 누군가의 희생이 필요하다. 그렇다. 도움이 아니라 희생이다. 자신을 버리면서까지 상대를 도울 사람은 없다. 자신을 버리도록, 버리면서도 그게 버리는 것인 줄 모르게 해야 한다. M은 운이 없었던 것이다. 그날 내가 내민 각본을 받지 말았어야 했다. M을 보고 즉석에서 기획한 각본이었다. 사내는 창문을 닫는다. M에게 방송국이 난공불락의 성채라면 사내에겐 Y회장이 반드시 무너뜨려야 할 요새이다. 대장과 동업자였던 Y회장은 대장의 재물을 교묘하게 편취해서 부를 늘린 작자다. 반드시 무너뜨려야 할 이유가 또 있다. 그자의 전리품 중엔 대장이 총애했던 왕후도 있다. 그에 상응하는 대가를 바랄 뿐, 원상회복은 기대하지 않는다. 엎질러진 물을 담으려고 하지 마라. 그것도 대장에게서 배운 것이다.

"이거 방금 그쪽 주머니에서 떨어졌는데요."

지나가던 간호사가 열쇠를 들어 보인다.

"아, 네. 맞아요. 제가 칠칠하지 못하게 잘 흘리고 다녀요."

사내는 간호사가 건넨 열쇠를 받아든다. 돈 가방이 들어 있는 보관함의 열쇠이다. 당분간 돈 걱정은 하지 않아도 된다. 상대는 가맹점에서 거둬들인 현금을 금고에 넣어 두었다가 한 달에 한 번 은행에 가져간다. 이번 사건으로 시스템을 바꿀 것이다. 따라서 공격 루트도 바꿔야 한다. 사내는 의자에 앉아 새로운 방법을 하나 둘 검토해 본다. 모노드라마가 되지 않을까, 걱정할 필요는 없다. 길에 나가면 어떤 역이든, 시켜만 주면 기꺼이 수행할 수많은 M이 있을 테니까.

메두사의 뗏목

"하마터면 떼일 뻔했잖아요."

11번 여자가 교통사고를 당했다는 소식에 미스 윤이 한 말이다. 그래도 그렇지 사람이 죽었다는데 돈 얘기니. 그 말을 하면서 눈을 흘겼지만 돌아서서 안도의 숨을 내쉬었다. 그래서 뭐예요, 이렇게 사정하는데도 빌려줄 수 없다는 거예요? 눈을 희번덕거리며 뇌까리던 여자의 모습이 떠올랐다. 남편이 사업에 실패했다느니 딸애가 아프다느니, 뻔한 속셈 아녜요? 남자가 생긴 거라고요. 쌈짓돈이긴 하지만 자신도 몇 번 당했다며 미스 윤은 현저하게 달라진 여자의 얼굴, 그리고 한층 짙어진 화장을 들먹였다. 하긴 안 하던 짓을 하는 걸 보면. 주옥은 마음이 흔들릴 때마다 미스 윤이 한 말을 상기했다.

설핏 잠이 들었던 모양이다. 전화벨 소리에 눈을 떴다.

"네, 12번 미스 박입니다."

주옥은 입가를 훔치며 기계적으로 내뱉는다. 헤드폰에 달린 마이크를 당긴다.

"이봐, 듣고 있어? 어서 후우…… 거, 거기를 문질러 보라고."

사내의 목소리는 불땀 센 삭정이처럼 타오른다. 주옥은 시계를 문지른다. 시간을 확인한 주옥은 마이크에 입을 댄다.

"네, 아주 좋아요. 그럼요."

감칠맛 나게 감겨드는 주옥의 목소리에 부응하듯 저편의 신음소리가 고조된다.

헤드폰을 벗으며 주옥은 시계를 들여다본다. 30분 남짓. 세 번째 콜(call)이다. 어제보다는 나은 편이다. 조건만남이니 역할대행이니 하는 따위의 신종 업종이 생기고부터 접속자 수가 눈에 띄게 줄었다. 주옥은 접속자 리스트를 살핀다. 단골 고객의 이름은 보이지 않는다. 어쨌건 얄망궂은 질문에 주저리주저리 응대하는 것보다 폰섹스에 응하는 편이 실속 있겠다는 생각이 든다. 그렇긴 한데, 주옥은 이내 쓴웃음을 짓는다. 색 쓰는 소리는 어디 쉬워서. 주옥은 머리칼을 쓸어 넘긴 뒤 이마에 맺힌 땀을 닦는다. 그리고 손가방에서 알약을 꺼낸다. 컵에 물을 따르던 주옥은 그 남자를 떠올린다. 며칠째 전화가 없다. 남자는 사흘에 한 번꼴로 12번을 호출했었다.

"왜, 퇴근하시게?"

김 군의 목소리다. 박 실장은 어디 갔는지 녀석 혼자서 카운터를 지키고 있다. 카운터에만 조명이 떨어질 뿐 사위는 동굴처럼 어둑하다. 주옥은 고개를 젓는다. 녀석은 다시 잡지로 시선을 돌린다. 손가락 사이로 비키니 차림의 표지 모델이 보인다.

"얘, 군대 간다더니?"

녀석은 잡지에서 눈을 떼지 않고 입만 달싹인다.

"석 달 남았어요."

주위를 둘러보던 주옥의 눈길이 카운터 가장자리에 놓인 분재에 머문다. '축! 개업'이라는 문구가 찍힌 빛바랜 리본이 아직도 달려 있다. 주옥은 미간을 찌푸린다. 노간주나무는 기어이 말라 죽었고 느티나무 역시 오늘내일 하는 형편이다. 볕을 쬐지 못한 데다 틀을 낸답시고 얼기설기 감아 놓은 철사를 여태 풀지 않아 하늘을 향해 곤댓짓해야 제격인 나무가 바닥으로 설설 기고 있다. 축 처진 어깨, 구부정하게 굽은 등을 보이며 도망치듯 현관문을 나서던 남편의 모습이 떠오른다. 주옥은 고개를 돌린다. 사각형 공간에 사각형 방문들. 열네 개의 방 중 불이 켜진 방은 고작 네 개다. 주옥의 시선이 9번 방에 머문다. 미스 윤의 방이다. 그러고 보니 오후 들어 한 번도 그녀를 보지 못했다. 재택근무로 돌렸나? 문을 열고 들어서던 주옥은 흠칫 놀란다.

"불 켜지 마세요."

미스 윤의 목소리다.

"미스 윤답지 않게 이게 뭐니. 불 켤까? 아니, 혼자 있고 싶은 모양인데 내가 나갈까?"

주옥은 방문 손잡이를 잡는다.

"아, 아녜요. 그냥 계세요, 불은 켜지 말고."

시르죽은 목소리다.

"왜, 무슨."

주옥의 말이 끊긴다.

"그따위 자식한테 속다니, 내가 미친년이에요."

평소 볼 수 없었던 모습이다. 샐비어처럼 붉은 입술로 새살거리던 모습이 눈앞을 스쳐간다.

아침부터 비가 추적추적 내리던 날이었다. 주옥은 메모지를 확인한 뒤 'G스튜디오'라고 쓰인 유리문을 밀었다. 주뼛주뼛 실내 동정을 살피고 있는 주옥을 카운터에 있던 청년이 조그만 사무실로 안내했다. 중년 남자가 의자에 앉은 채 그녀를 맞았다. 자신을 박 실장이라고 소개한 남자는 몇 가지 의례적인 질문을 던지더니 종이 두 장을 내밀었다. 서약서와 계약서라고 했다. 주 고객은 외로운 늑대들이죠. 시답잖은 말이라 생각했는지 제풀에 벌쭉 웃었다. 상담원이 하는 일은 그들의 말을 들어주고 외로움을 달래 주는 겁니다. 남자의 느물거리는 말투가 거슬렸지만 내색하지 않았다.

"5번 조항이 음란한 대화를 하지 않는다는 건데요?"

서약서를 읽어 내려가던 주옥이 고개를 갸웃거리며 물었다.

"에 또, 그게 음란한지 아닌지는 본인들 문제라 음…… 그러니까 다시 말해 객관적 기준이랄까 근거랄까 뭐 그런 걸 명확하게 가리기가 애매한 데다…….”

주옥은 피식 웃고 말았다.

“다 된 것 같으니 계약서에 도장이나 찍으쇼.”

남자가 멋쩍은 표정으로 인주를 내밀었다.

“어렵게 생각할 거 없어요. 이것도 입으로 하는 장사다, 셈치면 그만이에요.”

미스 윤이 건넨 말이었다. 주옥이 받은 번호는 12번이었다. 첫날, 배정된 방에 들어섰을 때 주옥은 마치 작은 우리에 갇힌 기분이었다. 두 평 남짓한 방에는 조그만 테이블과 컴퓨터 한 대 그리고 송수신 헤드폰이 전부였다. 아니, 하나 더 있었다. 모니터 뒷벽에 걸려 있는 그림 한 점. 조잡한 복사물이긴 해도 명화로 불리는 그림들 중 하나임이 분명했다. 바투 다가가 액자 하단의 글씨를 읽었다. 〈제리코, 메두사의 뗏목〉 그림에 어울리는 제목이었다. 어쨌거나, 주옥은 가볍게 혀를 찼다. 성인전화방에 포르노그래피가 아닌 명화라니. 집어삼킬 듯 달려드는 광포한 파도, 하늘을 뒤덮고 있는 먹구름과 위태로이 매달려 있는 돛 그리고 금방이라도 부서질 듯 요동치고 있는 뗏목이었다. 뗏목 위의 사람들은 사력을 다해 천 조각을 흔들고 있었다. 사람들의 시선이 쏠린 곳에는 콩알만 한 배가 있었다. 그들을 구원해 줄지도 모르는 배였다. 성기를 드러낸 채 널브러져 있는 사내와 그 사내를 한 손으로 그러잡고 있는 퀭한 눈의 사내가 유독 시선을 끌었다. 방문이 빠끔히 열린 건 주옥이 뗏목 위의 사람들을 세고 있을 때였다. 누구? 눈으로 물었다.

"번호 받으셨죠? 9번 미스 윤이에요."

그녀는 눈웃음치며 옆방을 가리켰다. 오렌지색으로 물들인 펌 스타일의 머리에 색조화장까지 요란해 쉬 나이를 짐작할 수 없는 얼굴이었다. 주옥은 대충 브러시로 빗어 넘긴 자신의 머리를 매만지며 무슨 일이냐고 물었다.

"제 방에 커피 있는데 오실래요?"

그녀는 이것도 인연이 아니냐며 새살거렸다. 방에 들어서자마자 휘휘 둘러보는 주옥이 이상한지 미스 윤이 커피를 타다 말고 물었다.

"손바닥만 한 방에 뭐가 있다고 살피세요?"

주옥이 고개를 갸웃거렸다.

"여기는 없네, 방마다 걸어 놓은 줄 알았더니."

주옥의 입에서 그림이라는 말이 나오자 미스 윤은 "아, 그 액자." 하더니 11번 언니가 걸어 둔 거라고 했다.

"김 군이 뗀 줄 알았는데 아직도 있었네."

커피잔을 건네며 미스 윤이 말했다. 그 방이 11번 여자가 썼던 방이라는 것과 그녀가 개인 사정으로 잠시 쉬고 있다는 것도 미스 윤의 입을 통해 알았다.

주옥이 11번 여자를 본 것은 그로부터 두 달이 지난 어느 주말이었다. 화장실을 다녀와 막 자리에 앉는데 노크 소리가 들렸다. 미스 윤 뒤로 낯선 여자가 보였다.

"다시 나왔는데, 전에 쓰던 방을 보고 싶다고 해서……."

미스 윤이 한 발짝 비켜서며 여자의 소매를 당겼다. 화장기 없는 해쓱한 얼굴이었다.

"아이 참, 이 방의 원래 주인."

미스 윤이 그렇게 말했을 때에야 주옥은 아, 하며 인사말을 건넸다. 방안을 휘 둘러보던 여자의 눈길이 한곳에 고정되었다. 제리코의 그림이었다. "저걸 본다고 달라질까." 여자가 웅얼거렸다.

"가져가도 되는데."

주옥의 말에 "아, 아녜요." 여자가 고개를 저었다. 며칠 후 여자의 방에 들른 주옥은 테이블 한쪽에 놓인 사진을 보았다. 머리를 양 갈래로 땋은 여자애였다.

"딸인 모양이네. 몇 살이에요?"

주옥의 물음에 여자는 별일 없으면 곧 3학년이 될 거라고 했다. 별일 없으면? 이상한 걸 갖다붙인다 싶었지만 우리 집 애도 그런데, 하고 심상하게 받아넘겼다. 여자는 말없이 고개를 끄덕였다. 아이는 엄마의 눈매를 닮아 심약해 보이는 인상이었다. 이런 장소에 딸애 사진을 놓고 싶을까. 입이 간질거리는 것을 애써 참았다. 저녁 무렵 인근 편의점에서 컵라면을 먹었다.

"그동안 뭘 했수?"

미스 윤이 물었다. 여자의 입가에 메마른 웃음이 번졌다.

"거긴 팔심이 약한 사람은 배겨 내질 못하겠더라고. 잘하면 교통비나 벌까. 한 곳에선 키가 작다고 퇴짜 맞고, 또 한 곳은 너무 말랐다나 뭐라나. 여긴 적어도 그딴 건 따지지 않잖아."

미스 윤은 고개를 갸웃거렸고 주옥은 고개를 끄덕였다.

버스는 S백화점 앞에서 신호를 받고 섰다. 주옥은 백화점 건물을 올려다본다. 세일 기간이 적힌 대형 현수막이 너울거리고 있다. 그 옆에 뭔가 꼼지락거리는 게 보인다. 한 사내가 유리창에 붙어 있다. 사내는 T자 형태의 밀대로 유리창을 문지르고 있다. 그 모습이 바동거리는 벌레 같다고 생각한 순간 사내가 쑥, 하고 추락한다. 순식간의 일이다. '안 돼.' 주옥은 손으로 입을 가린다. 앞자리의 청년이 돌아보며 눈을 끔벅거린다. 한 칸 아래로 이동한 걸 모르고. 주옥은 가슴을 쓸어내린다. 사내가 의지하고 있는 로프를 뚫어지게 보던 주옥은 문득 자신의 목숨을 매달고 있는 건 뭘까, 생각해 본다. 희부연 안개가 피어오른다. 자신이 알고 있는, 위태로이 매달린 사람들의 모습이 너울거리며 지나간다. 주옥은 참았던 숨을 내뱉는다.

미니스커트 차림의 이십대 여자가 옆자리에 털썩 앉는다. 막 출발하는 버스의 문을 두드려 승차한 여자다. 불거져 나온 광대뼈에 오뚝한 콧날, 게다가 굵고 짧게 그려진 아이라인이 사뭇 도발적이다. 여자는 숄더백에서 파우더 팩트를 꺼내더니 익숙한 솜씨로 찍어 바른다. 주옥의 시선을 개의치 않는다. 여자는 눈두덩을 가볍게 두드리고 난 뒤 볼터치용 브러시를 이용해 광대뼈 부위에 음영을 만든다. 다 됐나 했는데 아이섀도에 립스틱까지 이어진다. 화장품 냄새가 훅 끼친다. 11번 여자의 얼굴이 생각난다. 가을을 함께 보낸 여자는 습관인가 싶게 다시 서너 달 쉬었다 출근했다. 겨울도 어느덧 끄트머리를 향해 가고 있었다. 방문 앞에서 맞닥뜨린 여자를 처음엔 알아보지 못했다. 짙은 화장 때문이었다. 전혀 예상치 못한 변신이었다. 눈언저리를 반짝이펄이 함유된 파우더로 단장한 여자는 밤 10시 무렵에 방을 나섰다. 그 일이 반복되었다. "좋은 일 있나 봐요?" 어쩌다 문 앞에서 마주친 주옥이 넘겨짚을라치면 "아, 네." 어색한 웃음을 흘리며 잰걸음을 놓았다.

백화점 출입구는 쇼핑객들로 북새통을 이루고 있다. 쇼핑백을 가슴에 안고 막 출입구를 빠져나와 횡단보도를 향해 걸어가는 젊은 남녀 한 쌍이 눈길을 끈다. 활짝 웃고 있는 여자에게 남자가 쇼핑백을 흔들어 보인다. 문득 백화점 구경한 지가 까마득하다는 생각이 든다. 젊은 여자가 무엇을 떨어뜨렸는지 두 손으로 쇼핑백을 안은 채 엉거주춤 서서 뒤를 돌아보고 있다. 껴안고 있던 쇼핑백을 무릎으로 받친 남자가 바닥에 떨어진 걸 집어 올린다. 그때 버스가 출발한다. 남자가 집어 든 게 뭔지 확인할 양으로 주옥은 얼굴을 차창에 바짝 붙인다. 무슨 가방 같긴 한데 봉고 한 대가 끼어드는 바람에 제대로 보질 못했다. 미스 윤이 갖고 있던 복주머니 모양의 숄더백은 연한 갈색이었다. "예쁘네." 주옥이 테이블 위에 있던 그것을 보고 한마디 하자 그녀는 눈을 반짝거렸다.

"페라가모예요. 송아지 가죽으로 만들었죠. 보시다시피 모던한 이미지에 부드러운 곡선 처리가 일품이에요."

생경한 이름이었다. 문득 어릴 때 시골에서 보았던, 순한 눈망울을 굴리며 어미 주위를 맴돌던 송아지가 떠올랐다. 송아지와 이백만 원을 호가하는 명품 숄더백과의 관계가 잘 이해되지 않았다. 페. 라. 가. 모. 주옥은 발음을 따라해 보았다. 아무래도 어색했다.

"페라가모, 구찌, 베네통, 베르사체……. 아무튼 명품 중에서도 왠지 이탈리아 제품이 끌리더라고요. 멋있잖아요. 〈로마의 휴일〉에 나오는 그레고리펙, 언니도 보셨죠?"

주옥은 한때 세계적 미남 배우로 성가를 높였던 한 남자의 얼굴을 떠올렸다. 그런데 오드리헵번도 아닌 그레고리펙과 핸드백이 무슨 상관이 있다는 말인지. 게다가 주옥이 알고 있기론 그레고리펙의 국적은 미국이다. 하지만 주옥은 고개를 끄덕였다.

"페라가모, 참 근사한 이름이네."

"엄마, 할머니가 또 때렸어."

아이를 대야 앞에 앉힌 주옥은 시어머니가 누워 있는 방을 흘금거리며 비누를 집어 든다.

"네가 뭘 잘못한 게지."

눈에 비눗물이 들어갔는지 아이는 "앗 따가" 하며 몸을 비튼다.

"가만있어."

주옥은 아이의 등을 가볍게 때리며 얼굴에 물을 끼얹는다.

"아냐, 잘못한 거 없어. 분명히 텔레비전에서 봤단 말이야."

아이가 눈을 흘긴다. 또 그 이야기다. 주옥은 말없이 아이의 얼굴을 문지른다. 잔뜩 찡그린 아이의 얼굴에서 비누거품이 흘러내린다.

아이는 몇 술 뜨더니 숟가락을 놓는다.

"왜, 더 먹지 그러니. 계란말이도 있는데."

주옥은 숟가락을 아이의 입으로 가져간다. 아이는 도리질한다. 의 기소침해 있는 아이의 모습을 보니 속이 상한다.

"정말이야, 신문지를 덮고 자고 있었단 말야."

얘가 또. 주옥이 아이의 입을 막기도 전에 왈칵, 미닫이문이 열린다.

"그래도 방정맞은 소릴. 이년, 한번만 더 주둥일 놀려 봐. 곱다시 찢어 놓을겨."

노기등등한 얼굴로 소리치는 할머니 앞에서 아이는 그예 울음을 터뜨리고 만다.

"그 에미에 그 자식이여."

시어머니는 문짝이 부서져라 처닫는다. 퇴행성관절염과 천식으로 하루 대부분의 시간을 자리보전하고 있는 시어머니에게 저런 힘이 있을 줄 몰랐다. 돌연 숨이 가빠 온다. 주옥은 손으로 가슴을 문지르며 약병을 찾는다.

주옥은 소매를 걷고 상을 치운다. 아이가 계단을 다 올라갔는지 끼이익, 소리가 들린다. 11번 여자가 돈 얘기를 꺼냈을 때 거짓말처럼 저 소리가 들렸었다. 그래, 엘리베이터가 달린 아파트야 꿈으로 돌리더라도 이곳만은 벗어나야 한다. 몸을 굴신하지 못하는 시어머니는 차치하고 습기와 냉기에 짓눌린 지하를 벗어나지 않는 한 딸아이의 몸에서 진물과 딱지가 소멸될 가능성은 없다. 철컥. 아이가 샛문을 닫는 소리에 주옥은 정신을 차린다. 뒤따라가 등이라도 한번 다독여 주어야지. 그러나 마음뿐이다. 주옥은 왈강달강 그릇을 씻는다. 앙알거리는 아이보다 툭하면 손찌검을 하는 시어머니가 더 야속하다. 주옥이 놓친 접시가 하필이면 씻어 놓은 컵에 떨어진다. 주옥은 이가 빠진 컵을 신문지로 싸서 휴지통에 넣는다. 아무리 생각해도 그 일이 화근이다. 일요일이었다. 아이는 옆집에 놀러가고 시어머니는 잠들어 있었다. 사무실에 전화를 걸어 집으로 연결해 달라고 부탁했다. 얇은 담요 한 장을 덮어쓴 채 작업을 하고 있었다. 탄식 같은 숨소리가 끊어질 듯 이어지고 있었다. 툭툭, 누가 이불을 치는 줄도 몰랐다. 시어머니였다. 온몸을 비비적대며 건너온 모양이었다.

"이런 썩을."

시어머니는 가쁜 숨을 몰아쉬고 있었다.

"저기…… 그러니까."

주옥은 말을 잇지 못했다.

"이봐, 뭐해. 조금만 더하면 되는데 응? 이봐."

수화기를 빠져나온 사내의 츱츱한 목소리에 주옥의 얼굴이 파랗게 질리는 순간 시어머니가 주옥의 손에서 채뜨린 수화기를 내동댕이쳤다.

설거지를 끝낸 주옥은 이불 속에 몸을 묻는다. 오후에 일 나가기 위해선 억지로라도 눈을 붙여야 한다. 그때 벨이 울린다.

"12번 미스 박 맞지?"

끈적한 목소리를 듣는 순간 아차, 싶다. 대충 얼버무리고 끊은 뒤 주옥은 사무실에 전화를 걸어 설정을 변경해 달라고 부탁한다. 어렵사리 잠 속으로 미끄러져 들어가는 주옥을 전화벨이 한 번 더 낚아챈다. 간신히 수화기를 든다.

"여보세요."

이번엔 주인집 여자다. 그녀는 대뜸 엊그제 했던 말을 또 꺼낸다.

"알고 있어요. 이달 말까지 돈을 준비하지 못하면 방을 빼야 한다는 거."

벌써 몇 번째예요? 그러나 그 말은 주옥의 입 속에서 가랑잎처럼 구르다 부스러진다. 주인집 여자는 아직 할 말이 남았는지 그리고, 하면서 말을 잇는다. 주옥은 전화선을 뽑는다.

삐삐, 하는 소리와 함께 투깔스런 기계음이 귓전을 때린다. 퇴장하셨습니다. 신청하신 분이 전화를 먼저 끊어 종료됩니다. 주옥은 헤드폰을 벗어 테이블 위에 던진다. 날씨만큼이나 칙칙한 기분이다. 채 일 분이 안되어 끊긴 게 벌써 몇 번짼지 모른다. 하긴 목감기에 걸려 양철통 우그러지는 소리를 내는 여자를 좋아할 남자는 없다. 설탕물이라도 끓여 마실까, 하다 고개를 젓는다. 일을 처음 시작했을 무렵, 예쁜 목소리를 내는 비결을 묻는 주옥이 한심했던지 미스 윤은 비시시 웃기만 했다. 대화 도중에 전화벨이 울렸다.

"으응, 오빠구나. 뭐라구? 오빠 목소릴 왜 몰라. 뭐, 자위하고 있다고? 흐흥, 그 말 들으니 나 갑자기 간지러워지는 거 있지. 호호, 아냐 농담이야 농담. 으응, 알았어. 끝날 때까지 있어 줄게."

연령대가 바뀌자 다소 툭툭한 목소리에서 가녀린 소녀의 목소리로 톤을 달리한 그녀는 통화하면서도 쉬지 않고 껌을 씹었다. 손도 가만있질 못했다. 음담패설을 늘어놓으면서도 연신 마우스를 움직여 웹사이트를 서핑했다. 나중에 안 사실이지만 그녀는 화장을 하면서도, 커피를 마시면서도, 심지어 밥을 먹으면서도 상대의 말을 척척 받아넘기는 재주를 가지고 있었다. 문득 생각난 듯 주옥은 상담원 홈페이지에서 나와 포털사이트로 간다. 죽 떠오른 뉴스 목차를 보던 주옥은 '이달 들어 노숙자 급증'이란 제목을 선택한다. 동영상 뉴스다. 대부분 실직자인 이들은 하루 한 끼 자선단체에서 제공하는 식사 외에는……. 주옥은 화면을 찬찬히 살핀다. 카메라 앵글은 일정한 거리를 유지한 채 궁상스레 옹그리고 앉아 소주잔을 기울이거나 혹은 골판지나 신문지 따위를 깔고 누워 있는 노숙자들을 훑어간다. 주옥은 숨을 죽이고 카메라를 따라간다. 남편을 닮은 사람은 보이지 않는다. 아이는 누굴 본 것일까.

새벽 한 시, 전화벨이 울린다. 그 남자다. 어지간히 시달린 뒤였다. 자고 있는 아내 옆에서 전화를 걸어 온 남자도 있었다. 남자는 성감대를 자극하는 방법에 대해 꼬치꼬치 물었다. "괜찮아, 집사람은 눈치가 발바닥인걸." 주옥이 괜찮으냐고 묻자 남자가 한 말이었다. 하긴 대놓고 그쪽으로 나가는 남자가 낫다. 대화를 명분으로 가정사를 세세히 캐묻는 남자는 정말 질색이다. "어쩌다 이런 일을 하게 됐소?" 자신을 인테리어 업자라고 소개한 요 앞의 남자 역시 접속이 되자마자 그렇게 물어 왔다. 주옥은 이마에 맺힌 땀을 손등으로 닦았다. 어쩌다 이 일을 하게 되었을까. 손등에 눈이 갔다. 땀에 젖은 불그레한 흉터. 주옥은 손등을 쓸다 눈을 감았다. 막 숯불을 갈고 일어서던 여자가 미끄덩하는 게 보였다. 냄비가 나동그라지면서 뜨거운 국물이 여자의 손등에 쏟아졌다. 비명을 지른 건 그러나 여자가 아니라 옆 테이블의 노인네였다. 숯불갈비집 간판이 어느새 세차장 간판으로 바뀌었다. 여자는 소매를 걷어붙이고 차를 닦고 있다. 아스팔트가 녹아내릴 정도의 불볕더위, 본디의 색을 회복하는 자동차와 달리 갈수록 붉어지는 여자의 얼굴, 어느 순간 마른 볏단처럼 풀썩 주저앉는 여자. 24시간 편의점과 대형마트의 창고가 갈마들더니 심장에 무리가 가는 일은 절대 안 된다며 으름장을 놓는 의사가 보였다. 갑상선기능저하증으로 인한 심장근육병증이라는 난해한 병명이 휘갈겨진 진단서와 함께 약봉지와 구인정보지를 한 움큼 쥐고 귀가하는 모습, 그리고 또……. 주옥은 그쯤에서 눈을 떴다.

"그냥…… 네, 그냥 부업으로 하게 된 거예요."

짐짓 밝은 톤으로 말했다. 그러자 인테리어 업자는 그때부터 강의 조로 부업의 종류와 유의할 점에 대해 늘어놓기 시작했다. 수강료를 지불하는 강사라……. 주옥의 입가에 비린 웃음이 번졌다.

"비가 와요. 바람도 심하고. 알아요?"

"어머, 정말 오랜만이네요. 그동안 바쁘셨나 봐요?"

"네, 그냥."

남자는 풀기 없는 목소리로 대답한다. 부부북, 이상한 잡음이 이어진다.

"방금 바다에서 빠져나왔어요."

무슨 일이냐는 질문에 남자는 대답 대신 지금 만나 줄 수 있느냐고 묻는다. 그러면서 농담처럼 너무 춥고 무서워서 말이죠, 한다. 남자는 생전 안 하던 말을 한다.

"규정상 그건, 곤란해요."

주옥의 말에 반응이 없다. 남자는 평소 일상적인 대화 외에는 별달리 요구하는 게 없었다. 폰섹스도 해당되지 않았다.

"근데 바다라고 하셨어요?"

주옥의 질문에 쿡, 하고 웃는 소리가 건너온다.

"바, 다, 이, 야, 기, 모르세요?"

수화기에서 후드득, 하는 소리가 이어진다. 아, 그 바다. 주옥은 고개를 끄덕인다. 뉴스에서 몇 번 본 적이 있다. 빠찡꼬와 비슷한 도박 게임을 하는 곳이라고 했다. 바다 이야기. 동화 제목으로 쓰면 딱 좋을 문구다.

"그런데 그 도박장, 단속에 걸려 없어진 줄 알았는데 아직도 해요?"

대답이 없다. 웅얼웅얼 남자가 내뱉는 말이 멀어진다. 그러다가 갑자기 목소리가 커진다. 비상계단을 오르는 중이란다. 숨찬 목소리다. 아슬아슬하게 이어지던 대화가 어느 순간 툭, 끊긴다. 주옥은 남자가 했던 말을 상기한다. 남자는 조그만 봉제공장을 운영했었다고 했다. 운영했었다면, 주옥이 토를 달자 남자는 다 털어먹었다며 현재 몇 푼 남은 걸로 마지막 휴가를 즐기는 중이라고 했다. 농으로 받아들이기엔 목소리가 너무 침울했다. 주옥은 하마터면 그러니 일반 전화요금보다 몇 곱절 많은 이런 전화를 이용할 형편이 되느냐고 물을 뻔했다.

"가족을 생각해서라도 힘 내셔야죠."

주옥이 에둘러 말하자 남자는 공허하게 웃었다. 그리고 가족이 있었지만, 하고는 말꼬리를 흐렸다.

"있었다고요?"

"네, 있었지요."

그런 식이었다. 죄다 과거완료형이었다. 가진 적이 있었지만, 본 적이 있었지만, 먹은 적이 있었지만, 생각한 적이 있었지만, 받은 적이 있었지만…….

새벽 두 시경, 주옥은 다시 남자의 전화를 받는다. 옥상이란다. 취기가 느껴지는 목소리다. 남자는 거기에서도 비가 오는 게 보이느냐고 심상하게 묻는다.

"아뇨, 여기는 지하예요."

집도 지하에 있죠. 그러나 그 말은 하지 않는다.

"참 안됐."

남자는 말을 잇지 못하고 쿨룩쿨룩 기침을 한다.

"밤도 깊었는데 들어가 주무시지 그래요."

주옥은 진심으로 남자를 걱정하며 말을 건넨다. 담배를 피우는지 가벼운 바람소리가 이어진다.

"남편은 뭐하는 사람이에요?"

뜻밖의 질문이다. 주옥은 괜한 잔기침을 하며 생수병 뚜껑을 연다.

"남편요?"

손등으로 입을 닦고 난 주옥이 반문한다.

"네, 그쪽 남편요."

주옥은 고개를 돌려 닫혀 있는 방문을 본다. 갑자기 가슴이 답답해진다. 다 털어놓고 싶은 충동을 느낀다.

"서로 물고 뜯는 각다귀판 같은 세상이 견딜 수 없다고 하더군요. 자기에게는 물어뜯을 이빨도, 뜯어먹을 대상도 없다고 하면서. 하지만 그건 아니었어요. 여기저기서 돈을 끌어들여 주식을 살 때 말렸어야 했어요. 일이 잘 풀리면 카드빚이니 연체료니 하는 말이 껌처럼 붙어 다니는 애옥살이를 청산할 수 있다고 했을 때 고개를 저어야 했어요. 어머니의 지병도, 아이의 피부염도 걱정 없을 거라고 했을 때 조금만 더 참자는 말을 했어야만 했어요. 하루는 경찰이 찾아와 그 사람이 있는 곳을 물었죠. 회사 돈을 횡령했다고 했어요. 횡령이 정확히 무슨 뜻일까 궁금해서 사전을 찾아봤죠. 남의 재물을 불법으로 가로챔, 그렇게 나와 있더군요. 그러니까 남편은 법을 어긴 거였어요. 행인지 불행인지, 남편은 경찰이 오기 하루 전날 집을 나갔죠."

주옥이 내뱉은 말들은 헤드폰 마이크 밑에 먼지처럼 쌓인다.

"뭐라고 하는지 하나도 안 들려요."

진짜 바람소리인지 남자의 목소리가 심하게 폴락거린다.

"옥상엔 뭐하러 올라가셨어요?"

"네? 뭐라고요?"

남자가 목소리를 높인다. 몇 번을 그렇게 묻더니 남자는 아내를 마지막으로 한 번만 봤으면 좋겠다고 한다.

"만나서 왜 떠났는지 꼭 한 번 묻고 싶었어요. 공장이 부도난 때문인지 아이 때문인지."

악을 쓰듯 말한다. 폴락거리는 소리가 이어진다.

"아이요?"

주옥도 목소리를 높인다.

"아이가 왜요?"

남자가 뭐라고 말했지만 바람 소리에 묻혀 들리지 않는다.

콜을 기다리다 주옥은 흘깃 그림을 본다. 그림을 돌려주려고 하자 11번 여자는 그림이 미워졌다며 가지든지 버리든지 마음대로 하라고 했다. 여자는 싫증났다는 말을 그런 식으로 표현했다. 미워졌다니…….

"근데, 어떤 그림이에요?"

질문의 뜻을 이해하지 못하겠다는 듯 여자가 눈을 깜박거렸다.

"직접 산 거예요? 그 그림 말예요."

주옥이 손가락으로 동그라미를 그려 보였다.

"아, 그거."

여자는 한 손으로 머리를 쓸어 올리며 사무실 쪽을 바라보았다.

"남편에게 선물 받은 거예요."

그 말을 듣자 왠지 맥이 빠졌다.

"그림이 독특하긴 한데……."

주옥은 말끝을 흐렸다.

"그 사람은 그 그림에서 희망을 봤나 봐요. 하지만 난 아니에요."

여자는 손가락으로 탁자를 톡톡 치면서 고개를 저었다.

"웬일인지 자꾸만 숨을 거둔 사람에게 눈길이 가는 거예요. 그러니까 그게 애당초……."

여자는 말을 잇지 못했다.

"맥주 한 잔 하실래요?"

한참 뒤 고개를 든 여자가 말했다.

"여기서요?"

주옥이 되물었다. 편의점에 딸린 간이 탁자였다. 게다가 술을 마시기엔 이른 시각이었다. 그게 뭐 대수냐는 듯 여자는 맥주를 가져와 건배하는 시늉을 했다. 잠시 망설이던 주옥도 캔을 입으로 가져갔다. 찌그러진 캔이 하나 둘 늘어갔다. 주옥의 입에서 이혼이라는 말이 나왔던 모양이다.

"아직은 여유가 있어서 그래."

여자가 이죽거리듯 말했다.

"웃기셔, 자기가 내 맘을 어떻게 안다고 그래."

주옥의 반발에 뭐라고 입을 달싹이던 여자는 이내 손사래를 치며 화제를 돌렸다. 그날 여자의 뒤를 밟은 건 어쩌면 예정된 수순이었는지도 몰랐다. 제법 불콰해진 얼굴로 업소로 돌아오던 길이었다. 앞서가던 여자가 걸음을 멈추었다. 여자는 주옥이 다가오길 기다렸다가 뚜벅 얘기를 꺼냈다.

"돈 좀 빌려줘요."

한잔 샀으니 2차는 네가 사라는 듯한 어투였다. 무슨 일로 얼마나 필요하냐는 주옥의 말에 여자는 요즘 남편 사업이 어렵다는 말로 허두를 뗐다. 심호흡을 하고 난 여자가 말했다.

"사실 딸애가 많이 아파요. 한 번 더 수술을 해야 하는데……."

주옥이 이런 데 나오는 처지에 그만한 돈이, 하며 완곡하게 거절하자 여자는 미간을 찌푸렸다. 주옥도 얼굴을 찡그렸다. 설혹 있다 해도 우리가 그만한 돈을 주고받을 사이냐는 말이 혀 밑에서 꼬물거렸다. 여자는 방에서 죽치고 있다가 10시 무렵에 밖으로 나왔다.

"어머, 언니 한잔했구나."

미스 윤의 목소리였다. 주옥은 문틈으로 밖의 동정을 살폈다. 미스 윤에게 손을 흔들고 나가는 여자의 뒷모습이 보였다. 주옥은 서둘러 여자의 뒤를 쫓았다. 여자는 누군가와 통화하며 걷고 있었다. 여자의 발길은 지하철역에서 그리 멀지 않은 유흥가로 향했다. 주옥도 아는 곳이었다. 언젠가 주옥이 잠깐 일했던 노래방도 그 어디쯤에 있었다. 여자의 곁에는 어느새 한 남자가 서 있었다. 실크머플러로 멋을 낸, 몸이 부한 남자였다. 주옥은 가게 입간판 뒤에서 두 사람을 지켜보았다. 서로의 허리에 팔을 두른 모습이 아주 자연스러웠다. 여자가 고개를 젖히고 웃을 때면 남자는 걸음을 멈추고 여자의 볼을 살짝 꼬집곤 했다. 남편이 재기할 때까지 한시적으로 일할 거라던 여자의 말이 생각났다. 두 사람이 들어간 곳은 골목 안쪽의 모텔이었다. 짐작은 했지만 막상 현장을 목도하니 입맛이 썼다. 남편도 남편이지만 여자의 딸이 안됐다는 생각이 들었다. 마음씨가 고와 친구들 사이에서 '천사'로 통한다는 아이였다.

"그 천사님이 엄마가 이런 데서 일하는 걸 알면 기분이 어떨까
요?"

그때도 편의점 탁자 앞에서였다. 여자의 표정이 순식간에 일그러
졌다. 미스 윤이 당황한 기색으로 주옥에게 눈짓을 했다.

"아니, 미스 윤 얘기는 혹 애가 알면 어쩌나 걱정이 된다는 거지
뭐."

여자는 묵연히 탁자를 내려다보았다.

"우리 집 애는 엄마를 세상에서 제일 멋진 상담 선생님으로 알고
있어요."

목소리에 힘이 없었다. 여자를 미행한 뒤로 주옥의 마음은 한결
홀가분해졌다. 이젠 찜찜해하지 않아도, 미안해하지 않아도 되겠다
싶었다. 미스 윤의 말마따나 여자는 바람이 난 거였다. 그간의 일들
이 퍼즐처럼 맞춰지는 느낌이었다.

퇴근을 준비하던 주옥의 눈에 그림이 들어왔다. 떼야지 하면서도
실행에 옮기지 못한 건 그림 속의 사람들 때문이다. 마침내 희망을
본 그들의 간절한 손짓. 남편이 종적을 감추고 얼마 안 있어 지하로
방을 옮겼다. 풀지 않은 박스가 널브러져 있는 방에서 주옥은 태엽
이 다 풀린 인형처럼 앉아 있곤 했다. 그림을 보면 이상하게도 그때
의 막막함이 되살아났다. 문득 여자의 남편도 그런 게 아니었을까,
하는 생각이 든다. 동시에 여자의 얼굴이 떠오른다. 몇 푼 떼인 건
이제 잊기로 한다. 어쩌랴, 그녀는 이제 이 세상 사람이 아닌 것을.

"수요일이었지 아마, 불 꺼진 방에 한참을 앉아 있더니 말도 없이 나가더라고요. 그게 끝이었어요. 아는 게 없다고 했는데도 경찰서에서 오라 가라 하는 통에 정말." 여자가 죽은 뒤부터 아니, 여자가 손을 벌리고부터 미스 윤은 여자 얘기만 나오면 입을 비쭉거렸다. "그렇게 구질구질하게 사는 건 절대 사절이에요." 그 말을 입에 달고 다녔다.

"참, 이제 생각났는데 사고 나기 전날 고함 소리가 들려 문틈으로 살짝 봤겠죠. 근데 세상에, 전화기에 대고 돈이면 다냐? 그동안 간도 쓸개도 없는 년처럼 봉사하지 않았냐? 뭐 그러면서 악을 쓰더니 글쎄 언제 그랬냐는 듯 순식간에 표정을 바꾸더라고요. 그러고는 사장님, 사장님 하면서 죽는소리를 하는데…… 기가 막혀."

불현듯 그 남자의 목소리가 떠오른다. 경비원 몰래 계단을 올라오느라 꽤나 고생했는데 내려갈 때는 수월하겠네요. 악을 쓰듯 내지르던 목소리. 내려갈 때는 수월하겠네요. 주옥은 떨리는 손으로 전화기의 버튼을 누른다. 고객님이 전화를 받을 수 없어 음성사서함으로 연결중입니다. 연결된 후에는 통화료가……. 세 번째 똑같은 소리가 흘러나온다. 주옥은 가만히 수화기를 내려놓는다. 잭팟이 터지면……. 한밑천 쥐면 아내와 다시 시작하고 싶었는데……. 남자의 목소리가 안개처럼 흩어진다.

카운터에서 엎드려 자고 있는 김 군을 깨울 양으로 다가서던 주옥은 걸음을 멈춘다. 잠시 망설이다 손을 뻗어 나무를 뽑는다. 죽은 지 오래된 나무는 별 저항 없이 뽑혀 나온다. 푸수수 떨어지는 흙 사이로 말라비틀어진 뿌리가 드러난다. 언뜻 이름 하나가 떠오른다. 사구아로 선인장. 줄기가 십오 미터에 이른다는 그 선인장은 뿌리가 차지하는 면적이 높이의 두 배가 된다고 했다. 엄청난 양의 물을 흡수할 수 있게 진화한 뿌리가 있기에 사막의 세찬 모래 폭풍 속에서도 살아갈 수 있다. 결국 뿌리를 어떻게 내리느냐가 문제인 것이다. 주옥은 고개를 돌려 9번 방을 본다. 여전히 불이 꺼져 있다. 방문 앞에 서서 가만히 노크를 해 본다. 대답이 없다. 불을 켜고 텅 빈 방을 둘러보던 주옥은 책상 모서리에 붙어 있는 껌을 떼낸다. 그녀의 꿈이 이럴까. 껌은 돌처럼 딱딱하게 굳어 있다. 주옥은 울적해진다. 호텔 앞에서 우연히 보았던 미스 윤의 남자가 생각난다. 그녀의 말처럼 한눈에 보아도 기품 있는 왕자님이었다. 그녀는 그 왕자님이 지하 감옥에 갇혀 있는 자신을 구해 주리라 믿은 모양이었다. BMW, 반짝이는 로고가 찍힌 번호판을 겨냥해 뒤에서 고의로 들이받은 뒤 명함을 건넸다고 했다. G쇼핑몰 텔레마케터 윤성희라고 찍힌. 그러나 이런 이야기가 늘 그렇듯 애초부터 왕자님은 그녀를 전리품쯤으로 여겼을 뿐이다. 지극히 통속적인, 말 그대로 껌 같은 이야기다. 주옥은 껌을 쓰레기통에 던지고 방을 나온다.

입구에 순찰차 한 대가 서 있다. 남편의 얼굴이 떠올라 가슴이 뜨끔해진다. 붉은 점멸등에서 시선을 뗀 주옥은 서둘러 계단을 내려간다.

"무슨 일이야?"

주옥은 박 실장과 얘기하고 있는 경찰을 보며 김 군에게 묻는다.

"미스 윤 때문이죠 뭐."

김 군이 얼굴을 찌푸리며 내뱉는다.

"미스 윤?"

주옥의 눈이 커진다.

"부잣집 도련님을 찌르고 튀었다는 거 아닙니까. 게다가 절도까지."

주옥은 마른침을 삼키며 "절도는 또 무슨" 하고 묻는다.

"뻔하죠 뭐. 이 일 하면서 만난 남자들 신용카든데 드러난 것만 해도 열 건이 넘나 봐요. 꼴에, 명품만 찾을 때 알아봤다니까."

김 군의 목소리가 높았는지 경찰관이 뒤돌아본다. 경찰관이 주옥을 아래위로 훑어본다.

관둘 때가 됐다고 생각한 주옥은 카운터 가장자리에 놓여 있는 느티나무를 들고 방으로 들어간다. 하루를 살아도 허리를 펴고 살아야지. 주옥의 머릿속에 마치 영화의 한 장면처럼 동리 들머리가 펼쳐진다. 평상을 굽어보고 있는 정자나무가 떠오른다. 나무가 드리우는 짙은 그늘 속에서 한 사내가 부드러운 미소를 지으며 여자아이의 이마에 맺힌 땀을 닦아 주고 있다. 그녀가 아홉 살이 채 되기 전에 죽었다는 아버지 같기도 하다. 여자아이는 고개를 들어 사내의 텁수룩한 수염을, 그 너머 느티나무를 올려다본다. 느티나무는 하늘을 찌를 듯 곧게 뻗어 있다. 주옥은 소매를 걷고 철사를 벗긴다. 그러나 철사는 의외로 완강하게 버틴다. 주옥은 도구가 될 만한 것을 찾는다. 보이지 않는다. 주옥은 11번 여자가 썼던 방으로 간다. 재수 없다고 아무도 들어가려 하지 않는 바람에 잡동사니를 쌓아 두는 창고가 되었다. 여기저기를 쑤석거리다 테이블 맨 밑 서랍에 꽁꽁 숨어 있는 노트를 발견한다. 주옥은 상기된 얼굴로 노트를 넘긴다. 일일 통화 횟수와 시간, 그리고 수입과 지출 액수가 꼼꼼하게 적혀 있다. 그 아래 2차라고 적힌 칸에는 모텔 이름과 전화번호가 있다. 심야의 행선지가 거기였던 모양이다. 뜻밖에도 지출은 대부분 병원비다. 수술비와 약값이란 글자가 페이지마다 빼곡하다. 수입은 붉은 글씨로, 지출은 푸른색으로 적어 놓았다. 주옥은 노트를 넘기던 손을 멈춘다. 〈신장 간 매매 상담, 010 7876 XXXX.〉 시커먼 활자가 찍힌 광고 스티커가 끼워져 있다. 거래 내역은 거기까지다. 짙은 화장은 또한 수술 뒤의 병색病色을 지우는 데도 효과적이다. 주옥은 입술을 깨물고 노트를 넘긴다. 누런 봉투가 나온다. 조심스레 봉투에서 꺼낸 종이를 편다. 두 장이다. 공문서 양식이다. 사망진단서란 글자가 눈에 와 박힌다. 그 밑에 아이의 이름과 생년월일, 그리고 사인死因이 적혀 있다. 주옥의 눈빛이 흔들린다.

"건너편은 공사장이에요. 정류장과 반대 방향인 거기에 무슨 볼일이 있다고 무단 횡단을…… 하여간."

미스 윤의 목소리가 귓속을 파고든다. 남은 종이도 펴 본다. 빛바랜 보험서류이다. 수령 금액이 믿기지 않을 정도로 적다. 수령자는 사망자의 배우자로 되어 있다. 수령자란에 여자의 이름이 적혀 있다. 남자의 이름과 사망 일시가 한눈에 들어온다. 남자의 사망년도는 지금으로부터 정확히 4년 전이다. 주옥이 여자를 처음 만난 게 2년 전이다. 잠시 숨을 고르던 주옥은 방으로 돌아와 벽에서 액자를 떼낸다. 유리 덮개를 젖히고 그림을 꺼낸다. 주옥이 아는 몇몇 사람도 거기 쓰러져 있다. 언뜻 11번 여자의 얼굴과 집을 나간 남편의 얼굴을 본 듯도 하다. 주옥은 세차게 고개를 젓는다. 주옥은 그림을 사등분으로 접어 수첩과 함께 서랍 깊숙이 넣는다. 순간 바닥이 출렁, 하는 느낌을 받는다. 주옥은 다리에 힘을 주고 허리를 편다. 그래도 버텨야 해. 주옥은 중얼거리며 주위를 살핀다. 철사를 벗길 도구를 찾는다.

늪

"여기가 뒷골목 여인숙이야? 명색이 A급 모텔인데 이게 뭐냐고. 빠지고 차고 시원한 맛이 있어야 할 거 아냐. 나 참⋯⋯."

담배 연기를 내뿜고 난 사장이 또다시 사설을 늘어놓는다. 다 아는 내용이다. 요컨대 빈 객실이 너무 많다는 말씀. 모두 약속이나 한 듯 두 손을 모으고 고개를 숙인다. 이럴 때 사장의 카리스마는 숨소리마저 멎게 만든다. 객실 담당인 황과 오, 그리고 위엔 사이에서 어정쩡하게 서 있던 그도 적당히 고개를 숙인다. 이런다고 뭐가 달라지나. 그는 고개를 숙인 채 실쭉거린다. 웬일로 사장이 뜸을 들인다. 그는 슬며시 고개를 들고 사장의 눈길을 좇는다. 헐렁한 셔츠 사이로 보이는 위엔의 가슴. 사장의 눈길이 그를 향한다. 그는 움찔하며 다시 고개를 숙인다. 사장이 헛기침을 한다.

"첫째도 서비스, 둘째도 서비스, 오직 서비스만이 살길이다 이거야. 알았어요들?"

그 말로 아퀴를 지은 사장이 찬바람을 일으키며 돌아선다. 현관문을 거칠게 밀고 나간 사장의 뒷모습이 반투명 유리에 어룽거린다. 지들끼리 하는 서비스도 넘칠 판에 또 무슨 서비스. 황이 참았던 숨을 내쉬며 이죽거린다. 프런트를 담당하고 있는 박 마담이 피식 웃는다. 나머지 직원들도 킥킥거린다. 그는 웃지 않는다. 웃을 일이 아니다. 할리데이비슨. 크롬 도금으로 차갑게 빛나는 녀석의 핸들이 떠오른다. 마치 활강하는 독수리의 날개를 닮은. 가만히 주먹을 쥐었다 펴 본다. 핸들을 받치고 있는 서스펜션의 미끈한 모습이 눈앞에 어른거린다. 눈을 감는다. 날렵하게 시트에 오른 뒤 번개 문양이 새겨진 헬멧을 쓴다. 시동을 걸고 천천히 스로틀그립을 당긴다. 그르릉, 하는 소리와 함께 까라지던 마음이 곧추선다. 요컨대 내 사업이 모텔의 손익과 비례한다는 사실을 잊어서는 안 된다는 말씀. 그는 고개를 끄덕인다. 사장은 모르겠지만 실상 이곳은 그의 사업장이기도 하다. 그는 뒷주머니에 장갑을 찔러 넣는다. 순간 옆구리에 저릿한 통증이 온다. 웃, 하는 소리에 위엔이 돌아본다. 그는 황급히 그녀를 지나친다. 그녀의 시선을 등으로 받으며 자재 창고에 붙어 있는 컨테이너 막사로 향한다.

그는 문을 잠근 뒤 옆구리에 찜질파스를 붙인다. 일삼아 모니터를 켠다. 재활용품 수거 차량이 오려면 30분은 더 있어야 한다. 빈 침대가 뜬다. 길 건너편 언덕배기에 새로 들어선 모텔이 생각난다. 사장의 부루퉁한 얼굴이 겹쳐진다. 문득 이 모든 게 거미의 생리를 닮았다는 생각이 든다. 은밀히 그물을 치고 먹이를 기다리는. 내친김에 네 개의 방을 죽 훑어본다. 모두 인테리어에 각별히 신경을 쓴 특실이다. 방마다 발신기와 2밀리미터 크기의 핀홀렌즈를 끼운 카메라가 설치돼 있다. 뜻밖에 여자의 모습이 잡힌다. 408호실이다. 여자는 쿨렁거리는 물침대에서 내려와 거울 앞에 선다. 미스 김이다. 길 건너 〈뮤즈 살롱〉에서 일하는 그녀는 한 달에 한두 번 호출된다. 미스 김과의 약속을 잊었는지 사장은 종내 나타나지 않는다. 미스 김은 대상이 아니다. 파트너가 사장이라는 것도 문제지만 무엇보다 테크닉이 문제다. 거의 젬병이라고 봐야 한다. 그는 좀처럼 반응하지 않는 자신의 성기를 지그시 눌러 본다. 갑자기 우울해진다. 그는 모니터를 끄고 CD카세트의 스위치를 누른다. 구구궁. 기다렸다는 듯 둔중한 배기음이 고막을 울린다. 애앵거리며 출싹대는 스쿠터와는 벌써 급수가 다르다. 특이하게도 모터사이클의 엔진음과 배기음을 전주에 깐 곡이다. 90년대 중반 미국의 각종 앨범 차트를 석권했다는 곡인데 글쎄, 다른 건 몰라도 헤비메탈 특유의 금속성 사운드와 샤우트 창법 그리고 오토바이의 굉음이 근사하게 어우러진 것만은 인정하지 않을 수 없다. 그는 간이침대에 드러눕는다. 요란한 폭음이 그의 몸을 휘감는다. 독수리의 날개처럼 유연하게 도로를 미끄러져 가던 그 밤이 떠오른다. 그왕그왕, 다소 신경질적으로 스로틀을 당기는 소리가 끼어들었다. 혼다의 신제품이었다. 머플러가 45도 각도로 하늘을 향해 뻗어 있고 시트를 쳐올려 가속이 붙을수록 상체가 가라앉는, 주로 십대들이 선호하는 모델이었다. 바퀴살에 장착한 할로 겐램프에서 발산되는 빛이 시야를 어지럽혔다. "헤이, 형씨." 녀석은 주먹으로 자신의 주홍색 헬멧을 툭툭 치며 쭉 뻗은 전방의 도로를 가리켰다. 그냥 웃고 지나쳤어야 했다. 구멍 뚫린 머플러가 내지르는 굉음에 덩달아 흥분했던 것일까. 녀석 또래 몇몇이 좌우 측면으로 붙었다. 보란 듯이 앞바퀴를 들고 주행하는 아이도 있었다. 빠라빠라바. 동시다발로 이어지는 에어혼 소리가 귓구멍을 들쑤셨다. "임마, 넌 삼촌도 없냐." 거칠게 응수해 보았지만 4기통 엔진에서 뿜어져 나오는 폭발음에 이내 묻히고 말았다. 스로틀그립을 거칠게 당겼다. 75, 90, 105…… 계기판의 바늘이 춤을 추었다. 그는 벌떡 일어나 카세트의 스위치를 끈다. 거짓말처럼 고요해진다. 심호흡을 한 뒤 방 안을 둘러본다. 변변한 가구 하나 없는 초라한 방이지만 누구의 간섭도 받지 않는 그만의 공간이다. 생활정보지의 구인란에서 허드렛일을 할 남자를 구한다는 광고를 보았다. 낙원모텔. 그 이름을 보는 순간 기억의 창고에서 풀썩, 먼지가 일었다. 위대한 지도자 동지가 영도하는 지상 낙원……. 칠판에 적힌 그 말을 누런 갱지에 옮겨 쓰던 코흘리개의 모습이 희부연 시간을 헤치며 피어올랐다. 그러나 찬밥 더운밥 가릴 계제가 아니었다. 무엇보다 숙소가 제공된다는 사실에 구미가 동했다.

"삼시 세끼와 잠자리만 있으면 됩니다."

보수가 박하다는 뜻을 비치는 사장에게 그가 한 말이었다.

추레한 몰골을 한 선인장이 눈에 들어온다. 귀면각이라고 했던가.

얼마 전 쓰레기통 앞에 버려져 있는 걸 들고 와 구석에 놓아두었다. 선인장은 주둥이 부위가 형편없이 떨어져 나간 토분에 심겨 있는데 여기저기 거무스름하게 파인 자국이 있다. 선인장은 그러나 발아점 만 있으면 토막 난 상태에서도 살아난다고 했다. 영혼도 그럴 수 있 으면 좋겠다고 그는 생각한다. 그러나 그는 이내 고개를 흔든다. 때 로 더디게 회복되는 아니, 끝내 새살이 돋지 못하는 상처도 있는 법 이다. 눈앞이 흐려지면서 검은 동공이 그려진다. 서서히 커지는, 너 무 많은 것을 담고 있는 눈. 병목 현상이 심한 도로를 닮았다는 생각 이 든다. 한꺼번에 몰리는 바람에 옴짝달싹 못하는 자동차 행렬. 어 찌할 바를 몰라 입속에 갇히거나 눈빛으로 번질거리는 말들. 오마 니. 느닷없이 그 말이 새어 나온다. 찬바람이 가슴을 훑고 지나간다. 완벽하게 남쪽 사람이 되었다고 생각했는데 아직 아닌 모양이다. 그 는 블라인드를 올리고 밖을 내다본다. 서서히 어둠이 번지고 있다. 그때 눈에 익은 갤로퍼가 주차장으로 들어온다. 차에서 내린 남녀는 서로의 허리에 팔을 두르고 모텔로 들어간다. 눈에 익은 모습이다. 그제야 밖으로 나간 그는 번호판 가리개를 세운 뒤 6층을 올려다본 다. 잠시 후 609호실에 불이 켜진다. 늘 같은 방을 찾는 작자다. 가리 개 뒤의 번호판을 본다. 번호를 더듬던 그의 시선이 27에 머문다. 숫 자를 되뇌어 본다. 한 여자의 얼굴이 떠오른다.

아침부터 심사가 틀어져 있던 새엄마는 사내가 오자 언제 그랬느 냐는 듯 배시시 웃으며 탁자를 훔쳤다. 그러곤 소년을 돌아보며 턱 짓을 했다. 밖에 나갔다 오라는 신호였다. 아버지는 새엄마가 무섭다고 했다. 그건 소년도 마찬가지였다. 소년은 뒤를 흘금거리며 동백주점으로 향했다. 다행인지 불행인지 새엄마의 관심권 밖으로 밀려난 곳이었다. 소년이 운동화 뒤축으로 바닥을 긁고 있자 안줏거리를 다듬고 있던 노파가 구석방을 가리켰다. 소년의 아버지는 모로 누워 자고 있었다. 술꾼들이 오기에는 아직 이른 시각이었다.

"애, 너 몇 살이니?"

여자가 물었지만 소년은 입을 떼지 않았다. 여자는 소년을 흘깃 쳐다보고는 하던 일을 계속했다. 여자는 입술연지를 바르고 있었다. 여자의 입술이 해당화처럼 발그스름한 빛을 띠기 시작했다. 당장은 깨우기 힘들걸. 여자는 화장지를 입에 물더니 손가락 네 개를 펴 보였다.

"답답하다는 말을 노래 삼아 글쎄 소주를 네 병이나 비웠단다."

여자가 화장지를 내밀며 말했다. 새엄마의 주점에서는 한 방울의 술도 입에 대지 않던 아버지였다. 여자가 "어떠니?" 하며 턱으로 화장지를 가리켰다. 꽃잎 같은 핏빛 입술이 선연히 찍혀 있었다. 소년은 얼굴을 찌푸리며 고개를 돌렸다. 여자가 피식 웃었다.

"애, 그럼 나는 몇 살로 보이니?"

그래도 소년은 입을 열지 않았다.

"스물일곱이란다. 어떠니, 네 아버지한테는 과분한 애인 아니니?"

애인이라는 말쯤은 알아듣는 나이였다.

"아줌마는 갈보야. 기철이 형이 그랬어."

여자는 멈칫하는가 싶더니 이내 키득키득 웃었다. 그러나 이번 웃음은 좀 달랐다. 새엄마가 숫돌에 식칼을 갈 때의 느낌, 그런 느낌을 주는 웃음이었다.

"이렇게 맹랑한 도련님을 봤나. 그래, 틀린 말은 아냐. 하지만 얘야, 갈보 등쳐먹는 네 엄마보다는 낫단다. 어디 그뿐이니."

여자는 한마디 더 하려다 "에이 관두자." 하며 고개를 돌렸다. 머리를 손질하면서 여자가 혼잣말처럼 중얼거렸다.

"농담이다 농담. 누가 니네 아버지 같은 주정뱅이를 애인으로 삼겠니."

여자는 얼굴에 분을 바르면서도 입을 달싹였다.

"젊기를 하나, 돈이 많기를 하나, 그렇다고 밤일을 잘하나, 니네 엄마도 참 무슨 생각으로……."

여자의 뽀얀 목덜미가 아프게 눈에 들어왔다. '씨팔, 그 여자는 친엄마가 아니란 말야.' 소년은 그 말이 하고 싶어 안달이 날 지경이었다. 그럴 때면 괜히 오줌이 마려웠다. 오줌이 마렵기는 지금도 마찬가지다. 화장실에서 나오는 그를 마담이 부른다.

"이봐요, 미스터 손. 301호, 505호 욕실 파이프 막혔대요. 사장님 오시기 전에 뚫어 놔요."

고압적인 목소리다. "아 예." 대답을 해 놓고 그는 미간을 찌푸린다. 마담을 볼 때마다 새엄마가 떠오른다. 아버지에게서 알겨낸 정착금으로 주점을 연 새엄마는 색시들을 상대로 일수놀이를 했다. 여자들은 새엄마 앞에선 새살거리다가도 돌아서면 입을 비쭉거렸다. 한솥밥 먹은 년이 더 지독해요. 새엄마를 악바리라고 부르는 여자도 있었고 각다귀라고 부르는 여자도 있었다. 그는 공구함을 들고 엘리베이터를 탄다. 5층에서 내린 뒤 계단을 오른다. 생각보다 공구함이 무겁다. 주위를 살피다 609호실 방문에 귀를 댄다. 욕실에서 나는 물소리가 고막을 간질인다. 마음이 급해진다. 그때 인기척이 들린다. 그는 잽싸게 문에서 몸을 뗀다.

"따이 사오."

타월을 한 아름 안은 위엔이 의혹에 찬 얼굴로 바라본다. 빠끔히 열린 607호실 앞이다.

"아, 싸우는 소리가 난 것 같아서."

그는 천연한 표정을 지어 보이곤 아래층으로 향한다.

"이봐 위엔, 빨랑 오지 않고 뭐해."

황의 목소리가 복도 끝에서 울려 퍼진다. "따이 사오?" 회식이 있던 날 수월찮이 들었던 말이다. 따져 묻는 말일 터이다.

직원들의 사기를 북돋아 주는 자리 운운했지만 실상은 사장의 카리스마를 재확인하는 자리였다. 그런 자리에서까지 훈시를 늘어놓는 사장을 보며 그는 잔소리도 습관이라고 생각했다. 습관은 무서웠다. 소년은 틈만 나면 문틈으로 방 안을 엿보았다. 새엄마와 사내는 어둑한 방 안에서 칡덩굴처럼 엉키곤 했다. 그는 머릿속의 그림을 지우기 위해 거푸 술잔을 비웠다. 고기 냄새가 풍기고 술잔이 돌면서 분위기가 고조되고 있었다. 가까이에서 본 위엔의 체구는 생각보다 작았다. 위엔 역시 이곳에서 겉돌고 있다는 데 생각이 미쳤다.

"왜 그러고 있수?"

쌈을 싸다 말고 고개를 숙이고 있는 그녀에게 말을 건넸다.

"엄마가 생각합니다."

고개를 숙인 채 그녀가 입을 뗐다. 엄마가 생각납니다. 바로잡아 주고 싶었지만 그녀의 표정을 보고는 입을 다물었다.

"엄마는 시장에서…… 앉아서…… 팝니다."

그녀가 더듬더듬 말을 이었다.

"로이꾸온입니다. 음…… 삶은 새우, 돼지고기, 또…… 부추…… 라이스페이퍼에 음…… 올립니다. 그리고 이렇게 이렇게, 쌈을 하고 먹습니다. 응온 람……. 네, 맞아요. 맛있어요!"

그 말을 감탄사처럼 내뱉던 그녀가 손으로 쌈을 싸서 먹는 시늉을 해 보였다.

물컹 밟히는 게 있다. 묶지도 않고 버린 피임기구이다. 욕지기가 치민다. 샤워기로 슬리퍼를 씻는다. 욕실만 그런 게 아니다. 방도 엉망이다. 여기저기 나뒹굴고 있는 맥주병이며 오징어다리며 물에 젖어 떡이 된 휴지며 엎어진 재떨이며 말 그대로 난장판이다. 휴지통에 오줌이나 안 쌌으면 다행이다. 수도파이프에서 한 움큼의 머리칼과 길다란 고무밴드를 끄집어내고서야 파이프가 뚫렸다. 트래핑을 양껏 붓고 난 뒤 허리를 편다. 옆구리가 불에 덴 듯 뜨끔하다. 일이 좀 과도하다 싶으면 이 모양이다. 그나마 이 정도에서 그친 게 천만다행입니다. 의사의 목소리가 귓가에 맴돈다. 응급실로 실려간 그는 두 시간의 수술 끝에 회복실로 옮겨졌다. 정신이 들자 사고 순간이 생생하게 떠올랐다. 바보같이 코너링에서 브레이크를 잡다니. 어금니를 깨물고 싶었지만 그럴 힘도 없었다. 온몸에 붕대를 감고 있는 그에게 수술을 맡았던 의사는 마치 시혜를 베푸는 왕처럼 근엄한 표정으로 다행이라는 말을 되풀이했다. 성기능에 다소 문제가 있겠지만 대신 목숨을 구하지 않았느냐는 말이었다. 그 말은 보호자가 들어야 할 말이었다. 그러나 그녀는 그 자리에 없었다. 이따금 병상을 찾던 그녀는 퇴원 날짜가 잡히자 기다렸다는 듯 발길을 끊었다. 그는 이마에 흐르는 땀을 훔치다 말고 시계를 본다. 얼추 40분이 흘렀다. 대충 손을 씻은 다음 방을 나선다.

방에 들어서자 모니터를 들여다보고 있던 위엔이 화들짝 놀라며 돌아본다. 그도 놀란다.

"문이…… 열려…… 입니다. 음…… 청소를…… 해…… 주면 싶어서……."

서툰 한국어로 변명을 하며 쓰레받기를 들어 보인다. 그는 문을 잠그지도, 수신기를 치우지도 않고 나간 자신에게 화가 난다.

"누가 청소해 달랬어요?"

굳은 얼굴로 그녀를 밖으로 몰아낸다.

"못 생긴…… 코, 빼빼 마른 몸이…… 또…… 술이 취해서…… 왜, 내가, 많이…… 싫습니까? 그렇습니까?"

시선을 피하는 그에게 위엔은 따지듯 물었었다. 회식이 끝나고 제대로 몸을 가누지 못하는 그녀를 숙소까지 데려다준 날이었다.

그는 문을 잠그고 모니터 앞에 앉는다. 괜찮을 거라고 애써 마음을 눙친다. 609호실이 뜬다. 아무래도 한발 늦은 듯하다. 그뿐만이 아니다. 간헐적으로 영상이 찌그러진다. 잡음도 심하다. "동영상은 물론 오디오까지 완벽하게 재현하죠. 한마디로 끝내주는 물건임다." 판매상이 했던 말이 생각난다. 그는 이맛살을 찌푸린다. 평소 두세 가지 체위를 적나라하게 보여 주던 커플이다. 여자가 머리를 타래 지어 핀으로 고정시킨 뒤 욕실로 들어간다. 바지를 꿰입은 사내는 텔레비전 리모컨을 꾹꾹 누르고 있다. 눈썹 위에서 뺨까지 제법 길게 잡힌 흉터에다 날카로운 눈매까지, 한눈에 보아도 험악한 인상이다. 욕실에서 나온 여자가 남자 등에 엎드리며 콧소리를 낸다.

"오늘은 그만. 낼 모레 한 번 더 오자고."

사내는 담배에 불을 붙이고 나서 말을 잇는다.

"그날도 609호실이 좋겠군. 여기에선 강 건너편까지도 볼 수 있지. 전망이 끝내준단 말야."

사내는 609호실을 거듭 강조하며 연기를 내뿜는다. 쏘는 듯한 눈빛. 그는 시선을 돌린다. 여자가 사내의 등을 쓰다듬으며 뭐라고 말한다. 잡음 때문에 알아들을 수 없다. 사내의 등에 새겨진 문신을 본다. 칼이다. 해골을 가운데 두고 교차한 칼. 다시 영상이 찌그러진다. 칼이 어긋매끼로 엮은 댓개비처럼 층이 진다. 한 손으로 여자의 볼을 어루만지던 사내가 방금 비벼 끈 꽁초를 아무렇게나 던진다. 재떨이가 코앞에 있어도 늘 그런 식이다. "썩을 놈들." 객실 담당 황의 목소리가 들리는 듯하다. 그는 모니터를 끈다. 머리가 지끈거린다.

그는 두통을 잠재우기 위해 캔 맥주를 딴다. 위엔이 방문 앞에 두고 간 것이다. 그녀는 그에 대한 마음을 그런 식으로 표현하고 있다. 그러나 그는 일정한 거리 이상은 허용할 수 없다. 개인파산 선고를 받은 건 사소한 이유에 지나지 않는다. 리모컨으로 비디오테이프를 켠다. 남과 북의 지도자들이 건배를 하는 장면이 나온다. 지겹도록 본 장면이다. 카퍼레이드를 향해 연도의 주민들이 붉은 꽃을 흔드는 장면이 이어진다. 강제 송환된 엄마와 잘 연결되지 않는 장면들이다. 그러나 번번이 엄마를 다시 볼 수 있을지도 모른다는 기대를 품게 만든다. 그는 텔레비전을 끄고 옥상에 올라간다. 난간에 기대어 천천히 맥주를 들이켠다. 저 아래 고즈넉이 흐르는 강물이 눈에 들어온다. 근사한 정경이다. 위엔이 말했던 강 이름이 입안에서 뱅뱅 돈다. 그래, 메콩강이라고 했다. 회식 때 위엔이 부른 노랫말에도 그 이름이 여러 번 나왔었다. 메콩강을 끼고 있는 빈롱이 고향이라고 했다. 호치민 시에서 버스로 4시간 거리에 있는 곳.

"엄마는 음, 메콩강을 올라가 빈호아후크 촌. 과수원 거기서 음…… 파파야를 땄습니다. 그리고 음…… 쿠롱 호텔 가까운…… 시장 음…… 누크맘에 찍어 먹는 튀김에 음…… 로이꾸온도 팔았습니다. 음…… 가난합니다. 음…… 그래도 좋습니다. 그러니까…… 음…… 그래요. 행복했습니다."

행복을 말하며 눈빛을 빛내던 위엔의 모습이 떠오른다. 행복했지만 가난에서 벗어나기 위해 한국 남자에게 시집왔다는 그녀가 잘 이해되지 않았다. 결혼중개업소에서 잡화점 사장이라고 소개한 남자는 실상 조그만 철물점을 가진 중년이었다고 했다. 위엔은 그러니까 철물점 주인의 철권을 견디다 못해 도망나온 거였다. 그는 다 마신 캔을 찌그려 등 뒤로 던진다. 빈속에 마셔서인지 얼굴이 후끈 달아오른다. 그는 들판에 눈길을 던진 채 행복이란 말을 곱씹는다. 어쩐지 진창길을 걷는 기분이다. 그는 난간에 이마를 댄다. 차가운 기운이 머리에서 가슴으로 이어진다. 중국 공안원에게 허리춤을 잡힌 채 버둥거리는 여자가 보인다. 오, 오마니. 담장에 한쪽 다리를 걸친 소년은 아래를 내려다보며 울상을 짓는다. 여자의 두 눈이 이글거린다. 그예 소년은 울음을 터뜨리고 만다. 소년의 종아리를 잡은 여자의 손에서 힘이 빠져나가고 있다. 아니, 당기는 힘에서 떠미는 힘으로 바뀌었을 뿐이다. "날래 가라우." 여자의 눈빛이 섬광처럼 터지는 순간 소년의 몸은 대사관 안으로 굴러 떨어진다. 그는 눈을 질끈 감는다. 그러나 여자의 눈빛은 화인火印처럼 남는다.

시트가 담긴 통을 한쪽으로 밀쳐 놓고 6층으로 향한다. 불그스름한 조명이 카펫을 적시고 있다. 쥐죽은 듯 괴괴하다. 딱히 시선을 둘 곳 없는 이 같은 복도에서 쌍쌍이 걸어가다 맞닥뜨리면 꽤나 쑥스럽겠다는 생각이 든다. 그런데, 그게 뭐 어째서. 혹 다른 남자를 만나고 있지 않느냐고 조심스레 운을 떼는 그에게 되레 짱짱하게 나오던 그녀가 떠오른다.

그는 문을 잠그고 텔레비전 앞으로 바싹 다가간다. 심벌마크에서 가로 세로 1.5센티미터 가량의 조각을 떼낸다. 예리한 절삭기로 작업한 것이다. 구멍 속에서 카메라를 꺼낸다. 마이크가 내장된 초소형 무선카메라다. 보기엔 전혀 이상이 없다. 그래도 AS를 받는 게 낫겠다 싶어 주머니에 넣는다. 그리고 조각을 다시 끼워 넣는다. 감쪽같다. 그는 방을 나오다 말고 천장을 올려다본다. 웃음이 나온다. 화재 감지기 구멍에 면봉이 꽂혀 있다. 몰카인 줄 알았나 보다. 방에 들어서기 무섭게 주위를 살피는 치들이 있다. 그게 다 인터넷 영향이다. 깜냥이 제법이지만 그래 봤자 별 도움이 되지 않는다. 육안으로 봐선 코앞에 두고도 모를 만치 위장술이 발달됐기 때문이다. 그는 가만히 문을 닫고 나온다.

  방으로 들어와 침대에 걸터앉는 순간 벨이 울린다. "아 네." 짧게 대답하고 휴대폰을 끈다. 그는 곧바로 밖으로 나온다. 드라마를 보고 있던 박 마담이 어딜 가느냐고 묻는다. 그는 시선을 내리깔고 샤워기헤드를 몇 개 교체해야 한다고 말한다. 마담은 더 급한 일이 있지 않느냐며 시뜻한 표정을 짓는다. 한때 호스티스를 서른 명은 좋이 거느린 적도 있다는 마담이다. 그래서인지 모텔 프런트를 지키는 신세가 되었지만 관록이랄까 서슬이랄까 뭐 그런 것들이 은연중에 내비친다. 그가 뒤통수를 긁적이자 마담은 입을 다물고 텔레비전으로 시선을 돌린다. 그는 마담의 축 처진 가슴을 일별하곤 얼른 밖으로 나온다.

  그는 50cc 스쿠터를 타고 약속 장소로 간다. 창피하지만 돈을 모을 때까진 참아야 한다. 할리데이비슨, 그것도 원하는 모델을 사기 위해선 최소한 이천만 원이 필요하다. 카드를 가질 수 없는 그로서는 오롯이 현금으로 채워야 한다. 왜 군이 그 회사, 그 모델을 원하는가, 자문해 보지만 뾰족한 답은 나오지 않는다. 어쩌면 그때 본 한 편의 영화 때문일지도 모르겠다. 장발의 사내가 오토바이를 타고 사막으로 난 도로를 질주하는 장면이었다. 전신주만 한 선인장들을 휙휙 제치며 아스라한 지평선까지 소실점이 되도록 질주하던, 꽉 막힌 가슴을 시원스레 뚫어 주던 그것. 같이 간 기철이 형을 통해 녀석의 이름이 할리데이비슨이란 것을 알았다. 아버지 시신이 발견되고 일주일쯤 지났을까, 사내가 안방에서 밥상을 받기 시작한 그 무렵이었다. 그는 침대 매트리스 밑에 숨겨 둔 지폐 뭉치를 떠올린다. 부족한 액수를 생각하니 조금 우울해진다. 여기저기 바람에 펄럭이는 현수막이 눈길을 끈다. 초고속 인터넷 설치, 스팀사우나 전동침대 월풀욕조 완비, 특실은 55인치 최고급 LED TV 설치 등 문구도 가지각색이다. 아예 침대와 욕조 따위의 시설물들을 브로마이드로 현상해 걸어 둔 곳도 있다. 다들 색다른 미끼 개발에 혈안이 되어 있다. 2년 전만 해도 낙원모텔을 포함해 세 개에 불과하던 모텔이 어느새 스무 개에 육박하고 있다. 사장의 지청구가 끊이지 않는 까닭이다.

사내가 타고 온 것은 250cc, 체급부터가 다르다. 사내와 흥정하는 것도 잊은 채 그는 사내의 오토바이를 흘금거린다. 별 문양이 그려진 붉은 색 카울을 씌운 데다 구멍 뚫린 머플러에 오솔레미오 음音을 내는 나팔 모양의 5단 에어혼까지, 전형적인 폭주족 스타일이다. 사내는 휴대용 플레이어로 그가 건넨 USB를 검색하고 있다.

"근데, 이 소린 뭐요? 아무래도 바이크 소리 같은데."

"아, 그게 요즘 들어 근처에 폭주족이······."

아차, 싶어 말꼬리를 흐린다. 사내는 그런 그를 물끄러미 바라본다. 선글라스를 끼고 있어 표정을 읽을 수 없다. 거래를 튼 지 일 년이 다 되어가는 지금도 친밀감이라곤 전혀 느낄 수 없는 친구다. 그러고 보니 어딘가 기철이 형을 닮은 데가 있다. 기철이 형은 좀처럼 웃지 않았다. "내레 웃을 일이 있간?" 표정 좀 풀라고 하면 늘 고개를 틀었다. 잠꼬대까지도 남쪽 말로 하려 애쓰던 그와는 달리 형은 곧잘 남쪽 말을 쓰다가도 밸이 꼴리면 북쪽 말을 내뱉곤 했다. 대사관 담장을 함께 넘은 인연으로 친해진 형이었다. 그러나 연락이 끊긴 지 5년이 넘었다. 이럴 때 형이라도 곁에 있으면 위안이 되려나. 사내가 그의 생각을 끊는다.

"할 거요, 말 거요?"

사내는 지폐를 흔들며 채근한다. 그는 말없이 고개를 주억거린다. 웹사이트에 직접 올리는 것보단 수입이 못하지만 그만큼 위험 부담을 줄일 수 있어 시작한 거래였다. 처음부터 오토바이의 배기음을 삽입한 건 아니었다. 동영상을 편집하다 즉흥적으로 생각해 낸 거였다. 나름대로 분위기에 맞는 음향을 깔았다. 이를테면 전희 단계에선 시동셀을 눌렀을 때 들리는 경쾌한 엔진음을, 본론이다 싶은 대목에선 스로틀을 거칠게 감는 소리를, 오르가슴에선 알피엠을 최대한 올렸을 때의 굉음을 삽입했다. 그런데 사내는 그것을 문제 삼고 있는 것이다. 결국 평소 받던 액수의 반 토막에 넘겼다.

모텔 직원들은 주말이 가장 바쁘다. 특히 모텔 직원이자 사장인 그는 몸이 두 개라도 모자랄 판이다. 전보다 못하다고는 해도 그래도 주말이면 객실 회전이 제법 원활하다. 이날만은 사장도 잔소리

를 자제한다. 간신히 짬을 낸 그는 모니터 앞에 앉아 고객들을 살핀
다. 시침은 새벽 두 시를 가리키고 있다. 아직 그가 원하는 커플을
보지 못했다. 삼, 사십대가 대부분이었다. 물론 부부는 아니다. 사
랑이란 말을 예사로 하는 걸 보면 알 수 있다. 미친것들. 그는 모니
터를 보면서 습관처럼 그 말을 내뱉는다. 매번 새롭게 등장하는 인
물들이 그러나 그의 눈엔 달리 보이지 않는다. 한때 새엄마로 불렸
던 여자와 그 여자의 기둥서방으로 불렸던 사내, 그의 눈엔 한결같
이 그들로 보일 뿐이다. 이번엔 젊은 애들 걸로 가져오쇼. 학생이면
더 좋고. 거래처의 사내는 학생을 강조하며 엄지와 검지로 동그라미
를 그려 보였다. 어디 그게 말처럼 쉬운가. 어지간히 지쳐 그냥 잘까
하던 참이었다. 남자가 먼저 들어오고 주뼛주뼛 여자가 따라 들어왔
다. 파마머리를 보고 막 스위치를 끄려는 순간 여자의 머리가 훌렁
벗겨진다. 스위치에서 손을 뗀다. 여자는 머리를 소파에 던진다. 가
발이다. 앳된 얼굴이 드러난다. 예감이 좋다. 그는 당장에 녹화 버튼
을 누른다. 시동키를 돌리듯 음향 다이얼을 조심스레 돌린다. 후끈
달아오른 엔진의 굉음을 기대하며 귀를 세운다. 넥타이를 푼 남자는
다짜고짜 여자를 안는다. "아저씨, 일단 씻고요." 여자가 남자의 팔
을 풀려고 하지만 남자는 막무가내다. "땀 냄새? 괜찮아. 나중에 씻
어." 기분이 좋아진 그는 캔 맥주를 딴다. 두 개째를 따던 손이 멎는
다. "아저씨, 싫다고 하는데 왜 자꾸 이러세요." 사내의 손에 짧은 채
찍이 들려 있다. 젠장. 다 잡은 고기를 놓친 기분이다. 캔을 놓고 모
니터를 응시한다. "다섯 장, 아니 열 장 더 줄게. 응?" 사내는 채찍을

여자에게 건넨다. "채팅할 땐 이런 말 없었으면서……." 여자는 말 꼬리를 흐린다. "그냥은 발기가 안 돼. 그러니 어떡하니." 사내는 가방에서 뭔가를 꺼낸다. 세일러복이다. 여자는 마지못해 그것을 입는다. 사내는 침대 가장자리를 잡고 엎드린다. 마치 팔굽혀펴기를 하는 사람 같다. 여자가 채찍을 휘두르는 시늉을 한다. "얘, 그래 가지고 어디 느낌이 오겠니." 채찍을 빼앗은 사내가 시범을 보인다. '짝' 하는 소리가 들린다. 그의 입에서 탄식이 흘러나온다. 머릿속으로 따가운 볕이 내리쬐던 골목길이 펼쳐진다. 기신기신 골목길을 빠져나가던 아버지의 뒷모습이 떠오른다. 어깻죽지가 붉그스름하다. 그는 입술을 깨문다. 폭력은 안 돼. 그는 녹화된 것을 지우고 스위치를 끈다. 모니터에 삐죽삐죽 솟은 머리칼이 비친다. 한때 평범한 일상의 평균치 행복을 꿈꾸며 고학하던 청년의 흔적은 어디에도 없다. 죽어라 영어단어를 외우던 자신의 모습이 떠오른다. "이곳에서는 영어 하나만 잘해도 출세한다카이. 하모, 그기 자수성가의 지름길이다." 그를 고용했던 치킨집 사장의 지론이었다. 어쩐 일인지 그 말이 복음으로 들렸다. 그의 첫 번째 목표는 나이트클럽의 DJ가 되는 거였다. 그때만 해도 꽤 인기 있는 직업이었다. 라면을 박스째 들여 놓은 다음 남은 돈으로 빌보드차트에 오른 앨범을 샀다. 틈틈이 할리우드 영화도 보러 다녔다. 꼬박 4년을 기다린 끝에 결실을 보았다. 변두리의 삼류 나이트클럽이긴 하지만 마침내 어엿한 DJ가 된 것이다. 그녀를 만난 것도 그즈음이었다.

그는 한동안 잃어버린 자신의 얼굴을 생각하다 밖으로 나온다. 한 커플이 현관을 나서는 게 보인다. 여자의 오렌지색 머리가 눈길을 끈다. 그와 잠시 살았던 여자의 머리도 저런 색일 때가 있었다. 그녀는 머리를 물들인 것만으로는 성에 차지 않았는지 남자까지 달고 다녔다. 뭐 크게 마음 아프거나 섭섭하지는 않았다. 남자 구실을 제대로 못하는 데 따른 자괴감일지도 몰랐다. 하지만 자유의지의 발로니 뭐니 하는 이해하기 어려운 말로 오토바이를 탄 그의 모습에 찬사를 아끼지 않았던 그녀가, 그리하여 뒷걸음치는 그를 설득해 동거를 시작했던 그녀가 채 반년이 안되어 오토바이의 위험성을 들먹이며 이별을 통보한 것은 웃기는 일이었다.

"침대 시트를 갈고 온다고 하더니 엎어져 자나 봐."

마담이 인터폰으로 위엔을 찾았다. 특실이라면 몇 층에 있는? 물으려다가 전화를 끊고 모니터를 켰다. 4층에 이어 5층을 접속했다. 502호였다. 위엔은 남자의 무릎 밑에서 버둥거리고 있었다. 실험실의 개구리가 떠올랐다. 그는 짧게 신음하며 주저앉았다. 사장이었다.

"이봐, 혼인신고도 안 한 상황에서 도망쳤으니 불법체류야, 알아? 그러니 내 말 들어."

그 자그마한 체구로 사장의 완력을 당할 수는 없다. 한사코 저항하던 위엔이 동작을 멈추었다. 사장의 거친 숨소리가 위엔의 흐느낌을 압도했다. 위엔의 젖은 목소리가 귓속으로 흘러들었다. 도와주십……. 위엔의 눈이 희번덕이며 한 바퀴 돌았다. 그는 이를 악물고 모니터를 껐다.

벌써 갔나? 그는 고개를 갸웃거린다. 609호실…… 전망이 끝내준 단 말야. 사내가 했던 말을 상기한다. 모니터는 여전히 먹통이다. 소 리도 없고 그냥 깜깜하다. 이제 보니 수신 신호도 떨어지지 않는다. 밖으로 나가서 609호실을 본다. 불이 꺼져 있다. 곧바로 609호실로 가서 텔레비전을 살핀다. 없다. 그는 마른침을 삼킨다. 손전등을 들 이대고 안을 살핀다.

"이걸 찾는가 보군."

머리칼이 곤두선다. 허리를 펴고 돌아선다. 눈썹 아래 꿈틀거리는 흉터. 그 사내다. 사내가 렌즈를 들어 보인다.

"어, 어떻게……."

그는 말을 잇지 못한다.

"어떻게 알았냐고?"

사내는 히죽 웃는다.

"내가 워낙 꼼꼼한 성격이거든."

사내는 주머니에서 뭔가를 꺼낸다.

"아 참, 여자는 먼저 보냈어. 자네하고 볼일이 좀 있어서 말이지."

사내는 주머니에서 꺼낸 물건을 흔들어 보인다. 램프가 깜박거 린다.

"몰카 탐지기란 거야."

사내가 스위치를 누르자 램프의 불이 꺼진다. 사내는 커튼을 내리 고 방문을 잠근다.

"친구들이 나보고 스타가 됐다고 해서 무슨 말인가 했지. 근데 빌어먹을, 그 말이 맞았어. 내가 주연한 영화의 인기가 대단하더라고. 그래, 내 연기가 어떻던가. 보기만 해도 꼴리디?"

그는 저도 모르게 입꼬리를 올린다. 그것을 생물도감 보듯 했다면 이해할는지.

"웃어?"

사내의 얼굴이 일그러진다.

그는 있는 힘을 다해 기어가 인터폰을 누른다. 뚜우우. 응답이 없다. 대체 마담은 어디를 간 것일까. 벌떡 일어선다. 마음뿐이다. 그의 몸은 여전히 벽에 기댄 채 늘어져 있다. 갈기갈기 찢긴 채 바닥에 널브러져 있는 시트가 눈에 들어온다. 사내는 돈을 요구했다. 그는 그의 방으로 사내를 데려왔다. 그는 한참을 망설이다가 미안하지만 도저히 안 되겠다고 했다. 꼭 쓸데가 있는 돈이라고 했다. 사내가 가죽장갑을 끼던 모습이 생각난다. 그가 웃통을 벗었던가. 그랬을지도 모른다. 언젠가 술 마시고 난동을 부리던 투숙객에게 효과적으로 써먹었던 방법이다. 여기저기 길게 파인 자국이 불빛에 드러났다. 수술실의 칼도 칼이다. 사내가 싸늘하게 웃으며 이죽거렸다. 지랄, 칼자국은 그렇게 길게 곡선을 그리질 않아요. 그러면서 사내는 자기 전공이 칼이라고 했다. 칼. 그는 그제야 그의 몸 여기저기가 젖어 있다는 사실을 깨닫는다. 사내의 말이 맞았다. 사내가 그린 무늬는 짧은 직선이다. 그리고 보니 방바닥 여기저기가 붉은빛을 띠고 있다. 앙증맞은 꽃잎 같다. 왠지 낯설지가 않다. 내팽개쳐진 매트리스와 깨진 화분 조각 사이에 누워 있는 선인장이 눈에 들어온다. 남은 기운을 눈으로 모은다. 아직 뿌리가 살아 있다. 선인장은 생존을 위해 잎을 가시로 바꾸었다고 했다. 가시는 물의 증발을 막으면서 동시에 사막의 동물을 퇴치한다. 그러나 그는 상처를 가시로 만드는 법을 익히지 못했다. 위엔이 떠오른다. 왜, 그녀를 도우러 가지 않았을까. 의문이 이어진다. 왜 그날 경찰이 아버지의 소재를 물었을 때 도리질했는지…….

　아버지의 뒤를 밟은 소년은 관목 수풀 사이로 아버지가 소나무 가지에 노끈을 매는 것을 보았다. 낯익은 몸뚱이가 자벌레처럼 꼿꼿해지는 걸 바지가 축축이 젖도록 보고 말았던 것이다. 어쩌면, 하고 그는 길게 숨을 내쉰다. 그에 합당한 대가를 치르고 있는지도 모른다. 아마…… 그럴 것이다. 아래로 아래로 온몸이 빠져드는 느낌이다. 언젠가 영화에서 보았던 늪이 떠오른다. 발버둥칠수록 더 깊이 빠져드는 늪. 35년 생애가 이제 턱 아래까지 잠긴 듯 숨이 가쁘다. 그래, 그는 혀로 입술을 축인다. 이젠 뭐 좀 달라지려나. 눈꺼풀의 무게를 못 견디고 그는 눈을 감는다. 크롬 도금으로 차갑게 빛나는 핸들이 보인다. 마치 활강하는 독수리의 날개를 닮은. 그는 헬멧을 쓴 뒤 날렵하게 시트에 오른다. 곧장 시동을 걸고 스로틀그립을 당긴다. 그르릉, 하는 소리와 함께 까라지던 마음이 곧추선다. 그때 인터폰이 울린다. 그 소리에 맞춰 오토바이가 폭음을 내며 출발한다. 달라질 게 없어도, 그의 입가에 희미한 미소가 번진다. 그래도 가슴이 뻥 뚫리도록 달려 보는 거야. 잃을 게 더 뭐 있겠어.

가면의 시간

"이 여자를 놓치고 싶지 않군요."

선우는 최 과장이 한 말을 곱씹어 본다. 그리고 여자 부모의 직업란을 확인할 때 그의 두 눈이 반짝, 빛나던 걸 상기한다. 최 과장이한 말은 선우의 머릿속에서 송두리째 굴절된다. 이 여자가 가진 것들은 정말 근사하군요. 선우의 입꼬리가 올라간다.

"아침부터 뭐, 좋은 일이 있는 모양이네?"

주옥 씨가 테이블 위에 바인더를 내려놓으며 말을 건넨다.

"왔어?"

선우는 애매한 표정을 짓는다. 주옥 씨에게 미소와 냉소의 차이를설명할 필요가 있을까. 주옥 씨가 한마디 더 하려고 하는데 사람들이 들어온다. 고객지원실과 QA 팀 직원도 보인다. 사무실은 이내 화장품 냄새로 가득 찬다. 마지막으로 들어온 박 실장은 자리에 앉자마자 따르르 쏘아댄다.

"전년도 대비 이사분기 실적이 반 토막이에요. 요즘 사장님 기분이 어떤 줄 아세요?"

박 실장의 엄지손가락이 아래로 향한다. 다들 입을 다문 채 업무일지를 내려다본다. 박 실장이 커플매니저들의 실적과 현황을 조목조목 짚으며 업무를 지시한다.

"김선우 씨, 지난주에 올린 매칭안 잘 진행되고 있겠죠? 사장님도 관심을 보이고 있는 사안이라는 거, 잊지 마세요."

회의를 마치고 나가던 박 실장이 선우를 따로 불러 껄끄러운 목소리로 말한다.

"네, 알겠습니다."

선우는 고개를 까딱 숙이며 대답한다.

"최 과장인가 뭔가 하는 그 남자, 위에다 콩고물 묻힌 거 아냐?"

박 실장의 뒤통수를 흘금거리며 주옥 씨가 한마디 거든다. 윗선에 따로 봉투를 찔러준 게 아니냐는 말이다. 주옥 씨만의 표현법이다. 가슴이 뜨끔했지만 내색을 하지 않는다.

"글쎄 그럴지도. 뭐, 그래서 뜻대로 된다면야 좋겠지만."

박 실장이 말한 매칭 대상은 둘 다 브이아이피 회원들이다. 성사될 경우 그녀의 실적에 적잖이 도움이 되겠지만 위험 부담 또한 그만큼 크다.

"퇴근하고 이거 어때?"

주옥 씨가 술잔을 기울이는 시늉을 한다. 약 먹는 처지에 허구한 날. 그 말은 혀끝에서 미끄러진다. 선우는 이번에도 애매하게 웃음을 짓고 만다.

"일 끝내고 그때 그 카페에서 보자고."

주옥이 선우의 귀에 대고 속삭이듯 말한다. 선우는 엉겁결에 고개를 끄덕인다. 뭐가 그리 바쁜지 주옥 씨는 엘리베이터 문이 열리자마자 뛰쳐나간다.

호텔 커피숍은 가을볕이 난만하다. 선우는 창밖을 본다. 노랗게 물든 은행잎들이 인도에 수북이 깔려 있다. 은행알이라도 찾는지 한 노인네가 걸음을 멈추고 바닥을 살피고 있다.

"청산배당체라고, 은행알에는 독성이 있어. 하루 다섯 알 이상 꾸준히 먹으면 중추신경 계통에 이상을 일으키지."

기본안주로 나온 은행알을 포크로 찍으며 민수가 한 말이다. 그림처럼 아름다운 나무에, 열매에 독성이 있다는 게 놀라웠다. 독성이라고는 하지만 상대에게만 해당될 뿐, 자신에게는 자양분의 한 요소일지도 몰라. 민수가 덧붙인 말이었다. 민수의 절제력도 놀라움의 대상이었다. 그날 민수가 먹은 은행알은 딱 다섯 알이었다. 자정이 가까운 시각이었다. 칠레산 와인 세 병이 바닥났다. 고소한 게 와인 안주에도 제격이네, 하면서도 민수는 더 이상 은행알을 탐하지 않았다. 그러니까 다섯 알이 경계였던 것이다. 민수는 머리와 가슴이 잘 호응하는 부류에 속한 사람이었다. 그렇다면 나는? 선우는 스스로에게 질문해 보았다. 그리고 이내 고개를 저었다. 선우는 민수가 자기를 대할 때에도 일정한 경계가 있었는지, 있었다면 그 경계의 기준은 무엇인지가 궁금했다.

"어머, 죄송해요. 차가 밀려서."

선우가 기다렸던 여자는 전혀 미안하지 않은 표정으로 맞은편에 앉는다. 선우 역시 뭐 대수냐는 듯 환한 미소를 짓는다. 선우는 준비한 자료들을 가방에서 꺼낸다. 죄다 최 과장에 관한 것들이다.

"제가 꼼꼼히 분석한 바로는 두 분, 정말 잘 어울리는 커플이에요. 굳이 따지자면 민지 씨 쪽 리스크가 이만큼 있긴 해요."

선우는 엄지와 검지로 오 센티미터 정도의 간격을 만들어 보인다.

"아, 네에."

새침했던 표정이 한결 누그러진다. 여자는 소파에 깊숙이 몸을 묻는다. 그리고 다리를 꼰 편한 자세로 자료를 훑어본다. 선우는 다이어리를 넘기면서 여자를 훔쳐본다. 사파이어 목걸이에 베르사체 원피스, 가방은 루이비통이다. 눈에 익은 것들이다. 여자의 얼굴에 자신의 얼굴을 대입해 본다. 초점이 잡히지 않는다. 언제 그런 시절이 있었나, 싶다. 잠시 맥쩍게 앉아 있던 선우는 손가방을 당겨 손목시계를 꺼낸다. 수동식 로렉스이다. 휴대폰의 시각과 맞춰 본다. 2분의 오차가 있다. 시간을 조정한 후 태엽을 감는다. 아버지가 떠난 지 3년이 되었지만 아버지의 시간은 여전히 그녀의 곁에서 흐른다. 선우는 여자가 보기 전에 시계를 얼른 가방에 넣는다. 그리고 신지로이드 한 알을 꺼내 입에 넣는다. 갑상선호르몬제이다.

"어머, 어디 아프신가 봐요."

언제 봤는지 여자가 파일을 넘기다 말고 묻는다.

"아, 아녜요. 그냥 몸살기가 좀 있어서."

선우는 얼버무리고 컵을 든 손으로 마저 읽으라는 시늉을 한다.

퇴근 시간이 지났는데도 주옥 씨는 보이지 않는다. 오후에 미팅 파티가 있다더니 그곳에서 곧바로 퇴근한 모양이다. 최 과장과의 통화를 끝낸 선우는 새로 수집한 프로필을 기존 회원들에게 발송한 후 자리에서 일어선다. 그때 가방에서 벨소리가 울린다. 선우는 휴대폰을 꺼내 확인한다. '일 끝났으면 카페로.' 주옥 씨가 보낸 메시지이다. 어디서 보고 있기라도 한 듯 때맞춰 보냈다. '못 말려.' 선우는 피식 웃는다.

지하주차장에 차를 두고 나온 선우는 곧장 버스를 탄다. 걸어가기에는 조금 멀고 택시를 타기에는 너무 가까운 거리이다. 퇴근 시간이라 버스는 꽤 혼잡하다. 선우는 간신히 몸의 균형을 잡는다. 헤헤, 웃음소리가 들린다. 그 와중에도 두 여학생이 스마트폰에 저장된 사진을 들여다보고 있다. 요즘 한창 뜨고 있는 아이돌스타이다. 마음에 드는 사진은 즉석에서 주고받는다. 엄지를 몇 번 움직일 때마다 사진 속의 미소가 가볍게 전송되는 것을 보며 선우는 묘한 열패감에 사로잡힌다. 그럴 수만 있다면 자신이 보낸 미소를 몽땅 회수하고 싶은 심정이다. 민수에게 보낸 미소는 비수가 되어 돌아왔다. 상투적이긴 하지만 그보다 더 적절한 표현은 생각나지 않는다. 미소와

140

비수는 둘 다 가녀린 선을 지니고 있지만 쓰임새가 다르다. 비수는 상처를 주기 십상이다. 버스가 멈추자 선우는 서둘러 내린다. 그리고 크게 한 번 심호흡을 한다. 약속 장소로 가던 선우는 쇼윈도 앞에서 걸음을 멈춘다. 베이지색 니트원피스가 눈길을 끈다. 어디서 봤을까. 눈을 깜박이다가 고개를 끄덕인다. 김민지. 두어 시간 전 호텔 커피숍에서 만났던 여자이다. 좀 더 구체적으로 말하면 아버지가 내로라하는 금융업체의 간부로 있는 데다 학벌과 미모 등 어느 것 하나 빠지지 않는 이른바 A등급의 여자 회원이다. 선우 회사에서 유치하기 힘든 고객인데 여자의 집안과 연줄이 닿는 사장이 힘을 썼다고 했다. 날씬한 몸매를 부각시켜 주던 여자의 원피스가 떠오른다. 명품을 카피하는 데 걸리는 시간은 일 분이면 족하다. 사랑도 카피할 수 있다면. 선우는 가만히 고개를 젓는다. 약 기운 때문일지도 모른다. 가끔 엉뚱한 생각에 사로잡히는 자신에게 선우는 당혹감을 넘어 연민을 느낀다. 선우가 건넨 자료를 훑고 난 여자는 그리 싫지 않은 기색이었다.

"좋아요, 한 번 만나 보겠어요. 오늘 저녁 8시 괜찮겠어요?"

"저쪽과 상의해서 곧바로 연락드릴게요. 아무튼 잘 생각하셨어요. 미국 유학을 다녀온 데다 키, 용모, 매너, 어디 한 군데 흠잡을 데 없는 남자예요. 그리고 지금 경영 수업을 받고 있는데 머잖아 부친의 회사를 물려받을 거예요. 민지 씨 아버님의 회사에 비하면 구멍가게 수준이지만 그래도 업계에서는 꽤 알아주는 회사예요. 틀림없이 마음에 드실 거예요."

한 가지만 빼고요. 선우는 그 말을 속으로 삼켰다. 최 과장은 지나치게 술을 좋아하는 게 흠이었다. 주변을 탐문한 끝에 알아낸 정보였다. 한자리에서 양주 두어 병은 기본이라고 했다. 게다가 폭탄주를 선호했다. 당연히 실수가 잦았다. 최 과장은 주저주저하더니 술 때문에 이미지를 구긴 경우가 더러 있다고 실토했다.

"하는 일이 그렇다 보니."

최 과장은 다소 계면쩍은 표정으로 덧붙였다.

"아직 젊어서 그래요 제가."

그러면서 그는 선우에게 봉투를 하나 내밀었다.

"뭐예요, 이게?"

선우의 물음에 최 과장은 어깨를 으쓱하며 말했다.

"아무튼 매칭되도록 힘 좀 써 주세요."

선우는 그가 말한 '더러 있다'를 '상당히 많다'로 고쳐 기록했다. 장점은 부풀리고 단점은 축소하는 것. 인지상정이랄까, 대부분의 회원들이 그런 양상을 보였다. 여자에게는 그 사실을 알리지 않았다. 최 과장에게서 받은 봉투와는 무관한 일이었다. 선우는 커플매니저였고 커플매니저가 하는 일은 여하간, 커플이 성혼에 이르도록 조율하고 추진하는 것이었다. '컨디션이 좋으면 양주 반 병, 혹은 와인 한 병 반 정도.' 여자에게 전할 파일의 해당 항목에 그렇게 기입했다. 하긴 그렇게 따지면 여자도 만만치 않았다. 여자는 엄밀히 말해 제 얼굴을 잃어버린 경우라고 할 수 있었다. 선우가 보기에 얼굴 거의 대부분을 뜯어고쳤다. "제가 한때 탤런트를 꿈꾼 적이 있었걸랑요."

졸업 앨범의 사진과는 판이한 턱을 보며 선우가 고개를 갸웃거리자 여자는 마지못해 입을 열었다. 처음에 여자는 코를 언급했다. 선우가 빤히 건너다보자 여자는 뭘 그러느냐는 듯 배시시 웃었다. "솔직히, 몇 군데 손보긴 했죠." 어쩔 수 없다는 듯 여자가 백기를 들고 살랑거렸다. 선우는 그제야 고개를 끄덕였다. 미소도 잊지 않았다. 이 분야의 베테랑들은 회원들이 밝히고 싶어 하지 않는 문제점이나 단점까지 수집하기를 권했다. 물론 상대 회원에겐 극비로 하거나 완곡한 표현으로 에둘러대는 것을 전제로 했다. 분란의 소지를 없애기 위해, 혹은 뜻밖의 사태에 대처하기 위해 속속들이 알고 있어야 했다. 뚱한 표정을 짓거나 심지어 대놓고 반발하는 회원도 있었지만 대개는 협조하는 편이었다. 그들도 감추는 게 능사가 아니란 걸 알고 있었다. 상대의 치부를 상쇄할 치부쯤으로 여기는 게 마음 편했다. 선우는 최 과장에게 여자 앞에서는 술을 자제하라고 당부했다. 이 경우 술은 급속 냉동한 욕망을 녹이는 촉매제 같은 것이었다. 최 과장은 머리가 나쁜 사람이 아니었다. 그는 호탕하게 웃고 나더니 걱정하지 말라고 했다. 여자의 성형수술 건은 비밀에 부쳤다. 내심 잘코사니다, 싶었다. 뜻을 이루고 환호작약하는 최 과장의 모습이 떠올랐다. 뒤이어 두 사람 사이에서 태어난 여자애의 모습이 그려졌다. 아이는 엄마와 전혀 닮지 않은 뒤웅스런 모습이어야만 했다. 그리고 의혹의 눈으로 모녀를 번갈아 보는 최 과장의 얼굴. 선우는 습관처럼 입꼬리를 올렸다. 그것은 커플매니저가 품어서는 안 될 상상이었다. 선우는 도착된 심리에 빠진 자신을 응시했다. 어쩌면, 선우는 입술을 깨물었다. 그리고 도리질했다. 민수의 얼굴이 지워졌다.

오늘따라 주옥 씨는 급하게 술을 마신다.

"뭐가 그렇게 급해?"

선우가 한마디했지만 흐흥, 웃기만 한다. 카페는 의외로 한산하다. 조명기구에서 떨어진 빛이 탁자 위에 동그라미를 그린다. 선우는 동그라미 안에 놓인 안주와 술잔을 물끄러미 바라본다. 문득 둥글게 모여 불을 쬐고 있는 사람들의 모습이 떠오른다. 비록 그림 속의 화톳불이었지만 가슴을 데우기에 충분했었다. 밝은 것을 앞에 두면 심리적 안정을 취할 수 있다. 그럴 것이다. 선우는 한때 자신의 앞에서 빛을 뿜었던 것들을 그려 본다. 그리고 씁쓸하게 웃는다. 휘둘러보던 선우의 눈길이 가장 빛나는 공간에 머문다. 카운터 옆에 있는 벽걸이 수족관이다. "가짜야 저거." 주옥 씨가 술잔을 든 채 턱짓을 한다. "정교하게 만든 인공 물고기들이야." 의아한 표정을 짓는 선우에게 주옥 씨가 오금을 박듯 말한다. 아닌 게 아니라 수초 사이를 선회하는 물고기들의 움직임이 기계적인 패턴을 보인다. 주옥 씨는 선우의 눈빛이 흔들리는 걸 눈치채지 못한다. "게다가 야광이야. 진짜보다 더 그럴 듯하지?" 주옥 씨가 선우의 술잔에 술을 따르며 묻는다. 눈자위가 발그레해진 주옥 씨는 말이 많아진다. "여자가 말이지, 글쎄……." 오늘 있었던 미팅파티 이야기이다. 미팅파티는 커플매니저들이 회원 유치와 카운슬링을 거쳐 엄선한 회원들을 대상으로 펼치는 홍보성 이벤트이다. 결혼정보회사가 가장 신경을 쓰는 행사이기도 하다. 오늘 있었던 파티에서 여자 회원 하나가 히스테리를 부렸단다.

"파트너가 대놓고 딴 여자한테 추파를 던졌나 보지 뭐, 가끔 있는 일 아냐?"

선우의 입가에 조소가 어린다. 낯선 여자의 어깨에 손을 두르고 가는 민수의 모습이 스친다. "그렇지." 주옥 씨가 고개를 끄덕이곤 남은 술을 마신다. "그럴 수도 있는 일이지." 주옥 씨가 시뜻한 표정을 짓는다. "하긴." 선우도 고개를 끄덕인다. 화사하게 차려입은 선남선녀의 면면을 보는 게 고역일 때도 있다. 이면에 감춰진 의외성이라는 꼬리가 어른거리기 때문이다. 오늘 주옥 씨가 그랬다. 남자를 유형별로 나눈 뒤 상대에 맞는 대화법에서부터 식당과 극장에서의 에티켓, 심지어 첫 키스의 무드 조성에 이르기까지 시시콜콜 코치하며 관리해 온 회원이었다. 상담 때면 그럴 수 없이 다소곳하던 여자가 눈꼬리를 세우고 실쭉거리는 게 별일이다 싶었다. 급기야 여자가 남자의 얼굴에 물을 끼얹는 것을 보곤 할 말을 잊었단다.

"그도 아니면 남자가 자존심을 건드렸거나…… 그 여자, 노처녀라며?"

"그래도 그렇지. 어떻게 공개 장소에서 그럴 수 있니? 게다가 블랙리스트에 올라갈 게 뻔한데, 기가 막혀."

일대일 커플게임으로 막 넘어갈 무렵이었다. 여자는 물이 뚝뚝 듣는 남자의 얼굴을 일별하곤 쌩하게 나가 버렸다는 것이다. 파티가 엉망이 된 것은 물론이다. 주옥 씨가 안됐긴 하지만 선우는 그 여자의 행위가 왠지 기껍다. "그래, 다들 한 꺼풀 덮어쓰고 있으니 그 속을 어떻게 알겠어." 주옥 씨가 푸념하며 술을 들이켠다.

주옥 씨가 계산을 하는 사이 선우는 수족관을 본다. 주옥 씨가 말한 그대로이다. 물 빼고는 다 가짜이다. 인공 물고기들은 입력된 프로그램에 따라 움직이고 있다. 사실을 알고 난 때문일까, 속이 느글거리는 기분이다. 산소발생기에서 몽글몽글 나오는 물방울이 기억을 부풀린다. 민수가 떠나고 얼마쯤 지났을까. 선우는 뜰채를 들고 수족관 앞에 서 있었다. 수마트라 네 마리가 유영하고 있었다. 민수가 생일 선물로 사 준 것들이다. 몸통에 줄무늬가 쳐진 앙증맞은 모습과는 달리 사나운 녀석들이었다. 들뜬 마음에 앞뒤 생각 없이 합사시킨 게 잘못이었다. 수마트라를 넣은 지 이틀도 안되어 아홉 마리의 구피가 떼죽음을 당했다. 하나같이 지느러미가 물어뜯긴 흉측한 몰골이었다. "코리도라스와 플레티, 네온테트라와는 가능하지만 수마트라는 절대 안 됩니다. 수마트라에게 구피는 스파링 상대도 안돼요. 잠시 갖고 놀다 꿀꺽해 버리죠. 한마디로 간식거리에 불과해요." 전화로 문의했다가 열대어가게 사장에게 핀잔만 들었다. 갖고 논다는 말이 복장을 긁었다. 인사도 하지 않고 전화를 끊었다. 선우는 뜰채로 네 마리의 수마트라를 떠 올렸다. 앞날을 예견이라도 한 듯 네 마리 다 필사적으로 도망쳤지만 어림없었다. 선우는 그들을 수족관 뚜껑 위에 올려놓았다. 하릴없이 입을 뻐끔거렸다. 지느러미로 바닥을 치기도 했다. 선우는 팔짱을 낀 채 묵묵히 지켜보았다. 수족관에 달린 조명등이 뻣뻣하게 굳은 사체를 환하게 비춰 주었다.

146

그 다음 날, 선우는 다시 구피를 구입했다. 병원에 다녀오던 길이었다. 아홉 마리의 구피는 모두 암놈이었다.

심한 갈증에 선우는 눈을 뜬다. 낯선 풍경이다. 맞아, 주옥 씨 집으로 왔었지. 소파에서 내려온 선우는 냉장고부터 찾는다. 냉장고 속에는 반찬통 몇 개와 물병만이 휑뎅그렁하게 공간을 차지하고 있다. 선우는 작은 페트병의 물을 단숨에 들이켠다. 비로소 정신이 돌아온다. 간밤의 일들이 떠오른다. 젊고 잘생긴 총각이 "누님 누님" 하며 곰살맞게 엉긴다. "이런 데 처음이지? 김 군아, 책임지고 모셔라." 주옥 씨의 호기 섞인 목소리가 귓가에 쟁쟁하다. 어디였을까. 선우는 미간을 모으고 기억을 더듬는다. 카페에서 나온 뒤 2차를 외치는 주옥 씨에게 이끌려 들어간 지하 주점. 정장 차림의 사내가 그들을 반갑게 맞아 주었다. 여느 주점과는 달리 앳된 총각들이 시중을 들었다. 다들 영화배우 뺨치게 잘생긴 총각들이었다. 정장 차림의 사내가 샹들리에 불빛이 은은한 룸으로 그들을 안내했다. 처음이 아닌 듯 주옥 씨는 곁의 총각과 농담을 주고받으며 소파에 앉았다. "뭐해, 이리 와 앉아." 주옥 씨가 어정쩡하게 서 있는 선우에게 빈자리를 가리키며 손짓했다. "아, 나는 이 누님처럼 순진한 여자가 좋더라." 은근한 목소리와 스킨십. 이런저런 장면이 뒤죽박죽으로 떠오른다. 술병을 들고 깔깔거리는 주옥 씨, 은근슬쩍 허리에 손을 두르는 총각, 뭐라고 소리 지르는 선우, 술을 엎지르는 주옥 씨, "정말 싫어." 화를 내며 주옥 씨의 팔을 잡아당기는 선우. "왜 좀 더 놀다 가시지요." 끝까지 점잔을 빼는 정장 차림의 사내. 그제야 의문이 풀린다. '그래, 말로만 듣던 호스트바였어.' 선우는 가만히 문을 열고 방 안을 살핀다. 주옥 씨는 곤히 잠자고 있다. 선우는 이불을 당겨 목까지 덮어 주고 나온다. 장식장 위의 액자가 눈길을 끈다. 사내아이와 찍은 사진이다. 주옥 씨도 아이도 해맑게 웃는 모습이다. 주옥 씨가 이혼녀라는 사실을 잊을 뻔했다. "내 주량이 얼마냐구? 내 아이가 차지했던 가슴, 그 가슴의 눈금만큼이라고 해 두지." 주옥 씨의 목소리가 귓등을 스친다. 친권소송에서 패하는 바람에 양육권을 넘겼다는 말을 할 때는 눈시울을 붉히던 주옥 씨다.

"빗발이 제법 굵어. 아무래도 오늘 야외 파티는 어렵겠는데."

주옥 씨는 와이퍼의 속도를 3단으로 높인다. 자동차는 아파트 신축공사장을 지나 도심으로 향한 도로를 탄다. 선우는 손바닥으로 유리창의 김을 닦고 밖을 본다. 2년 전, 주옥 씨가 입주한 뒤 집들이 하러 올 때만 해도 허허벌판이었는데 지금은 제법 신도시다운 틀을 갖추었다. 덩그러니 외따로 떨어져 있는 갈비집의 주차장에도 제법 많은 차들이 있다.

"왜, 속이 안 좋은 모양인데, 내가 운전할까?"

선우는 주옥 씨의 안색을 살핀다.

"괜찮아."

주옥 씨는 그 말만 하고 입을 다문다. 둘 다 간밤의 일에 대해선 입도 뻥긋하지 않는다. 빗발이 점차 거세어진다. 와이퍼가 살려 놓은 풍경을 빗발은 여지없이 지워 버린다. 빗발과 와이퍼는 한 치의 양보도 없다. 대차게 움직이는 와이퍼를 보며 선우는 가늘게 한숨을 내쉰다. 현실은 과거를 지워 가는 듯 보이지만 실상 그것은 부지불식간에 재현된다. 그것을 완벽하게 지울 방법은 없다. 눈을 감아도 소용없다. 심지어 꿈속까지 쫓아온다. 속이 불편하더니 급기야 한기寒氣까지 엄습한다. 과로를 피하고 적정한 수면을 취할 것. 담당 의사가 힘주어 강조한 수칙이다. 유감스럽게도 제대로 지킨 적이 없다. 언제까지 약물에 의존해야 할까. 그런 생각이 드는 순간 속까지 울렁거린다. 어쩌겠어, 세상에 맞춰 살아야지. 민수의 말이 이명처럼 울린다. 찰나의 순간에 움켜쥐거나 버려야 해. 때를 놓치면 낙오자가 되는 거야. 민수가 윽박지르듯 말한다. 선우는 눈을 감고 고개를 끄덕인다.

"그래, 나는 이 일에 맞지 않는 사람일지도 몰라."

"뜬금없이 무슨 말이야?"

침묵하고 있던 주옥 씨가 웬일로 즉각적인 반응을 보인다.

"난, 그러니까, 뒤를 너무 자주 보는 여자야. 이런 일에는 앞만 보고 달리는 사람이 유리해. 게다가……."

"게다가, 또 뭐?"

주옥 씨의 목소리가 높아진다.

"나랑 지내 봐서 알겠지만 사실 나는 소극적인 데다 성격이 그리 밝지 않은 여자야. 생각해 봐. 결혼을 원하는 사람들은 하나같이 밝은 미래를 꿈꾸는 사람들이야. 나처럼 그늘이 있는 사람은 그들을 안내할 자격이 없어."

킥킥, 웃는 소리에 선우는 고개를 돌린다. 킥킥거리던 주옥 씨는 깔깔깔, 소리 내어 웃기 시작한다. 한참을 웃고 난 주옥 씨가 머리칼을 쓸어 올리며 말을 잇는다.

"이제 보니 선우 씬 헛똑똑이야. 회원들은 물론 선우 씨와 나, 누구 할 것 없이 가면을 쓰고 노는 한바탕 놀음이라는 걸 몰라? 이건 그러니까 일종의 가면무도회 같은 거야. 다들 가면을 쓰고 노래하고 가면 뒤에서 꿈을 얘기해. 왜 가면을 쓰냐고? 꿈이 깨어졌을 때 부끄러운 표정을 보이지 않아도 되기 때문이지. 꿈을 이루어도 마찬가지야. 또 다른 꿈이 이어질 테니까."

가면을 쓰고 노래하고 꿈을 얘기한다. 그럴 듯한 비유라고 선우는 생각한다.

"그리고 그늘은 뭐, 선우 씨에게만 있어? 누군들 햇살 아래에서 해바라기만 하고 살 것 같아?"

주옥 씨가 이죽거리듯 말한다. 글쎄, 주옥 씨 얘기를. 선우의 말이 잘린다. 우리 그런 얘기 그만하고 음악이. 주옥 씨의 말도 거의 동시에 잘린다. 주옥 씨가 급브레이크를 밟았는지 자동차는 마찰음을 내며 도로 가장자리로 미끄러진다. 자동차는 가드레일에 부딪힌 다음 멈춘다. "무슨 일이야?" 선우는 손으로 입을 가린 채 주옥 씨를 바라본다.

오소리 같기도 하고 너구리 같기도 하다. 선우는 널브러져 있는 짐승을 내려다본다. 터진 옆구리 사이로 내장이 삐져나와 있다. 사체에서 흘러나오는 피는 쏟아지는 빗줄기에 희석된다. 묽은 핏물이 발치께로 번져 온다. 선우는 입술을 깨문다.

  미국에서 발생한 서브프라임 모기지 사태는 한국에도 매머드급 태풍을 몰고 왔다. 특히 키코에 가입했던 회사들의 피해가 컸다. 그런 회사들 중 하나에 기계부품을 납품하던 아버지의 회사 역시 불똥을 피할 수 없었다. 부도 소식을 들은 채권자들이 회사로, 집으로 밀어닥쳤다. 그건 인간 쓰나미였다. 선우는 속절없이 휩쓸려 갔다. 일주일이 지나도록 아버지의 행방은 묘연했다. 엄마가 있었으면 좀 나았을까. 선우가 고등학교에 입학할 무렵 이혼한 아버지는 재혼 얘기만 나오면 손사래를 쳤다. 그러나 선우를 가장 힘들게 한 건 민수의 부재였다. 민수는 그즈음 중국에 나가 있었다. 그의 동료는 민수가 해외 지사 근무를 자원했다고 친절하게 알려 주었다. 말도 없이 떠난 민수는 메일은 물론 전화 한 통 없었다. 솔직히 선우는 진작부터 그런 전조를 감지하고 있었다. 언제부터였을까. 선우는 눈을 감고 시간을 거슬러 올라갔다. 아버지의 회사가 기울기 시작할 무렵. 부정하고 싶었지만 매번 같은 시점이었다. 대학시절, 허름한 포장마차에서 쓴 소주를 들이켜며 꿈을 얘기하던 모습은 어디로 간 것일까. 선우는 안타까웠다. 민수와 함께했던 순간들이 신기루처럼 떠올랐다. 졸업과 동시에 모두가 선망하는 대기업에 입사한 민수의 얼굴 위로 진심으로 기뻐하던 아버지의 얼굴이 겹쳐졌다. 내심 민수를 사윗감으로 생각하던 아버지는 가끔 민수의 근황을 물었다. 그건 결혼할 때가 되지 않았느냐는 질문이었다. 선우는 대충 얼버무리곤 화제를 돌렸다.

아버지가 남긴 유산은 청산하지 못한 부채와 삶에 대한 회의였다. 영안실에서 원래의 형태를 잃은 아버지의 얼굴을 확인했다. 턱과 목 언저리엔 미처 닦지 못한 피가 엉겨 있었다. 선우는 자신의 남은 생 역시 온전하지 못하리란 생각이 들었다. 아버지는 회사 옥상에서 뛰어내렸다고 했다. 그 말을 전한 김 부장은 선우에게 조그만 쇼핑백을 건넸다. 옥상 난간 밑에 있던 것들을 담았다고 했다. 아버지의 유품이었다. 구두와 안경, 그리고 낡은 로렉스 시계가 전부였다.

빵빵, 경적 소리에 선우는 고개를 돌린다. 주옥 씨가 손짓으로 얼른 타라는 신호를 보낸다. 선우는 죽은 짐승을 도로변의 풀숲에 조심스레 내려놓는다. 손목을 타고 내리던 핏물은 이내 빗물에 씻긴다. 자동차에 오른 선우는 수건부터 찾는다. 영락없이 물에 빠진 생쥐 꼴이다. "출발 안 해?" 수건으로 얼굴을 닦고 난 선우가 입을 뗀다. "알았어." 주옥 씨는 떨리는 손으로 시동을 건다.

점심시간이 되자 거짓말같이 비가 그친다. 주옥 씨는 아직도 안정을 찾지 못한 표정이다. 돌발 상황이었잖아. 다행히 차도 부서진 데 없고. 주옥 씨는 묵묵부답이다.

"우리, 죽 먹으러 갈까?"

선우의 말에 주옥 씨는, "머리가 아파." 하며 고개를 젓는다. 그때 고객지원실 직원이 할머니 한 분을 모시고 온다. "아직 점심시간이 끝나지 않았는데." 선우의 말에 직원은 바투 다가와 귀엣말을 건넨다. "하도 성화를 부려서."

선우는 사무실을 둘러본다. 다른 직원은 눈에 띄지 않는다. 선우는 노트북을 당겨 로그인을 한다. 할머니는 선우가 묻기도 전에 꼬깃꼬깃 접힌 메모지 서너 장을 내민다. 선우는 메모지에 없는 사항은 할머니에게 물어가면서 하나 둘 기입한다. 옆에서 지켜보던 주옥 씨가 고개를 갸웃거린다. 그런 기분은 선우도 마찬가지다. 업종에 어울리지 않게 고소득이다. 게다가 고상 일변도의 취미가 왠지 뽀루지처럼 느껴진다. 하긴 사람마다의 켯속을 어떻게 다 알겠는가. 선우는 의혹을 털고 다시 한 번 찬찬히 살핀다.

–전문대 기계공학과 졸, 39세, 2억 5천 전세, 키 172센티미터, 자전거대리점 운영, 한 달 수입 500 안팎, 주량 소주 반병, 취미 자전거 하이킹, 연극관람 및 독서, 클래식음악 감상.

간신히 상담을 마친 선우는 직접 할머니를 배웅한다. 아드님을 만나서 확인할 것도 있고, 조만간 연락드리겠습니다. 엘리베이터를 탔던 할머니가 부리나케 내리더니 선우의 손목을 잡고 복도 끝으로 간다. 할머니의 눈이 젖어 있다. 색시, 이 늙은이 소원 좀 들어주소. 할머니는 손수건으로 눈가를 찍는다. 그리고 잠시 호흡을 고르더니 현재 당신은 대장암 말기이며 일 년도 채 남지 않은 시한부 인생이라는 사실을 밝힌다.

"우리 막둥이 장가드는 것 보고 죽으믄 여한이 없것소."

선우는 숙연한 얼굴로 최대한 노력하겠다고 약속한다.

내친김에 선우는 옥상으로 올라간다. 담배꽁초가 수북한 곳이 눈에 띈다. 선우는 그곳으로 가서 난간에 기댄다. 담배꽁초는 어림짐작으로 보아도 열 개비가 넘는다. 굳이 여기까지 와서 담배를 피운 이유가 무엇인지 궁금해진다. 어쩌면 말 못할 고민이 있는 사람일지도 모른다. 문득 아버지의 얼굴이 떠오른다. 선우는 어두워져 가는 하늘을 본다. 여분의 비를 품고 있는 듯 하늘은 무겁게 내려앉은 모습이다. 시선을 아래로 향한다. 상아처럼 미끈한 빌딩들이 빛을 발하기 시작한다. 선우는 난간을 잡고 발뒤꿈치를 든다. 가뿐히 뛰어내릴 수도 있을 것 같다. 아버지는 눈을 감았을까. 가슴이 욱신거린다. 구급차가 달려가는 게 보인다. 삐뽀삐뽀, 하는 소리가 옥상에까지 들린다. 여기요 여기. 선우는 구급차를 향해 소리친다. 그러나 말이 되어 나오지 않는다.

사무실에 들어서기 무섭게 박 실장의 호출이 떨어진다. 주옥 씨는 보이지 않는다.

"무슨 일인데 그래요?"

선우의 물음에 직원은 말없이 고개를 젓는다.

"당신이 우리 민지 담당한 매니저야?"

박 실장의 방에 들어서기 무섭게 중년여자가 노기 어린 얼굴로 다가온다. 네, 그런데 무슨. 미처 말을 맺기도 전에 여자는 따귀를 올려붙인다. 선우가 입을 열기도 전에 여자는 한 번 더 뺨을 갈긴다. 벌레 씹은 얼굴로 지켜보던 박 실장은 슬그머니 창밖으로 시선을 돌린다.

"그 깡패 같은 놈을 매너 있고 흠 잡을 데 없는 신사라고 소개했

154

다며? 나 참, 기가 막혀서. 당신, 우리 애 얼굴에 얼마 들어간 줄 알아? 당신 연봉으로도 안 돼. 정밀 검사해서 얼굴에 문제가 생기면 그놈은 물론 당신도 고소할 거야. 알겠어?"

여자는 선우의 얼굴에 사진을 집어던지곤 문짝이 부서져라 닫고 나간다. 선우는 한 손으로는 입을 막고 또 다른 손으로는 사진을 집어 든다. 김민지, 그 여자의 얼굴이다. 눈두덩에 퍼렇게 피멍이 들었다. 입술도 찢어진 듯하다.

선우는 실내를 둘러본다. 남자는 아직 오지 않았다. 선우는 창가 자리에 앉는다. 언제나처럼 가방에서 로렉스를 꺼내 태엽을 감는다. 분침을 조정하는 것도 잊지 않는다. 주인을 잃은 시계는 강박에서 해방된 사람처럼 어딘지 모르게 께느른한 느낌을 준다. 아까부터 선우의 시선을 끄는 사람이 있다. 커피숍 맞은편 인도에서 바닥을 쓸고 있는 환경미화원이다. 그는 줄곧 한곳만 쓸고 있다. 뭐지? 선우는 한 손으로 턱을 괴고 응시한다. 잠시 후 의문이 풀린다. 안 되겠다 싶었던지 환경미화원이 손으로 바닥에서 뭔가를 집어 올린다. 피식, 웃음이 나온다. 보도블록에 한사코 붙어 있던 축축한 나뭇잎이다. 선우의 얼굴에서 웃음기가 가신다. 집착이란 단어가 생각난 때문이다. 여자가 잠자리를 거부한다고 폭력을 휘두른 최 과장이 떠오른다. 선우는 가만히 한숨을 내쉰다. 그렇게 따지면 틈만 나면 술자리를 만드는 주옥 씨도, 회원들의 인적 사항을 임의로 바꾸는 선우 자신도, 심지어 목숨을 버린 아버지도 뭐가 다르랴 싶다.

"혹시, 결혼정보회사에서……?"

할머니의 막내아들이다. 작지만 군살이 없는 몸매, 어련무던해 보이는 인상이다. "그놈이 배운 건 많지 않지만 사람됨은 진국이오. 내 자식이라 하는 소리가 아니라 정말 법 없이도 살 놈이라오." 할머니의 목소리가 귓등에 매달린다.

"네, 맞아요. 앉으세요."

선우가 인사를 하고 상담일지를 꺼내려는데 남자가 입을 연다.

"제가 나이가 있어서 제 연배로 소개하려나, 했는데 생각보다 젊은 분이네요."

뭔가 이상하다 싶어 선우가 입을 떼려는데 이번에도 남자가 빠르다.

"뭐, 맘에 안 들면 솔직히 말씀하셔도 됩니다. 어머니 성화에 못 이겨 나오긴 했지만 제가 딱히 내세울 게 없는 사람이란 거 누구보다 제가 잘 압니다."

할머니가 얘기를 잘못 전달한 게 분명하다. 그리고 이 남자, 손톱만한 일도 부풀려 말하는 여느 사내들과는 달리 내세울 게 없다고 너볏이 말한다. 선우는 잠자코 남자가 하는 말을 듣는다. 숫돼 보이지만 말 속에서 댕돌같은 심지가 느껴진다. 고지식과는 다른. 무엇보다 구접스런 빛이라곤 전연 없는 선한 눈매가 인상적이다. 남자든 여자든 눈을 보면 그 사람 속을 알 수 있지. 아버지는 입버릇처럼 말했었다. 남자가 잠깐만요, 하더니 휴대폰을 꺼내 문자메시지를 확인한다. 선우는 남자가 고개를 들기를 기다렸다가 입을 연다.

"어머니께서 말기암이라시니, 상심이 크겠어요."

선우의 말에 남자의 눈이 휘둥그레진다.

"말기암이라뇨? 우리 어머니가 변비가 좀 있긴 하지만 암하고는 거리가 먼데요."

영악한 노인네 같으니라구. 갈빗대 밑이 간질간질한 느낌이 인다. 선우는 짐짓 놀란 표정을 짓는다.

"어머, 제가 잠시 착각했었나 봐요. 근데 자전거타기를 좋아한다고 들었는데 이유가 뭐예요?"

선우의 물음에 남자는 한 치의 망설임도 없이 곧바로 대답한다.

"자전거는 뭐랄까, 순전히 내 몸과 마음을 이용해 움직이잖아요. 그러니까 백퍼센트 나 자신을 활용하는 운동입니다. 말 그대로 자기주도적인 운동이에요. 가장 정직한 운동이라고 얘기하는 사람들도 있습니다."

생김새와 달리 남자는 언변이 여간 아니다. 가슴에 새겨 둔 시를 암송하듯 막힘이 없다. 정직한 운동, 그렇군요. 선우는 고개를 끄덕인다.

"근데 자전거대리점을 하신다면서요, 제게 맞는 자전거 빌려주실 수 있나요?"

선우의 말에 남자는 반색을 한다.

"물론입니다. 언제가 좋을까요?"

선우와 남자는 자전거를 타고 강변도로를 달린다. 잠시 후 강을 가로지르는 다리에 진입한다. 다리 중간쯤에 이르자 선우는 자전거에서 내려 난간을 부여잡는다.

"설마 뛰어내리려는 건 아니겠지요?"

남자가 저만치 떨어진 곳에서 목소리를 높여 말한다. 선우는 남자를 향해 걱정 말라는 뜻으로 가볍게 손을 흔든다. 선우는 허리에 두른 가방에서 아버지의 시계를 꺼낸다. 태엽을 감지 않은 탓에 시간이 멈춰 있다. 시계를 몇 번 쓰다듬고 난 선우는 가만히 떨어뜨린다. 일직선으로 떨어진 시계는 수면에 작은 점을 만들곤 사라진다. 선우의 시간을 간섭하던 아버지의 시간이 마침내 제 갈 길로 돌아간 것이다. 다행히 남자는 이유를 묻지 않는다. 그런 남자가 왠지 듬쑥하게 여겨진다. 오늘만큼은 커플매니저가 아닌 성혼을 꿈꾸는 평범한 커플이 되어 보는 것도 나쁘지 않겠다는 생각이 든다. 신분을 밝힐지 말지, 그것은 천천히 생각해도 될 것이다. 사실 선우는 남자와 데이트를 해 본 지가 너무 오래되었다.

"혹시, 가면을 쓰셨어요?"

선우가 가뿐한 목소리로 묻는다. 휴대폰을 들여다보던 남자가 "네?" 하며 고개를 든다.

"오늘 바쁘신데 괜히 만나자 했나 봐요."

"아, 아뇨. 가면이라고 하셨어요? 나, 가면 안 썼는데."

남자는 히죽 웃으며 손으로 얼굴을 쓰다듬는다.

"아, 가면이 아니군요. 됐어요."

선우는 모처럼 소리 내어 웃는다. 남자는 영문도 모르고 따라 웃는다.

"우리, 다리 끝까지 누가 먼저 가나 내기해요."

선우의 말에 남자는 찌르릉, 벨소리로 대답한다. 선우는 힘차게 페달을 밟는다. 남자의 자전거가 그 뒤를 바짝 쫓는다.

"아이쿠, 제가 못 따라가겠는데요."

남자의 서근서근한 목소리가 귓바퀴를 간질인다.

다리를 건넌 두 사람은 강변에 띄엄띄엄 서 있는 식당 중 한 곳으로 들어간다. 군데군데 얼룩이 진 유리창과 여닫을 때마다 덜컥거리는 출입문, 그리고 마분지에 적당히 써서 붙인 차림표가 이곳이 서민 대상의 간이식당임을 말해 준다. 선우는 시끌벅적한 실내를 둘러본다. 낯설면서도 신선한 풍경이다. 훤히 보이는 주방에서 할머니가 국밥을 퍼 담고 있다가 두 사람 쪽으로 고개를 돌린다.

"보기는 이래도 이 집 국밥이 워낙 유명해요."

남자의 말에 선우는 웃으며 고개를 끄덕인다. 남자의 말을 증명이라도 하듯 실내는 손님들로 빼곡하다. 국밥을 나르던 여자가 빈자리를 가리킨다. 화장실 출입문에서 한 발짝 떨어진 곳이다. 선택의 여지가 없다. 난감한 표정을 짓는 남자에게 선우는 뭐 어떠냐며 자리에 가 앉는다.

"보기보다 털털하시네요."

남자가 다소 상기된 표정으로 물컵을 건넨다.

"에이, 뭘요."

선우는 어깨를 으쓱한다.

남자가 화장실에 간 사이 선우는 가방에서 거울을 꺼낸다. 광대뼈

와 볼 언저리를 파우더로 보정한 뒤 베이지색 아이섀도를 덧바른다. 표정이 한결 밝아진다. 손댄 김에 립글로스도 살짝 발라 준다. 삐리리, 신호음이 울린다. 남자의 휴대폰이다. 퍼즐 한 조각이 떨어져 나온 그림이 뜬다. 화장실에선 아무런 기척이 없다. 무슨 일로 이렇게 메시지가 잦은지. 잠시 머뭇거리던 손이 다가간다. 정보 수집에 익숙한 손이다. 손가락이 퍼즐을 건드리자 문자가 좌르르 펼쳐진다.

〈어이 친구, 작전대로 되어 가고 있다니 다행이야. 그러게 나만 믿으라고 했잖아. 다음 순서는 잊지 않았겠지? '텔미섬씽'이야. 공용 주차장 근처의 카페. 1층이 아니라 2층. 하여튼 입만 조심하라고. 술을 적당히 마시란 말야. 잊지 않았겠지? 잘 나가다가 채무액과 전과 경력을 토하는 바람에 망한 거. 이번에도 그랬다간…….〉

화장실에서 물소리가 들린다. 선우는 재빨리 화면을 닫는다. 화장실에서 나온 남자는 습관처럼 문자를 확인한다. 선우는 갑자기 속이 좋지 않다고 말하며 일어선다. 남자는 당혹스런 표정으로 선우를 따라 나온다.

식당에서 나온 남자가 쭈뼛거리며 말한다.

"공용주차장 근처에 분위기 좋은 카페가 있어요. 텔미섬씽 이라고. 2층에선 강이 한눈에 보이죠."

선우는 남자의 얼굴을 가만히 응시한다. 남자가 움찔한다.

"가면이 아닌 줄 알았어요. 나도 마찬가지지만."

선우의 말에 남자는 아연한 표정을 짓는다.

"갑자기 왜 이러시는지……."

선우는 가방을 추스르며 돌아선다. 빈 택시가 보인다. 선우는 문득 생각난 듯 걸음을 멈추고 묻는다.

"참, 저축액이 얼마나 된다고 하셨죠?"

남자는 허를 찔린 사람처럼 우물거린다.

"한, 오천 정도."

선우의 입꼬리가 올라간다. 선우는 고개를 돌려 택시를 불러 세운다. 남자의 목소리가 다급해진다.

"아, 조금 모자라긴 해요 근데."

남자의 그 말은 선우가 닫은 차문에 튕겨 나간다. 선우를 태운 택시는 먼지를 일으키며 떠난다. 두 대의 자전거 사이에 서서 택시의 꽁무니를 바라보는 남자의 모습이 사이드미러에 잠깐 나타났다 사라진다. 선우는 차창을 통해 강을 내려다본다. 강물은 시침을 떼고 유유히 흘러간다. 턱을 괴다 말고 선우는 뺨을 어루만진다. 전혀 낯선 감촉이다. 너무 딱딱해. 선우는 저도 모르게 웅얼거린다.

흔적

1

동아줄을 어깨에 걸친 인부들이 보인다. 일렬종대로 배를 향해 걸어오고 있다. 위에서 보니 꾸물꾸물 기어가는 자벌레 같다.

"일꾼들 첨 봐? 반장이 오고 있어. 얼른 해."

하산이 지나가면서 그의 어깨를 두드린다. 그는 눈길을 거두고 뒤를 돌아본다. 하산이 한쪽 눈을 찡긋해 보인다. 자르다 만 철판을 이리저리 살피던 하산은 산소통과 가스통의 밸브를 연 뒤 방화 장갑을 낀다. 그는 하산이 하는 양을 물끄러미 본다. 토치 끝을 점화시킨 하산은 불의 세기를 능숙하게 조절한다. 쐐- 하는 소리가 나더니 화염이 퍼렇게 살아난다. 이제 하산은 3000℃의 불꽃을 관장하는, 그의 말마따나 '정열적인 사나이'가 된 것이다. 철판이 벌겋게 달아오르는 순간 고압산소가 분사되고 철판은 엿판의 엿같이 시원스레 잘려 나

162

간다. 베테랑답게 하산은 산소호스를 한 바퀴 감아 발끝에 두는 것도 잊지 않는다. 역화逆火 발생시 산소를 차단하기 위해서이다. 언젠가 토치의 분사구가 막히면서 역화된 불꽃이 가스통으로 밀리는 바람에 죽을 뻔했다고 했다. 잡역부에 지나지 않는 그는 해머를 들고 난간을 내리친다. 소리만 요란했을 뿐 난간은 꿈쩍도 하지 않는다. 하산이 토치의 밸브를 잠그고 다가온다.

"아래를 조져야 해. 다리가 꺾여야 넘어지잖아, 사람처럼."

하산이 이마의 땀을 훔치며 난간의 하부를 가리킨다. 그는 멋쩍게 웃으며 고개를 끄덕인다. "조져야 해." 살벌하기조차 한 그 말이 왠지 살갑게 들린다. 한국의 프레스공장에서 일할 때 배웠을 것이다. 그뿐만이 아니다. 명색이 한국인인 그도 처음 듣는 한국어 욕설을 하산은 예사로 내뱉곤 했다. 하산이 시키는 대로 그는 철제 난간의 아래를 엇비스듬히 내리친다. 둔탁한 소리와 함께 난간이 휘청 우그러진다. 떼어 낸 철판을 로프를 이용해 아래로 내려 보내던 하산이 엄지손가락을 세워 보인다. 보름달처럼 환한 표정이다. 코란에 맹세한 복수 운운하며 침잠해 가던 모습은 온데간데없다. 어쩌면 과로한 탓에 나온 빈말일 수도 아니, 빈말이었으면 좋겠다고 생각하며 그는 손을 흔들어 준다.

그와 하산이 맡은 구역은 조타실 아래의 선원실 중 하나다. 하산의 말에 의하면 벌크선이나 컨테이너선에 비해 여객선은 위험 부담이 적다. 게다가 운이 좋으면 돈이 될 만한 걸 건질 수도 있다. 언젠가 파키스탄에서 온 인부가 휴게실 소파 밑에서 1캐럿 다이아몬드

반지를 주워 팔자를 고쳤다는 얘기가 전설처럼 회자되고 있다.

사파리 모자를 눌러쓴 카림이 드라이버로 창틀을 두드리며 손짓한다. 뭐라는 거야. 그가 턱짓으로 통로를 가리키며 묻는다.

"짭짭할 시간."

고글을 벗은 하산이 손으로 무엇을 떠먹는 시늉을 한다. 선원실 밖으로 나간 하산이 카림의 어깨를 팔로 두른다. 하산이 벵골어로 몇 마디 하자 카림이 쿡쿡 웃는다. 부자지간 같다. 열네 살이라고 했던가. 하산의 어깨에도 못 미치는 카림의 머리를 내려다보던 그는 살짝 미간을 찌푸린다. 휴대폰을 귀에 붙인 채 학원을 바삐 오가는 여드름투성이의 한국 학생들이 떠오른다. 하긴, 그는 픽 웃고 머리를 쓸어 올린다. 어깨에 탄띠를 두른 열두 살의 전사戰士도 보질 않았던가.

포탄이 터지는 듯한 굉음이 들린 건 그들이 하갑판으로 통하는 계단을 거의 다 내려갔을 때였다. 심한 진동이 발바닥으로 전해짐과 동시에 누가 먼저랄 것도 없이 바닥으로 몸을 던졌다. 매캐한 냄새가 코를 찌른다. 그는 쌓여 있는 철판의 모서리를 잡고 천천히 고개를 든다. 그의 동공이 커진다. 몇 발짝 앞, 앙상하게 드러난 프레임 사이로 검은 연기가 솟구치고 있다. 나중에 안 사실이지만 사고 지점은 화물창이 아니라 기관실이었다. 카림이 두려움에 찬 목소리로 그의 이름을 부른다. 그는 무엇에 홀린 사람처럼 걸음을 뗀다. 검은 잎사귀를 단 꽃들이 머릿속에서 너울거린다. 아내와 딸애가 팔다리를 버르적거리는 게 보인다. 아니, 정확한 건 아니다. 순식간에 끝났

을지도 모른다. 그는 입술을 깨문다. 뭔가를 확인하려는 듯 그는 쿨
룩거리면서도 눈을 돌리지 않는다. 모녀의 모습이 프리즘을 통과한
빛처럼 제멋대로 굴절하며 그의 의식에 맺힌다. 그는 도리질하듯 머
리를 흔든다. "미쳤어?" 하산이 그의 팔목을 잡아채며 소리친다. 뭉
클뭉클 뿜어져 나오는 연기가 그들을 휩싼다. 카림이 하산을 거들어
그의 허리춤을 잡아당긴다. 두 사람에게 끌려 나온 그는 뱀처럼 똬
리를 틀고 있는 철사 더미에 처박힌다.

　2

　빛을 경계하는 박쥐들처럼 인부들은 허겁지겁 식기를 비우고 그
늘진 곳으로 스며들었다. 하갑판 아래 선실의 격벽을 터서 만든 간이
식당이다. 정확히 여섯 명이 식사를 끝내지 못했다. 방글라데시인치
고는 제법 키가 큰 작업반장이 콧구멍을 벌름거리며 여태 뭉긋거리
고 있는 인부들을 흘겨본다. 식탁이라고 해야 드럼통이나 함석을 대
충 자르거나 우그러뜨려 만든 것들이다. 하산과 카림은 조금 남은 밥
을 카레에 버무려 입으로 쓸어 넣는다. 기름과 카레가 엉긴 손가락은
탁한 갈색을 띠고 있다. 하산이 맞은편의 그에게 얼른 먹으라고 채근
한다. '죽은 자는 죽은 자, 먹어야 일을 하지.' 하산의 눈은 그렇게 말
하고 있다. 그는 마지못해 손가락을 움직여 밥을 입으로 가져간다.
한국에서는 수저를 사용했다는 하산도 어김없이 손을 쓰고 있다. '어
떻게 손으로 밥을 퍼먹냐, 무슬림들이란.' 욕지기를 참으며 목구멍으
로 넘긴 밥을, 그러나 작업장에 도착하기도 전에 다 토해 버린다. 애

써 딴생각을 하려 해도 검게 탄 사체死體를 지울 수 없다.

일곱 명이 숯덩이가 되어 있었다. 인부들은 밸러스트탱크의 잔해를 치우고 기관실로 들어갔다. 다들 입을 굳게 다문 채 기계처럼 움직였다. 그냥 쉬고 있으라는 하산의 말을 듣지 않고 그도 그들의 뒤를 따랐다. 아직 남아 있는 불기를 단속하는 인부들 사이로 사체를 수습한 이들이 나오고 있었다. 사체는 커다란 목탄처럼 운반되고 있었다. 에폭시가 묻은 방수시트지에 둘둘 말린 사체를 현장감독이 덤덤한 표정으로 세고 있었다. 오일탱크에서 새어 나온 폐유가 벽을 타고 내려와 고였고 그걸 모르는 한 인부가 거기에 담배꽁초를 던진 게 화근이었다. 한바탕 불꽃놀이를 하고 간 셈이었다.

"에이, 팍!"

카림이 주위를 두리번거리며 주머니에서 뭔가를 꺼내 그에게 건넨다. '박'이라는 발음이 그렇게나 어려운지 아직도 팍이다. 뭔지는 모르지만 개흙과 기름으로 뒤범한 헝겊에 싸여 있다. "에따 끼?" 그는 이게 뭐냐고 벵골어로 물으며 헝겊을 푼다. 뜻밖에도 술병이다. 손으로 흙을 닦아내자 조니워커블루 라벨이 선명하게 드러난다. 횡재했군. 그는 어깨를 으쓱해 보이며 카림의 얼굴을 본다. 득의연한 카림이 술병을 들고 마시는 시늉을 한다. "꼬타이?" 그가 술병을 들고 어디에서 난 거냐고 묻자 카림은 아래를 가리킨다. 갑판실 구석에 처박혀 있던 공구상자 속에서 발견했다고 손짓 발짓으로 설명한다. 작업반장이 상갑판으로 올라가다가 그들 쪽으로 시선을 돌린다. 그는 술병을 바지주머니에 넣은 뒤 카림의 머리를 쓰다듬어 준다.

대단해 카림. 녀석도 기분이 좋은지 히죽 웃는다. 가끔 비스킷을 쥐어 주곤 했는데 보답치레인 모양이다. 이곳을 취재하러 온 이탈리아 기자의 가방에서 잽싸게 라디오를 꺼내던 녀석의 모습이 떠오른다. 그는 이내 고개를 젓는다. 알량한 도덕 따윈 까마귀나 물어 가라지. 도벽이 있지만 심성은 고운 아이. 카림을 그렇게 정의한다. 심성이 곱다? 그렇다면 이 녀석, 보나마나 마음을 다치기도 잘할 것이다.

딸애는 툭하면 울었다. 애가 물러터져서 큰일이야 정말. 그의 아내는 순해빠진 딸애가 걱정이 되는지 길게 한숨을 내쉬곤 했다. 그날도 딸애는 일을 끝내고 들어온 엄마에게 안겨 꽤 오랫동안 훌쩍거린 모양이었다. 뒷자리의 남학생이 이상한 별명을 갖다붙이며 놀렸단다.

"이제 초등학교 2학년이야. 이만할 때는 다 그렇잖아. 그리고 그렇게 걱정이 되면 당신이 직접 나서서 애를 강단지게 만들어 보지 그래. 명색이 철의 여인인데."

잠시 아랫입술을 깨물고 서 있던 아내는 말없이 방을 나갔다. 아내는 경력 2년의 보험설계사였다. 섬약한 이미지와는 달리 악착같은 데가 있었다. 그래서 얻은 별명이 '철의 여인'이었다. 그가 거실로 나갔을 때 아내의 시선은 언제나처럼 창 너머 언덕바지, 거기 어디쯤 군락을 이루고 있는 서어나무와 때죽나무에 가 있었다. 희미한 달빛에 드러난 때죽나무는 그때쯤 이미 조롱조롱 달린 종 모양의 꽃들을 죄다 떨군 뒤였다. 아내는 바람이 불 때면 때죽나무에서 종소리가 들려오는 듯하다고 했다. 시인 지망생다운 표현이었다. 종소리의 잔향이라도 듣겠다는 것인지 아내는 귀를 열고 고즈넉이 앉아 있었다.

아내의 그런 모습에 왠지 그의 심사가 뒤틀렸다. 자격지심인지도 몰랐다. 서른 중반에 그는 벌써 여덟 곳의 직장을 전전하고 있었다.

"그래, 모든 게 내 탓이야. 어련하시겠어."

그는 보던 신문을 와락 소리 나게 접은 뒤 소파에서 일어났다. 그즈음 그의 신경은 작두날처럼 벼려져 있었다.

"박 대리, 포항 대창한의원에 넣기로 한 거 어떻게 됐어? 거 있잖아, 오토CMB형 두 대 말야."

영업부 최 과장은 그가 사무실 문을 열고 들어서기 무섭게 닦달을 해댔다. 그제 아침이었다. 그건 한약추출기와 자동포장기를 일체화한 한방 기기였다. 온갖 미사여구를 동원해 간신히 성사시킨 계약이었는데 대창한의원 원장이란 작자는 하루도 안되어 파투를 놓았다. 뜬금없이 경기침체를 들먹였다. 반년이면 간호사 두 명의 인건비가 빠진다는 말에 솔깃해할 때는 언제고. 그는 목이 칼칼하도록 떠들었지만 원장의 마음을 되돌릴 순 없었다. 원장은 조금은 켕기는 데가 있었던지 전화를 끊기 전 홍삼원액용 파우치팩 2000매를 주문했다. 구두계약이란 게 다 그런 게 아니냐는 말을, 그러나 그는 최 과장에게 하지 못했다.

"김 과장이 고향 후배니 뭐니 하는 통에……."

재고 물품을 조사하고 오던 길이었다. 열린 창문으로 흘러나온 그 말을 듣는 순간 그의 발은 못 박힌 듯 멈췄다.

"아무리 임시직이라도 그렇지. 석사 학위에, 그것도 국문과라니, 여기가 소설 쓰고 시 짓는 뎁니까? 대체 김 과장님은 무슨 생각으로……."

경리를 맡고 있는 서 대리가 최 과장의 말에 장단을 맞추고 있었다.

수평선 언저리가 붉게 물들었다. 숙소에서부터 따라온 하산이 슬
며시 그의 곁에 앉는다.

"뭐야, 누구 사진이야?"

하산이 그의 손바닥에 있는 목걸이를 넘겨다보며 묻는다. 하트 모
양의 펜던트에 들어 있는 사진이다. 딸애는 병뚜껑만 한 크리스털유
리 안에서 아무런 걱정 없이 웃고 있다. 떠나오기 전 폐차증명서를
던져 둔 서랍에서 발견한 것이다. 자동차도 없이 동분서주했을 아내
를 생각하자 가슴이 노을처럼 붉게 물든다. 단지 낯선 사내의 차에
서 내렸다는 이유로 아내를 어떻게 대했던가. 방향이 같아서 얻어
탄 것이라는, 방금 보험계약서에 서명한 고객일 뿐이라는 아내의 말
을 그는 무청 자르듯 잘랐다. "왜 그렇게 기를 쓰고 보험회사를 고집
하는지 이제 알겠네, 엉큼한 여편네 같으니라구." 그 말을 비수처럼
꽂아 주었다. 그는 모래를 한 움큼 쥐고 눈높이에서 흘린다. 주르르
흘러내리는 모래가 눈물 같다는 생각이 든다. 감정이 증발해 버린
메마른 눈물. 그가 하는 양을 물끄러미 바라보던 하산도 모래를 움
켜쥐고 흘린다. 둘의 눈이 마주친다. 하산이 빙긋 웃는다. 그도 입꼬
리를 올리며 웃는다.

"아직도 복수할 생각 버리지 않았어?"

짐짓 심드렁한 어조로 그가 묻는다.

"한국 김치가 그리워."

하산은 딴청을 피운다. 바닥에서 기름에 전 쇳조각을 파낸 하산이 뻘밭을 향해 던진다. 쇳조각이 날아간 곳엔 허물어져 가는 성이 있다. 한 달째 해체되고 있는 2만 톤급 폐선廢船이다. 방글라데시 인부들은 이 같은 폐선을 '벵골의 성'이라고 부른다. "김치를 먹으러 언제 한번 한국에 가야겠군." 막상 그 말을 내뱉고 나니 비로소 아주 먼 곳에 와 있다는 생각이 든다. 다시 한국에 갈 수 있을까, 그는 생각하다 가만히 쓴웃음을 짓는다. 끈끈한 콜타르 냄새가 코끝을 간질인다. 무엇이 타는 냄새 같기도 하다. 짚이는 데가 있다. 그는 휑뎅그렁한 해안을 둘러본다. 해안선 저 끝에서부터 여기까지 거뭇거뭇 보이는 건 모두 벵골의 성들이다. 거기엔 풍화하는 시간이 있다. 모양과 크기가 제각각이면서도 기시감을 주는 건 그런 공통점이 있기 때문이다. 한눈에 보아도 적지 않은 수의 배들이다. 하긴 이 해안에만 10여 개의 선박해체소가 있다고 했다. 어디에선가 폐기물을 태우는 모양이다. 늘 있는 일이다. 처음 치타공에 당도했을 때의 느낌이 되살아난다. 기이한 풍경이었다. 황막한 뻘밭에 어마어마하게 큰 폐선이 덩그러니 떠 있었다. 수명이 다한 배는 유령선 같은 몰골을 하고 있었다. 시간을 포함한 모든 게 녹슬어 가고 있었다. 아니, 모든 게 지워지고 있었다. 멀리서 봐서는 배 안의 아수라장을 전혀 짐작할 수 없는 구도였다. 언제까지나 정적만이 흐를 듯한 해안. 눈앞이 가물가물해지는 순간 누군가의 말이 떠올랐다. 영원은 인간들의 세월을 양식으로 삼는다.(크리스티앙 자크,「람세스 5」) 말라 버린 오아시스를 발견한 유랑자처럼 그는 그렇게 망연자실, 한곳에 붙박여 있었다. 한참 지나서야 그는 알 수 있었다. 늙어빠진 문명을, 좌초한 재화財貨의 성을 순전히 근육의 힘만으로 해체하는 게 이곳에서의 일임을. 그는 이곳의 일이 마음에 들었다. 두들겨 부수고 해체함으로써 자신의 영혼이 가벼워질지도 몰랐다. 하산을 만난 건 행운이었다. 하산은 한국의 공장에서 7년간 일했다고 했다. H국의 서쪽 끝 아체에서 왔다고 밝힌 하산은 고향 얘기를 할 때를 빼곤 대체로 쾌활했다.

"어, 저기 저……."

갑자기 하산이 어둠에 잠겨 가는 배의 후미를 가리킨다. 몸피가 작은 인부 하나가 배의 밑창에 난 통로로 접근하는 게 보인다. 작업이 끝난 지가 언젠데. 그는 미간을 모으며 주시한다. 발걸음이 제법 날래다. 어어, 하는 사이 모습을 감추었다. 대체 이 시간에 무슨 일로? 그는 하산을 돌아보며 묻는다. 하산은 입맛을 다시며 고개를 갸웃거린다.

"아무래도……."

"왜, 뭔데 그래?"

"카림인 것 같아."

3

얼굴이 검붉은 사내가 그의 팔목을 비틀었다. 해머가 바닥으로 떨어졌다. 잡힌 손목을 빼려고 몸부림쳤지만 소용이 없었다. 바싹 다가온 얼굴이 두 눈을 부라렸다. 땀방울이 스며들었는지 눈알이 쓰라렸다. 땀인지 눈물인지 모를 액체가 흘러내렸다. 사내는 그제야 그의 팔을 풀어 주었다. "꺼타이 베타 라게?" 사내는 알 수 없는 말을 지껄이며 그의 볼을 툭툭 쳤다. 몇몇 인부들이 저만치 떨어져서 두 사람을 지켜보고 있었다. 그는 충혈된 눈으로 사내의 얼굴을 노려보았다. 아닌 게 아니라 몹쓸 병에 걸린 사람을 보기라도 한 듯 사내가 얼굴을 찡그리며 물러섰다. 잠시 후 사내와 인부들은 뭐라고 한마디씩 내뱉고는 각자의 작업장으로 돌아갔다.

그는 바닥에 주저앉아 위를 올려다본다. 뻥 뚫린 구멍으로 쇠붙이를 뜯어 내는 소리가 쏟아져 내린다. 한창 작업 중인 인부들의 모습이 보인다. 바닥으로 눈을 돌려 카림이 남긴 흔적을 본다. 아직 핏자국이 남아 있다. 위스키 특유의 향이 훅 끼친다. 변기 파편에 뒤섞여 있는 유리 조각. 그의 눈길이 유리 조각에 붙어 있는 조니워커블루 라벨에 머문다. 바보 같은 녀석. 그의 입에서 탄식처럼 그 한마디가 흘러나온다. 그에게 카림의 죽음을 알려 준 건 하산이었다. 무슨 이유에서인지 카림에게는 늘 미소로 대하던 하산이었다. "카림이 죽었어." 하산은 그 말만 던지고는 입을 다물었다. 그로부터 사흘간 일도 하지 않고 숙소에서 죽치고 있던 하산을 낯선 사내가 찾았다. 사내를 따라간 하산은 자정이 넘어서야 돌아왔다. 하산은 그 언젠가처럼 잔뜩 굳어 있었다. 바짓가랑이와 신발은 흙투성이었다. 무슨 일이냐고 그가 묻자 하산이 잠긴 목소리로 말했다.

"이제 떠날 때가 되었어."

어둠을 틈타 배에 잠입한 카림이 노렸던 건 낮에 숨겨 둔 위스키였다. 배에서 나온 물건은 그게 무엇이 되었건 작업반장에게 신고해야 했지만 카림은 전혀 그럴 생각이 없었다. 일 년째 자리보전하고있는 엄마를 생각하며 카림은 뜯다 만 환풍기 뒤에 위스키를 숨겨놓았다. 술만 보면 환장하는 포르투갈 선원 고메스의 얼굴이 떠올랐다. 모두 세 병이었다. 한 병은 꼬리아에서 왔다는 팍에게 주었다. 혹시나 싶어 뻘밭에서 주운 거라고 둘러댔다. 자신에게 친절을 베푸는 팍을 볼 때마다 아빠가 생각났다.

"니네 아빠 말라카해협에서 해적질을 하고 있다며?"

옆집의 에끄라믈 형이 그 말을 할 때마다 종주먹을 대며 부인했다. 하지만 돌아서서는 가슴을 쓸어내려야 했다. 한밑천 잡아 돌아오겠다는 말을 남기고 아빠가 치타공을 떠난 지 벌써 3년이 다 되어 간다. 오일탱크를 해체하다 유독가스에 질식돼 죽을 뻔한 뒤로 아빠는 시도때도 없이 기침을 했다. 그런 몸으로 방아쇠나 당길 수 있을지 의문이었다. 잘하면 양고기를 푸짐하게 먹을 수 있겠다 싶어 카림은 잰걸음을 놓았다. 위스키를 넣은 배낭이 하나도 무겁지 않았다.

"에이, 뚜미 엑뚜!"

냉동창고의 모퉁이를 막 돌 때였다. 날카로운 목소리가 정지를 명했다. 그와 동시에 어둠 속에서 뻗어 나온 불빛이 카림 주위를 잽싸게 훑고 지나갔다. 요 근래 좀도둑들 때문에 신경이 곤두선 사장이파견한 경비원이었다. 경비원은 둘이었다. 잡히면 끝장이야. 타닥탁

탁, 비교적 가벼운 발소리가 선실과 중갑판을 빠져나와 하갑판을 내달리고 있었다. 쿵쿵쿵, 맹렬히 뒤쫓던 소리가 어느 순간 뚝, 끊겼다. 잠시 후 손전등 불빛이 바닥에 난 구멍을 비추고 있었다. 해거름에 새로 난 구멍이었다. 구멍 저 아래 갑판실 바닥에 방금까지 줄행랑치던 좀도둑의 시신이 널브러져 있었다.

"한 발짝만 옆으로 떨어졌어도……."

그는 쌓여 있는 전선을 보며 중얼거린다. 카림은 엎어 놓은 변기의 모서리에 머리를 부딪고 즉사했다고 했다. 현장에 당도한 그는 해머부터 찾았다. 그의 발치께에 변기의 잔해가 수북이 깔릴 즈음 근처에 있던 몇몇 인부들이 달려왔다. "멍청한 놈, 그것도 도매상에게 넘길 물건이란 말야." 그중 하나가 소리를 질렀다. 슬라이드 환등기의 필름이 돌아가듯 그의 눈앞으로 차디찬 파편 같은 것들이 떠오른다. "오늘은 당신이 선희 좀 데려다주면 안 돼요?" 애걸조로 말하는 아내의 얼굴이 보인다. 퉁명스레 거절하는 그의 모습에 이어 전화벨 소리가, 경찰관이, 나뒹구는 가방이, 구급차가, 경악에 찬 눈빛이, 형편없이 찌그러진 구닥다리 자동차가, 바닥에 눌어붙은 머리핀이, 검은 연기가…… 이런저런 귀살스런 풍경이 뒤죽박죽으로 지나간다.

그날 아침 아내는 딸애를 학교에 데려다줄 여유가 없었다. 딸애를 깨우고 토스트를 만들고 계약서류를 챙기느라 물 한 잔 마실 여유조차 없었다. 반면에 그는 딱히 할 일이 없었다. 사표를 제출한 지 일주일이 되어 가고 있었다. 아내는 그 사실을 모르고 있었다. 학교 가는 길은 곳곳에 공사판이 있어 어린애들이 다니기에는 위험했다. 아내와 딸애가 탄 차가 트럭에 깔렸다는 연락을 받았을 때 그는 거짓말이라고 생각했다. 어떻게 버스가 깔릴 수…… 하다가 비로소 아내에게 건넨 것을 기억했다. 그렇게 급하면 차로 데려다주라고. 있지도 않은 서류를 찾는 시늉을 하며 던져 준 것, 그것은 자동차 열쇠였다. 과속으로 앞차를 추월하던 승용차가 지프의 측면을 들이받았다. 균형을 잃고 중앙선을 넘은 승용차를 공사장으로 향하던 덤프트럭이 덮쳤다. 긴급 출동한 소방대원들이 연기에 휩싸인 승용차에서 필사적으로 모녀를 끌어냈으나 이미 손쓸 수 없는 상황이었다. 뉴스에 나온 사건의 골자였다.

4

쉿! 하산이 손가락을 입술에 댄다. 그는 고개를 끄덕인다. 그들은 조심스레 조리실로 쓰였던 공간을 지나 바깥으로 돌아 나온다. 절단된 쇠파이프들이 구명보트를 장착했던 지지대에 얼기설기 걸쳐 있다. 하산이 허리를 굽혀 파이프 틈새에 숨겨둔 물건을 끄집어낸다. 길쭉한 자루다. 그때 까아악, 하는 소리가 튀어 오른다. 하산은 하마터면 자루를 놓칠 뻔했다. "뭐, 뭐야?" 그가 어깨를 움츠리며 묻는다. 하산이 안도의 숨을 내쉬며 철제 빔에 앉는다. "까마귀야." 그는 눈을 동그랗게 뜨고 하산이 가리키는 곳을 본다. 정말이다. 아직 사람의 손이 닿지 않은 지지대의 끝 부위와 파이프 어름이다. 알을 품고 있는 까마귀가 달빛에 드러난다. 까마귀의 둥지를 본 그가 한 번더 놀란다. 철사로 된 둥지다. 되레 어미의 체온을 앗아가지나 않을까 싶은 녹슨 둥지. 기분이 착잡해진다. 하긴 선입견을 버려야 제대로 보이는 법이다. 필요해서 만나는 존재보다 만나서 필요해지는 존재가 많다는 것을 저 둥지가 말해 주고 있다. "하산, 저 철사뭉치가한때 화살촉의 재료였을지도 몰라. 사냥하는 데 필요한. 안 그래?"웬 생뚱맞은 얘기냐는 듯 하산의 눈이 동그래진다.

치타공을 떠난 봉고차는 곧장 콕스바자르로 향한다. 찌그러진 차체에 어울리지 않게 제법 힘차게 달린다. '벵골의 성'이 주춤주춤 물러나더니 어느 순간 시야에서 사라진다. 가뜩이나 비좁은 공간에 웬짐이 그렇게 많은지 두 사람은 제대로 운신할 수가 없다. 덜컹거릴때마다 그의 머리가 천장에 닿는다. "키가 큰 것도 탈이군." 머리를어루만지는 그를 하산이 안됐다는 표정으로 바라본다. 운전사가 백미러로 힐끔거린다. 눈매가 축 처진 게 좀 물러 보이는 인상이다.

"지금이라도 늦지 않았어. 이쯤에서 내리지 그래. 아니, 이제 한국으로 돌아가는 게 어때? 힘들잖아, 불법체류자 신세."

"돌아가 봐야 반겨 줄 사람도 없어."

하산에게는 자세한 내막을 얘기하지 않았다. 한국에서는 아내와딸애가 눈에 밟혀 제대로 숨을 쉴 수 없었다. 결국 모든 걸 정리하고인도행 비행기에 올랐다. 언젠가 인도를 소개한 다큐멘터리를 본 적이 있었다. 시신을 화장한 재를 갠지스강에 뿌리는 장면이 그의 마음을 흔들었다. 내레이터는 그곳 사람들은 죽음을 자유로 인식한다고 설명했다. 인도에 도착한 그는 화장터부터 찾았다. 화장하고 재를 강물에 뿌리는 과정을 처음부터 끝까지 지켜보았다. 아무도 울지 않았다. 환하게 웃는 사람도 있었다. 그와 안면을 튼 일꾼이 전염병이나 사고로 죽은 사람은 화장이 허용되지 않는다고 했다. 주어진 카르마(業)와 이승에서의 의무를 다한 사람만이 자격을 얻는다는 것이다. 화장은 소멸이자 불멸의 삶이었다. 그렇게 따지면 아내와 딸은 결격 사유가 뚜렷한 낙오자들이었다. 진정되어 가던 가슴이 다시 뛰었다. 갠지스강을 따라 걷고 또 걸었다. 가끔은 화물차 신세를 지기도 했다. 신발이 해어질 즈음 그는 방글라데시의 해안에 서 있었다. 그의 눈을 응시하던 하산이 말없이 고개를 돌린다. 차가 덜컹거리자 하산은 손을 뻗어 자루를 붙잡는다. 자루는 좌석과 문짝 사이의 빈 공간에 엇비스듬히 세워 두었다. 그의 시선이 자루에 쏠린다. 지난밤, '벵골의 성'에서 보았던 물건이 떠오른다. 불과 몇 시간 전의 일이다.

"대체 이게 뭐야. 어디 전쟁터에라도 나가?"

까마귀 때문에 들킬 수도 있겠다 싶어 둘은 둥지에서 멀찍이 떨어져 앉았다. 하산이 자루에 든 것을 꺼내자 그는 뜨악한 표정으로 그렇게 물었다.

"RPG(휴대용대전차유탄발사기)! 이놈 이름이야. 별거 아닌 것 같지만 작은 배 한 척 정도는 간단히 날려 버릴 수 있지."

럭비공 모양의 로켓 탄두를 들어 올리며 하산이 음울한 목소리로 말했다. 그는 잠자코 지켜보았다. 무기의 제원과 성능에 대한 설명을 끝낸 하산은 고개를 들고 하늘을 보았다. 철골 사이로 별이 보였다. 식구들의 얼굴이 떠올랐다. 어디서부터 잘못된 것일까. 하산은 유난히 빛나는 별 하나에 눈의 초점을 맞추었다. 어쩌면 아체 지역에 터전을 잡은 조상들을 탓해야 할지도 모른다.

"아내와 함께 식당을 여는 게 꿈이었어. 가게 이름도 미리 만들어 두었지. 다마이, 평화라는 뜻이야."

주메뉴는 나시고렝, 한국식으로 말하면 볶음밥이다. 토바 호수가 가까운 메단이나 싱가포르 관광객들이 많이 찾는 바탐섬으로 갈 생각이었다. 나시고렝 몇 가지와 쇠고기장조림, 생선구이를 곁들인 식단도 벌써 짜 놓았다. 한국에 일하러 간 것도 그런 계획의 일환이었다. 그러나 하산은 목표한 액수의 절반도 채우지 못하고 귀국했다. 외갓집에 가 있었던 딸애만 살아남았다. 민병대의 짓이었다. 아체 지역의 분리 독립을 극력으로 반대하는 그들은 보안군에 빌붙어 반군의 소재를 밀고하거나 무고한 양민을 학살했다. 그날은 공휴일이었다. 고무농장도 쉬는 날이었다. 아내는 시어른과 시동생과 손아래 시누이, 그리고 사랑하는 아들을 위해 요리를 만드는 중이었다. 메뉴는 볶음국수였다. 오징어와 새우는 물론 특별히 칠리소스까지 준비했다. 이럴 때 딸애도 있으면 좋을 텐데, 생각하며 토마토와 야채를 썰고 있는데 마당이 소란해졌다. 밖을 내다보니 군인들이었다. 맨 앞에 선, 민병대 복장을 한 자의 낯이 익었다. 사내가 부엌 쪽으로 얼굴을 돌렸을 때 확실히 알아보았다. 근래 들어 이 근처를 자주 배회하던 자였다. 그때는 민간인 복장이었다. 아들의 손에 초콜릿을 쥐어 주고 시동생을 찾아온 사람들에 대해 시시콜콜 물었다고 했다. 사내가 신호를 보내자 군인들이 집을 뒤지기 시작했다. 한 군인이 총부리를 겨눈 채 식구들을 마당 한쪽으로 몰았다. "아 참, 아사드!" 그녀는 자신도 모르게 아들의 이름을 부르며 뛰쳐나갔다. 앞을 가로막은 군인이 그녀의 손목을 잡아챘다. 그녀의 눈에 아들의 모습이 들어왔다. 시동생이 만들어 준 낚싯대를 든 아사드가 강아지와 함께 까불거리며 오고 있었다. 그녀는 달아나라고 외치며 손을 저었다. 군인이 몽둥이로 그녀의 팔목을 내리쳤다. 뒤뜰 창고로 갔던 군인이 배가 불룩한 배낭을 들고 왔다. 시동생의 얼굴이 하얗게 질렸다. 배낭에서 수류탄과 실탄이 쏟아졌다. 한 군인이 개머리판으로 시동생의 얼굴을 가격했다. 시어머니가 비명을 지르며 군인의 팔을 붙잡았다. 군인이 발길질로 늙은이를 넘어뜨렸다. 무릎을 꿇고 싹싹 비는 시누이를 민병대원이 뒤뜰로 끌고 가려 했다. 시동생이 돌멩이를 들고 달려들었다. 하산의 아내는 아들을 돌려세워 가슴으로 안았다.

"어떻게 됐을 것 같나?"

그는 입을 열 수가 없었다. 침묵이 흘렀다. 새 울음소리가 들려왔다.

"어린아이에게까지 총질을 했다는 게 믿어져? 반군에 들어간 동생 친구가 배낭을 잠시 맡겨 둔 거였어. 그 친구 집은 쓰나미에 쓸려가 버렸다더군. 숨어서 지켜본 마을 사람이 놈의 이름을 말해 줬지. 놈을 찾는 데 2년이 걸렸어. 놈이 방글라데시로 간 건 알았는데 정확히 어딘지 알 수가 없었지."

잠시 숨을 고른 하산이 말을 이었다.

"놈을 찾고 무기를 사는 데 돈을 다 썼어. 놈은 지금 콕스바자르에서 자기 배로 생선과 새우를 잡고 있다는군. 일꾼까지 부리면서 말이지. 재주가 좋은 놈이야. 자네도 보았지? 얼마 전에 나를 찾아온 정보회사 직원 말야. 그자가 준 정보야. 생긴 건 그래도 심부름 값은 제대로 하더군."

5

어선들이 정박해 있는 곳에서 그리 멀지 않은 곳이다. 어둠이 깔리고 있다. 그의 시선은 줄곧 금색 깃발이 매달린 어선에 고정되어 있다. 하산이 도착하자마자 지목한 배다. 배는 한 가닥 로프에 의지한 채 둥싯거리고 있다. 늙은 어부 몇몇이 어구를 메고 떠난 뒤 포구는 인적이 끊겼다. 그런데 웬일로 하산은 배에는 관심이 없다. 하산의 시선은 아까부터 포구 반대편을 더듬고 있다. 그는 하산의 시선을 따라가 본다. 휴양지의 펜션을 연상케 하는 제법 세련된 형태의 가옥이 포착된다. 주변의 집들과 달리 콘크리트 담장도 갖추었다. 한 여자가 아이 셋을 데리고 들어가는 모습이 보인다. 하산이 기다렸다는 듯 걸음을 옮긴다. 그는 미간을 찌푸리며 하산의 뒤를 쫓는다. 모래사장 곳곳에 아이들의 발자국이 찍혀 있다. 건조장에서 풍겨 오는 비린내가 코를 찌른다. 건조장은 굵은 막대기를 장방형으로 묶어 나간 형태인데 큰 곳은 축구장만 하다. 2,3m 높이의 건조대마다 내장을 뺀 생선이 빼곡하다. 한국의 황태 덕장을 닮았다. 생선만 있는 줄 알았더니 긴 막대기들을 지지대로 쓴 널빤지에는 새우를 낙낙하게 널어 놓았다. 하산은 생선운반용 리어카 뒤에 자리를 잡는다. 문제의 가옥이 한눈에 들어오는 곳이다.

"오늘은 일이 없는 모양인데……. 아무래도 날을 잘못 잡은 모양이야."

엉거주춤 서서 포구를 살피던 그가 중얼거린다. 하산은 묵묵히 천을 깔고 RPG와 부속물들을 늘어놓는다. 부스터와 탄두, 발사약통을 순서대로 끼운 다음 발사기에 꽂는다. 그리고 탄두 끝의 캡을 벗기고 안전핀을 뽑는다. 조준기도 세운다. 이제 해머를 젖힌 뒤 방아쇠를 당기기만 하면 된다.

"하산, 내 말 들었어?"

고개를 돌려 하산을 본 그가 움찔한다. 생각을 읽을 수 없는 건조한 표정이다.

"알고 있어."

하산이 짧게 내뱉는다.

"놈은 지금 다카에 있지."

하산의 말에 그는 아연한 표정을 짓는다.

"뭐야, 그자가 집에 없다는 걸 알고 있었단 말이야?"

하산이 주위를 살핀다.

"당분간 다카의 식품공장에 있을 거라고 정보회사 직원이 말하더군."

그는 하산의 팔을 잡고 흔든다.

"이봐, 뭘 어쩌려고 이러는 거야?"

하산이 해머를 젓힌다. 그는 하산의 손목을 잡는다. 하산이 그의 손을 뿌리친다.

"놈에게 가족을 잃는 게 어떤 거라는 걸 알게 해 줄 거야."

발사기를 어깨에 걸친 하산이 조준기에 시선을 맞춘다. 그는 입술을 깨문다. 여자의 손을 잡고 강중거리며 들어가던 여자아이, 공을 주고받던 사내아이들의 모습이 뇌리를 스친다. 딸애의 얼굴이 겹쳐진다. 딸애는 여전히 울상이다. 딸애가 고개를 젓는다.

"하산, 이러면 안 돼."

그는 하산을 가로막는다.

"내가 자네를 따라온 건 그자의 낯짝이나 한번 보자는 거였어. 그래, 배 한 척 날려 버리는 것쯤 문제 될 것 없다고 아니, 그런 자는 죽어 마땅하다고 생각한 때문이었지. 하지만 이건 아니야. 애들을 속죄양으로 만들 순 없어."

하산의 눈빛이 흔들린다.

"죽은 아이도 이걸 원하진 않을 거야."

"닥쳐."

격하게 내지른 하산이 그를 밀치고 일어선다. 하산이 방아쇠를 당기는 순간 그가 몸을 날린다. 로켓이 허공을 향해 날아간다. 후폭풍으로 일어난 먼지바람이 나동그라진 두 사람을 덮친다. 마을 뒤편 맹그로브 숲에서 요란한 폭음이 들린다. 사람들의 고함 소리와 개 짖는 소리가 뒤를 잇는다. 한 사내가 뛰쳐나온다. 사내의 손엔 권총이 들려 있다.

유난히 별이 많은 밤이다. 별들이 써 내려가는 이야기와 행간의 의미를 읽느라 그는 하늘에서 눈을 떼지 못한다. 어쩌면 아내가 그토록 쓰고 싶어 하던 시詩의 또 다른 모습일지도 모르겠다고 그는 생각한다. 이윽고 그는 주머니에서 술병을 꺼낸다. 카림이 준 것이다.

"카림 그 녀석, 내 아들이 살아 있다면, 그 애와 동갑이야."

하산의 목소리가 들리는 듯하다. 그는 딸애 사진이 들어 있는 목걸이를 쥔 채 뒤돌아본다. 그의 손을 뿌리친 하산은 RPG를 들고 표적을 향해 내달렸다. 그리고 채 일 분도 되지 않아 울리던 총소리. 그걸로 끝이었다. 불빛이 드문드문 보일 뿐 마을은 거짓말처럼 고요하다. 배는 파도를 타고 정처 없이 흘러간다. 그는 남은 술을 들이켠 뒤 술병을 바다에 던진다. "아무리 많은 시간이 지나도 여기에 남아 있어." 가슴을 두드리던 하산의 모습이 떠오른다.

"가슴에?"

"그래, 가슴에."

그는 금색 깃발을 올려다본다. 투박한 필체로 휘갈겨 쓴 이름, 타하르. 하산이 추적해 온 자의 이름이다. 하산이 품었던 고통의 흔적이기도 하다. 어쩌면, 그는 어금니를 깨문다. 고통은 유구하다. 깃발을 달아맨 저 나무 깃대보다 훨씬 더 오래갈지도 모른다. 아내의 고통에 생각이 미친다. 호구지책으로 적성에도 맞지 않는 일을 해내느라, 강퍅한 실업자를 건사하느라, 속이 까맣게 탔을 아내. 배가 좌우로 요동친다. 그는 간신히 균형을 잡으며 자신의 몸을 훑어본다. 아내와 딸애가 남기고 간 고통의 흔적을.

구멍의 기원

1

"블랙홀, 간단히 말해 그것은 구멍이다. 오감으로는 확인할 수 없는 불가사의한 구멍."

국어 시간이었다. 한 달 만에 출근한 선생님이 처음으로 입을 연 순간이었다. 한 달 전에 선생님은 딸을 잃었다. 가해자는 만취한 운전자였다. 그 사실을 아는 학생은 몇 안되었다. 선생님의 머리는 그새 반백이 되어 있었다. 선생님은 잠시 말을 멈추고 유리창 너머 흐린 하늘을 보았다. 선생님은 정식으로 등단하고 시집도 낸 시인이었다. 현우가 평소 호감을 가졌던 분이었다. 선생님의 목소리는 날씨를 닮아 있었다. 다시 교실로 눈길을 돌린 선생님이 입을 열었다.

"그 구멍은 빛과 시공간까지 잡아챈다. 기쁨이니 슬픔이니 하는 감상 따위, 도덕이니 이념이니 하는 것들 아니, 필요하다면 천국이나 지옥까지도 빨아들일 것이다."

쾡한 눈, 굴곡이 없는 어조였다. 선생님과 눈이 마주쳤다. 현우는 시선을 피하지 않았다. "간신히 벗어난다 해도 당초의 궤도를 기대할 순 없겠지." 선생님은 씁쓰레한 미소를 지으며 고개를 끄덕였다. "국어 시간에 웬 블랙홀? 아, 짜증." 뒷자리의 누군가가 볼멘소리로 말했다. 하지만 선생님의 입에서 책을 펴라는 얘긴 끝내 나오지 않았다. 왜 그날 그 시간에 그런 얘기가 나왔는지는 중요하지 않았다. 그날 이후 현우는 구멍을 의식하게 되었다. 수능을 치렀던 해, 그러니까 그의 엄마가 지하의 구멍으로 들어간 해였다. 아버지의 의식이 캄캄한 구멍으로 진입한 해이기도 했다.

2

"그 양반이 숨을 거두면서 한 말이 뭔지 알제?"

상자를 동여매고 난 황 씨가 묻는다. 딱히 대답을 듣자고 한 질문이 아니다. 현우는 가방에서 가위를 꺼내 노끈을 자른다.

"한바탕 신명나게 놀고 나니 북망산에 달이 밝았고녀!"

황 씨는 언제나처럼 준절한 어조로 말한다. 영락없이 임종을 앞둔 자의 표정이다. "아 네." 건성으로 대답한 현우는 쌓아 둔 옷가지를 묶는다. 턱에 걸려 있던 마스크를 콧등까지 끌어올린 황 씨가 손을 내민다. 현우는 배가 홀쭉한 마대를 건넨다. 황 씨는 자질구레한 물건들을 마대에 담는다. 자루에서 역한 냄새가 올라온다. 다음은 소주병 차례다. 마대 두 개를 채우고도 너덧 개가 남는다. 이래 마셔댔으니. 황 씨는 바닥의 핏자국을 보며 혀를 찬다. 남은 소주병을 그릇과 함께 마대에 쑤셔 넣고 난 황 씨가 허리를 편다. 짐짓 천연한 표정을 짓는다.

"무예도 출중했지만 세상일에 달관했던 모양이라. 하여튼 대단한 양반이었제."

아직도 장군 얘기다. 대단한 건 황 씨 당신이다. 현우는 피식 웃고 만다. 마스크 때문에 황 씨는 현우의 표정을 읽을 수 없다. 황 씨의 입에 오르내린 그 양반은 춘추전국 시대의 유명한 장군이다. 장군을 쓰러뜨린 건 검이나 창이 아니었다. 장군은 어렸을 때 부모가 화적에게 살해되는 것을 목도했다. 특히 그의 모친이 살해되기 전 능욕당하던 모습은 그의 영혼에 깊은 자상을 남겼다. 훗날 장군은 마지막 전투에서 치명적인 실수를 범했다. 반란을 일으킨 수괴의 식솔을 척살할 때 한 소년을 살려 준 것이었다. 소년의 얼굴에서 자신의 모습을 본 장군은 친히 소년의 포박을 풀어 주었다. 그러나 소년은 자신의 눈앞에서 살해된 부모의 모습을 잊지 않았다. 결국 장군은 청년이 된 소년의 계략에 빠져 맹독이 묻은 생선을 먹고 목숨을 잃었다. 황 씨는 죽기 직전 수하 장수들에게 보복하지 말 것을 명한 장군의 도량과 위의威儀에 초점을 맞추었지만 현우는 장군을 허방에 빠뜨린 그것에 주목했다. 수십 년 장구한 세월이 흐르도록 장군의 영혼을 옭아매었던 그것. 아무튼 황 씨가 소싯적에 동네 목욕탕에서 귀동냥으로 새겼다는 이 얘기를 현우는 지금껏 열 번도 더 들었다. 얼마나 더 우려먹으려고, 하다가 현우는 어쩌면, 하고 고개를 끄덕인다. 황 씨 나름의 방식일지도 모른다. 이런 일을 견뎌 내는 방식.

코를 아니, 뇌를 마비시킬 정도로 강력한 시취屍臭에 벌써부터 혼곤해진다. 현우는 방을 둘러본다. 대략 두 시간 정도 소요될 것 같다. 현우의 손이 바빠진다. 황 씨가 현우의 어깨를 치며 뒤를 가리킨다. 장롱을 들어내자는 소리다. 6자 장롱은 문이 활짝 열려 있다. 현우는 황 씨가 묶어 놓은 이불 보따리를 한쪽으로 치운다. 장롱은 황 씨의 엽렵한 손에 의해 매끈하게 분리된다.

"아저씨, 잠깐만요."

"뭔데 그래."

황 씨가 비스듬히 기운 장롱을 잡은 채 바라본다. 현우는 주머니에서 칼을 꺼낸다. 장롱 바닥에 찢어진 장판이 들러붙어 있다. 면적이 제법 넓다. 시신에서 흘러나온 피와 추깃물이 한데 엉겨 접착제 역할을 한 모양이다. 욕지기가 치미는 바람에 칼끝이 자꾸만 빗나간다. 현우가 하는 양을 물끄러미 보던 황 씨가 이리 줘 봐, 하더니 현우의 손에서 칼을 채 간다. 관록은 그저 생기는 게 아니다. 황 씨는 별로 힘들이지 않고 장판을 떼어 낸다. 두 사람은 장롱을 문밖으로 들어낸다. 마당 한쪽에 서서 방 안을 엿보던 옆집 여자가 코를 싸쥐더니 줄행랑친다. 현우는 마스크를 벗고 심호흡을 한다. 청량한 맛이 나는 공기다. 현우는 이 일을 하고부터 공기에도 맛이 있다는 걸 알았다. 방 안의 저 공기는 어떤 맛이라고 해야 하나. 현우는 잠깐 뒤를 돌아본다. 쓴맛과 신맛을 섞어 놓은 것이라고 할까. 아니, 떫은 맛과 짠맛도 포함시켜야겠다.

"한 대 줄까?"

황 씨가 담뱃갑을 들어 보인다. 현우는 고개를 젓는다. 폐부에 쌓인 악취를 몰아내려는 듯 황 씨는 연기를 깊숙이 들이마셨다 내뿜는다. 담배연기라면 질색을 하던 현우는 이제 연기를 피하지 않는다. 방 안의 그것에 비하면 차라리 향기에 가까우니까.

황 씨가 카세트를 켠다. 플러그를 뽑지 않은 카세트는 아직 살아 있다. 귀에 익은 트로트 가락이 이어진다. 황 씨는 이 와중에도 노랫가락에 맞추어 허밍을 한다. 망자亡者가 이 광경을 본다면 무슨 생각을 할까. 뜬금없이 그런 생각이 든다. 방 두 칸, 자신의 원룸보다 그다지 넓다고 할 수 없는 공간인데도 짐은 좀체 줄지 않는다. 황 씨가 냉장고 문에서 떼낸 사진을 들여다본다. "오래된 사진 같은데요?" 현우는 어깨 너머로 사진을 살핀다. 신록을 배경으로 오누이로 보이는 두 아이가 비슷한 색상의 옷을 입고 서 있다. 그 뒤로 한 남자가 아이들의 어깨를 잡은 채 벙긋 웃고 있다.

"이렇게 보듬고 키운 아이가 제 아비의 죽음마저 외면할 줄 누가 알았겠어."

황 씨는 사진을 다시 붙인 뒤 냉장고를 등에 지고 나간다. 현우는 고개를 갸웃거린다. 사진 속 남자의 얼굴이 어딘가 낯익다는 생각이 든다. 의류 상자를 내놓고 온 현우는 책장을 정리한다. 한때 교편을 잡았었다는 망자의 이력에 걸맞게 책장엔 책들이 빼곡하다. 의외로 학습교재보다 문학 서적이 더 많다. 아무려나, 현우는 집히는 대로 자루에 담은 다음 맨 아래 칸에 꽂혀 있는 앨범들을 정리한다. 현우의 눈이 커진다. 앨범을 펴 든 손이 가늘게 떨린다.

"뭐하고 있어?"

황 씨의 말에 현우는 정신을 가다듬는다. 현우는 앨범을 따로 챙긴다. 편지 봉투가 가득 담긴 상자도 있다. 정희가 생각난다. 소식이 끊긴 지 두 달이 넘었다. 버릇처럼 휴대폰을 꺼내 메시지를 확인한다. 지갑을 노리는 스팸뿐이다. 하긴 이런 시각에 메시지를 보낼 리 없다. 신호음은 보통 새벽 두 시를 넘겨서야 울렸다. 메시지를 읽다 보면 피로에 지친 그녀의 모습이 그려졌다. 유학을 간 이국땅에서조차 알바에서 헤어나지 못하는 그녀를 생각하면 가슴이 아팠다. 그때 끈이 풀어지는 바람에 봉투 뭉치가 방바닥에 쏟아진다. 황 씨가 고개를 돌린다. 황 씨의 시선이 한곳에 쏠린다. 현우의 시선도 그곳으로 향한다. 어지러이 널린 봉투 사이에 만 원권 다섯 장이 곱다시 누워 있다.

"책이나 사 봐."

황 씨는 현우에게 넉 장을 건넨다.

"이건 담뱃값이고."

그러면서 나머지 한 장은 자기 주머니에 찔러 넣는다. 현우는 무망중에 그것을 받는다.

"어차피 돌려줄 데도 없는 돈이야."

황 씨가 덤덤한 표정으로 말한다. 현우는 고인에게 아들이 있다는 사실을 상기한다.

"아들인가 뭔가 하는 녀석, 이런 걸 받을 자격이 없어."

현우의 마음을 읽기라도 한 듯 황 씨가 그렇게 능친다.

"독거노인이야. 아들이 하나 있긴 한데 그게 말이야……."

전화를 받은 건 전날 밤 10시 무렵이었다. 황 씨는 끝말을 흐렸다. 그만하면 알조였다. 변사체로 발견되는 노숙자도 그렇지만 이른바 고독사孤獨死한 독거노인 역시 대부분 무연고 사망으로 처리되었다. 가족이 있어도 마찬가지였다. 대다수가 시신 인수를 거부, 사체포기 각서를 제출했다. 생전에 관계가 파탄이 났거나 장례비용을 대기 어려울 정도로 빈곤하거나 아니면 그 둘 다가 이유였다. 이번에도 그러려니 하는 마음으로 따라나섰다. 망자의 신원을 알았더라면 일언지하에 거절했을 것이다. 마음이 착잡해진 현우는 자주 손을 놓는다. 그런 현우를 힐금거리던 황 씨가 "뭐 좀 먹고 하지." 하며 턱으로 밖을 가리킨다.

황 씨와 현우는 담벼락에 기대어 빵으로 끼니를 때운다. 거풍을 시킬 양으로 가운과 모자는 물론 마스크까지 창틀에 걸어 두었다. 황 씨는 준비해 온 캔 맥주로 입가심을 한다. 현우도 맥주만큼은 사양하지 않는다. 때로는 알코올 기운을 빌려야 할 때도 있는 법이다.

"이제 보니 김 군도 꾼이 다 됐어."

빵을 삼킨 뒤 익숙하게 캔을 들이켜는 현우를 보며 황 씨가 고개를 주억거린다. 현우는 멋쩍게 웃는다. 그렇지? 하는 표정으로 황 씨도 웃는다. 현우는 시간을 되짚어 본다. 오물 따위로 얼룩진 가재도구가 맨 먼저 떠오른다. 그리고 땀으로 뒤발한 얼굴로 태연히 음식을 삼키는 황 씨. 꾸역꾸역 음식이 들어가는 입을 보던 현우는 급기야 헛구역질을 했었다.

"신명神明은 영으로 흠향하고 배를 채운다지만 산 사람은 입에다 밥을 넣어 주어야 배꼽이 서는 게야."

황 씨가 잠시 사이를 두었다가 말했다.

"내일모레가 서른인데 아직도 알바 신세네요".

첫날 황 씨를 따라 일을 나가면서 현우가 내뱉은 말이었다. 그때 까지도 '유품정리업체'가 뭘 하는 곳인지 제대로 알지 못했다. 현우 가 확실히 알고 있었던 건 이 일이 어떤 알바보다 시급時給이 세다는 사실이었다. 호프집이 문을 닫는 바람에 알바가 한 개로 줄어든 참 이었다. 호프집에서 알게 된 남자는 이 일을 소개하면서 다른 건 몰 라도 이것만큼은 최고라며 엄지와 검지로 동그라미를 그려 보였다. 구미가 당겼다. 성적이 좋지 않아 학자금 대출도 어려운 실정이었 다. 닭이 먼저인지 알이 먼저인지, 그것은 이 경우에도 해당되었다. 성적이 먼저인지 학자금이 먼저인지 도무지 알 수가 없었다. 개수가 줄면 줄었지 알바를 쉰 적은 없었다. 이 년을 휴학했는데도 사정은 나아지지 않았다. 제때 졸업한 동기를 호프집에서 맞닥뜨릴 때가 있 었다.

"어이 김 형, 벌써 호프집을 차린 거야? 능력 있네."

속도 모르고 너스레를 떨 때면 당장 뛰쳐나가고 싶었다.

텔레비전까지 들어내고 나니 방이 휑하다. 황 씨가 소독약을 뿌리 는 사이 현우는 탈취파우더를 곳곳에 놓아 둔다. 냄새 제거 스프레 이도 꼼꼼히 뿌린다. 황 씨와 현우가 탄 트럭은 곧장 폐기물처리장으로 향한다.

"발치께 그 가방은 뭐꼬, 나 몰래 돈다발 챙겼나?"

황 씨가 농담조로 묻는다. 트럭은 이제 막 외곽 순환도로로 진입하고 있다.

"아, 이거요."

현우는 가방을 발로 툭툭 찬다.

"별거 아니에요. 그냥 좀 쓸 데가 있어서……."

현우는 말꼬리를 흐린다. 황 씨는 더 이상 묻지 않는다.

3

아버지는 줄곧 창밖을 본다. 현우는 아버지의 눈길이 머문 곳을 더듬는다. 산사나무와 가죽나무인 것 같다. 둘 다 5,6월이 되어야 꽃을 피우는 나무들이다. 연두색 이파리가 햇살을 받아 반짝인다. 오그라졌던 마음이 조금 펴지는 듯하다.

"아버지, 답답한데 밖으로 나갈까요?"

현우는 아버지의 손목을 잡고 묻는다. 아버지는 말이 없다. 현우가 손목을 끌자 기계적으로 걸음을 뗀다. 현우는 나무벤치까지 아버지의 허리를 껴안고 간다. 산사나무와 가죽나무의 가운데에 위치한 자리다. 아버지의 시선은 이제 먼 산에 가 있다. 현우도 산을 본다. 군데군데 연분홍빛이 돈다. 늘 그렇듯이 봄은 습자지에 스미는 물처럼 소리 없이 온다.

"아버지, 요즘 저 많이 힘들어요."

현우는 산사나무를 올려다보며 입을 연다. 등록금이 또 올랐다는 얘기를 시작으로 이런저런 고충을 두서없이 늘어놓는다. 유품정리 업체의 일도 곁들인다. 아버지는 밭은기침을 할 뿐 여전히 묵묵부답이다. 현우는 정희 얘기도 꺼낸다.

"사랑엔 국경이 없다는 말도 옛말이에요. 주머니가 비면⋯⋯."

현우는 말을 멈추고 돌을 집어 든다. '그 애와 나 사이엔 검푸른 국경이 있어요.' 현우는 건넛산을 향해 힘껏 돌을 던진다. '둘 다 항공료가 없어 국경을 넘지 못하고 있죠.' 현우의 눈빛이 흔들린다. 쿨룩쿨룩, 아버지가 고개를 숙인 채 기침을 한다.

정희를 만난 건 대학교 1학년 때였다. 신입생 환영회가 끝나고 뒤풀이를 하는 자리에서였다. 편모 편부의 가정이라는 것, 알바가 선택이 아니라 필수라는 공통점이 둘을 묶었다. 정희의 부모는 정희가 중학교를 졸업하던 해 이혼했다고 했다. 대학을 졸업할 때까진 좀 참지. 정희는 남 얘기하듯 말했다. 둘의 관계는 그날 이후 급속도로 가까워졌다. 현우가 입대를 앞두고 휴학을 하자 그녀도 휴학을 했다. 먼저 졸업하고 싶지 않다고 했다. 그래도 고개를 갸웃거리는 현우에게 엄마 병원비도 문제지만, 하고 덧붙였다. 병원비? 반문하는 현우에게 정희는 자궁암이라고 했다. 애면글면 알바로 모은 돈이 병원비에도 못 미친다는 얘기였다. 다음 학기 등록금을 마련했다고 좋아하던 정희의 모습이 떠올랐다. 불과 일주일 전의 일이었다. 그러고 보니 정희의 눈이 움푹 꺼져 있었다. 현우는 앞에 놓인 소주를 단숨에 들이켰다.

웅얼거리는 소리에 현우는 고개를 돌린다. 아버지의 입술이 달싹거리고 있다.

"좌절감, 무력감을 느끼는 단계를 지나면 언어장애가 시작되죠. 말에 가닥이 없는데…… 그러니까 그게 정신분열증이 깊어졌다는 신호예요."

요양원 원장이 했던 말이 생각난다.

"내, 내가, 빠졌어…… 그래서……."

또 시작이다. 아버지가 현우의 손을 뿌리친다.

"무슨 말이에요 아버지."

아버지의 입술이 바르르 떨리고 있다. 좋지 않은 징조다.

"그 사람을…… 빠진 게…… 죽었어. 내가, 내가……."

아버지는 손바닥으로 자신의 머리를 때린다. 그러지 마시라니까요. 현우는 두 손으로 아버지의 팔을 잡는다. 아버지는 고개를 들고 현우를 바라본다. 어리뜩하게 풀린 눈. 등골이 서늘해진다.

"내가, 라고 했죠? 아버지! 그게 무슨 뜻이에요?"

현우는 아버지의 팔을 힘주어 잡는다.

"죽었어."

아버지는 그 말을 내뱉곤 다시 먼 산으로 눈길을 돌린다.

엄마는 그날 루어낚시를 즐기는 아버지를 따라갔다가 변을 당했다. 장소는 K시에서 그리 멀지 않은 곳에 위치한 호수였다. 아버지는 주말이 되면 하늘이 두 쪽 나도 낚시 도구를 챙기는 양반이었다. 주말과부를 자칭하던 엄마가 아버지를 따라나선 건 전혀 예상치 못한 일이었다. 엄마의 시신은 선착장에서 이백 미터쯤 떨어진 곳에서 발견되었다. 한껏 부풀어 오른 시신을 확인한 아버지는 그날 이후 입을 닫았다. 형은 그런 아버지를 외면했다. 형은 음모의 냄새가 난다고 했다. 수상좌대를 떠나 굳이 낚싯배를 탄 것도 그렇고 이어폰을 끼고 있어서 물에 빠지는 소리를 듣지 못했다는 것 역시 말이 안 된다고 했다.

"추리소설만 읽더니 형, 모든 게 범죄로 보이냐?"

현우가 퉁을 놓았지만 형은 차갑게 웃을 뿐이었다. 그러나 경찰 조사 결과 아버지는 소주 반병 정도의 음주 외에는 특이 사항이 없었다. 사건은 결국 단순한 사고사로 종결되었다. 형이 집을 나간 것도 그 즈음이었다.

현우는 아버지의 옆모습을 본다. 거푸집에서 막 꺼내 놓은 석고상처럼 딱딱하게 굳어 있다. 현우는 아랫입술을 지그시 깨문다. "아버지가 그런 거야." 둔중하게 가라앉은 형의 목소리가 귓속을 파고든다. 현우는 도리질한다. "등신, 넌 아직 모르나 본데." 이죽거리는 형의 모습이 어른거린다. 뭔가가 온몸을 옥죄는 느낌이다. 현우는 발작적으로 아버지를 부른다. "저 좀 보세요, 아버지." 아버지는 그러나 미동도 하지 않는다.

아버지를 방에 모셔다 드리고 나오는데 텔레비전을 보던 노인 하나가 발을 구르며 소리를 지른다. 주위에 있던 노인들이 텔레비전 앞으로 모인다. 휴게실은 이내 장탄식으로 가득 찬다. 현우는 텔레비전 앞으로 다가간다. 화면엔 거대한 쓰나미가 도시를 덮치는 장면이 반복되고 있다. 속수무책으로 쓸려 나간 건물의 잔해와 차량들이 바닷물에 둥둥 떠다니고 있다. 화면이 바뀌는가 싶더니 시가지까지 휩쓸려 온 선박 한 척이 보인다. '행방불명, 1만 명 이상' 이라는 제목이 굵직한 고딕으로 걸린다. 곧이어 아나운서의 갈급한 목소리가 끼어든다. "게센누마, 미나미산리쿠, 리쿠젠타카타……." 생경한 도시 이름이 줄줄이 나온다. "바다낚시와 온천으로 유명한 해변 휴양지가 한순간에." 한 노인이 채널을 돌린다. "쪽발이 놈들 죽는 거 관심 없어." 몇몇 노인이 삿대질을 하지만 노인은 막무가내다. 옥신각신하는 모습을 뒤로 하고 현우는 복도를 나온다. 현관문을 열고 나오는데 총무가 불러 세운다. '무슨 일로?' 눈으로 묻는 현우에게 총무는 표지가 칙칙한 다이어리를 건넨다.

"꼭꼭 감춰 두셨던 모양인데…… 일기도 쓰고 낙서도 하고 뭐 그러셨나 봐."

총무는 그러면서 방을 가리킨다.

"쓰레기통에 버린 걸 청소하는 직원이 가져왔더군."

총무는 의미심장한 표정을 짓는다.

"시간 날 때 읽어 봐. 비교적 정신이 온전할 때 쓰신 거니까."

그때 요양원 전체에 삼종기도가 울려 퍼진다. 점심시간을 알리는 신호다. 녹음 상태가 부실해서일까, 현우는 그게 넋두리처럼 들린다.

4
한동안 울리다 꺼진 전화벨이 다시 울린다. 현우는 이불 속에서 손을 뻗어 머리맡을 더듬는다. 손에 닿지 않는다. 할 수 없이 상체를 일으켜 소리 나는 쪽을 본다. 휴대폰은 엉뚱하게도 창턱에 놓여 있다. 현우는 허청거리며 일어나 전화를 받는다. 전화를 건 남자는 다짜고짜 용건부터 들이댄다. 현우는 생급스러워서 누구냐고 묻는다. 상대는 시큰둥한 목소리로 〈클린라이프〉의 이 대리라고 자신을 밝힌다. 클린라이프? 현우는 잠시 어리둥절한 표정을 짓다가 아, 클린라이프, 한다. 유품정리업체의 상호다. 남자는 일거리가 있는데 오후에 나올 수 있느냐고 재차 묻는다.

"황 씨 아저씨는요?"

"어젯밤 교통사고로 입원했어."

남자가 사무적으로 말한다. 잠이 달아난다.

"상, 상태는요?"

현우는 말을 더듬는다.

"그냥 뭐…… 그런가 봐."

성마른 성격인 듯 남자는 용건을 상기시키며 채근한다.

"그러죠 뭐."

현우는 시간을 확인한 뒤 종료버튼을 누른다.

현우는 다시 침대에 눕는다. 깍지 낀 손을 목 뒤에 대고 천장을 본다. 넉살스레 웃는 황 씨의 얼굴이 떠오른다. 힘든 일을 도맡아 하는 푼더분한 성격에 무엇보다 자신을 자식처럼 대해 주는 양반이다. 현우는 오후 일정을 머릿속으로 그리며 자리에서 일어난다. 손빗으로 머리를 대충 손질하고 난 뒤 새삼스레 방 안을 둘러본다. 화장실을 포함해서 17㎡가 채 안되는 협소한 공간이지만 그에겐 둘도 없는 안식처다. 현우는 창밖으로 시선을 돌린다. 회색 벽이 시선을 차단한다. 현우는 주섬주섬 옷을 챙겨 입다가 구석에 찌부러져 있는 가방을 본다. 현우는 가방을 집어 들고 침대로 간다. 지퍼를 열고 속에 든 물건을 꺼낸다. 앨범이다. 그때 본 사진을 찾는다. 중년 부부가 호수를 배경으로 웃고 있는 모습이다. 앉은뱅이책상에 달린 서랍에서 사진을 꺼내 온다. 가족사진이다. 엄마가 죽은 뒤 아버지는 호수를 배경으로 찍은 사진은 죄다 태워 버렸다. 그것은 현우가 책갈피에 끼워 둔 덕분에 화형을 면했다. 현우는 그 사진을 앨범에 꽂혀 있는 몇몇 사진과 비교해 본다. 호수 뒤편으로 완만하게 둘러쳐진 산 모양과 호안湖岸 주변의 시설물들이 같은 장소임을 말해 준다. 그다지 기분 좋은 우연은 아니다. 남자는 아내가 묻힌 곳도 찍어 놓았다. 그러나 가장 많은 건 딸의 사진이다. 딸과 찍은 사진은 따로 모아 두었다. 웃을 때면 보조개가 파이는 깜찍한 얼굴이다. 현우는 행복한 부녀의 모습을 찬찬히 훑어본다. 행복 시리즈는 '졸업여행'이라는 메모가 붙은 사진을 끝으로 종료된다. 현우는 비어 있는 속지를 넘기다가 접혀 있는 종이 한 장과 명함을 발견한다. 종이부터 펴 본다. '기꺼이 구멍에 빠져 주겠다.' 그런 제목 아래 낙서인지 시인지 모를 글 한 편이 휘갈겨져 있다. 이번엔 명함 주인의 이름을 본다. 남자의 성과 같다. 앞쪽으로 가서 아들과 함께 있는 남자의 얼굴을 확인한다. 그는 아들의 어깨를 감싼 채 밝게 웃고 있다. 아들도 웃는 얼굴이다. 천천히 고개를 젓던 현우는 명함과 사진, 그리고 종이를 나란히 놓아 본다. 남자는 사진마다 장소는 물론 시간과 이름까지 메모해 두었다. 아들의 이름과 명함의 이름이 일치한다. 문득 시신 인수를 거부한 아들의 변한 모습이 궁금해진다. 현우는 사진과 명함을 잠바 안주머니에 넣고 일어선다.

약빠른 인상이 무색하게 김 반장은 지나치리만큼 느긋하다. 이런 일일수록 척척 손발이 맞아야 더러운 꼴을 덜 본다며 껄껄거리던 황 씨의 얼굴이 떠오른다. 구석구석에서 주사기가 나왔다. "마약에 잔뜩 취했으니 웃으면서 갔겠어." 일당의 반몫만 받기로 하고 따라온 신출내기 장 씨가 한마디한다. 김 반장이 얼굴을 찌푸린다. 모자와 가운, 마스크까지 완벽하게 착용한 채 무르춤해 있는 장 씨가 슬랩스틱 코미디언처럼 보인다. 현우는 분위기를 바꿀 양으로 "좀 쉬었다 하죠." 하며 모자를 벗는다. 김 반장이 고개를 끄덕인다. 장 씨가 땀을 찔찔 흘리며 따라 나온다. 그때 전화벨이 울린다. 박스에 테이프를 두르던 김 반장이 전화를 받는다. 김 반장은 "네, 네." 대답만 하더니 끊는다.

"유족이야. 유골함이니 뭐니 그딴 거 필요 없다고…… 그냥 강물에 뿌려 달라는군."

캔 음료를 건네는 현우에게 김 반장이 심상하게 말한다. 유품 처리는 물론 장례와 관련된 업무 일체를 위탁했다는 말을 덧붙인다. 하긴 집을 나간 지 30년이 지났으니 남이나 마찬가지겠지. 김 반장이 다 마신 캔을 찌그러뜨려 빈 박스에 던진다. 현우는 낙서로 도배된

벽을 떠올린다. 태반이 욕설이었다. 더러 이질적인 문구가 보였다. '보'와 '싶다' 사이에 ㄱ이 희미하게 남아 있었다. 보, 고, 싶, 다, 현우는 입 속으로 그 말을 되뇌어 보았다. 게게 풀린 눈으로 더께 아래의 마음을 옮겨 적는 사내의 모습이 그려졌다. 약에 취해 있던 사내가 아주 잠시 깨어난 순간이었을까. 문득 집을 나간 형의 모습이 스치고 갔다. 형의 부고를 받는다면? 현우는 자문해 보았다. 아무 생각도 떠오르지 않았다.

일을 끝낸 현우는 병원에 들렀다. 황 씨는 다리에 깁스를 하고 있다. 환자들의 시선은 죄다 텔레비전에 가 있다. 일본 지진에 관한 뉴스 속보가 잇따르고 있다.

"일본에 유학 갔다는 여자 친구는 괜찮나?"

황 씨가 넌지시 묻는다. 현우는 대답 대신 애매한 웃음을 짓는다. 연락이 오기 전까지는 현우도 알 수가 없다. 정희 어머니의 연락처도 그새 결번이 되어 있었다. 전에 세 들어 살던 집을 찾아가 보았지만 그마저도 허탕이었다. 두어 달 전에 살던 사람도 모르는데 이태 전에 살던 사람을 어떻게 아느냐는 대답이 돌아왔다.

"우리 함께 온천에 가서 한 달 정도 아무 걱정 없이 쉬었다 오면 어떨까. 학교도, 직장도, 돈도, 미래도 잊고 오직 현재를 즐기다 오면 안 될까? 아무래도, 우리에겐 사치겠지?"

언젠가 보낸 메시지에서 정희는 그렇게 말했었다. 아나운서가 피해상황을 집계하면서 온천 지역을 들먹일 때마다 현우는 가슴이 뜨끔거린다. 황 씨가 가까이 오라고 손짓한다. 현우는 의자를 당겨 바투 다가앉는다.

"나 같은 중늙은이야 뒤를 돌아보는 게 일이네만 자네 같은 젊은 이는 앞을 보며 어떻게 살까를 궁리해야 된단 말이지. 좌우지간, 죽은 사람 물건을 오래 만지는 건 좋지 않아. 더욱이 액厄이 낀 사람들 것은."

링거액이 떨어지는 것을 무연히 바라보던 황 씨가 그만 가라고 손짓한다.

현우는 병원 로비의 소파에 앉아 심부름센터에 전화를 건다. 굵직한 저음의 사내가 받는다. 사내에게 모녀가 살았던 집 주소와 과거의 전화번호를 불러 준다.

"전화도 안 되고 어디로 갔는지 도무지 알 수가 없네요."

하소연하듯 말한다.

"오래 걸리진 않겠습니다."

이런 일에는 이골이 난 듯 사내는 잘라 말한다. 계좌번호를 받아 적은 다음 현우는 자리에서 일어선다.

5

〈매직 댄스아카데미〉 현우는 간판을 올려다본다. 5층이다. 여길 왜 왔지, 하는 생각이 뒷덜미를 잡는다. 그냥, 작자의 뻔뻔한 얼굴을 한번 보고 가는 건데 뭐. 그런 생각이 손목을 끈다. 현우는 엘리베이터 대신 계단을 택한다. 한 계단씩 오를 때마다 사진 속의 장면이 갈마든다. 남자의 젊었던 시절의 모습, 그에게 어깨를 주었던 오누이 얼굴까지 어렴풋이 떠오른다.

현우는 입구 게시판에 걸려 있는 홍보물을 본다. 재즈댄스의 기원
과 특징을 소개하는 글 아래 원장의 약력이 있다. 현우는 원장의 이
름을 확인한다. 명함의 이름과 동일하다. 약력은 한눈에 봐도 화려
하다. 각종 대회에서 수상한 경력이 빼곡하다. 현재 유명 댄스그룹
의 안무를 담당하고 있다는 문구엔 별표가 되어 있다. 라틴재즈, 락
재즈, 아프로재즈, 뮤지컬재즈, 모던재즈, 재즈발레……. 재즈댄스
의 종류를 읽어 보지만 떠오르는 게 하나도 없다.

"취미로 배우시게요?"

사무실을 지키고 있던 여자가 서류를 꺼내며 묻는다. 현우는 엉겁
결에 고개를 끄덕인다. 스트레스가 풀리고 근력이 강화될 뿐만 아니
라……, 여자는 재즈댄스의 효용성에 대해 조잘조잘 늘어놓는다. 게
시판에서 읽었던 내용과 별반 다르지 않다. 현우는 "네, 네." 건성으
로 고개를 끄덕인다. 여자가 언제부터 할 건지 묻는다. 대답 대신 현
우는 원장님은 안 계시느냐고 묻는다.

"어머, 원장님은 취미 반 레슨은 하시지 않는데."

여자가 배시시 웃는다.

"아, 그렇구나."

현우는 짐짓 실망한 표정을 짓는다. 여자는 원장님께 레슨을 받으
려면 특강 반에 등록을 하라고 한다. 직접 보고 결정하겠다고 하자
여자는 복도 끝의 연습실을 가리킨다. 현우는 연습실로 들어가 원장
의 모습을 확인한다. 시범을 보이고 있는 듯 탄탄한 근육질의 몸이

돌고래처럼 솟구친다. 여기저기서 감탄사가 터져 나온다. 좀 더 가까이 다가가 원장의 모습을 살핀다. 뒤로 질끈 묶은 머리와 날카로운 콧마루가 다소 차가운 인상을 풍긴다. 빠른 템포의 곡이 울려 퍼진다. 원장이 신호를 보내자 원생들은 일사불란하게 움직인다. 단연 돋보이는 것은 원장이다. 돌고 젖히고 굽히는 일련의 동작이 물 흐르듯 유려하다.

"최대한 굽혀야 해. 그래야 곡선의 아름다움이 살아나지."

원장의 목소리가 연습실을 울린다. 아름다움이란 말을 듣는 순간, 추깃물이 밴 장판이 떠올라 현우는 저도 모르게 눈살을 찌푸린다.

현우는 원장실 표지판을 한 번 더 확인한 뒤 손잡이를 돌린다. 문은 쉽게 열린다. 벽면에 붙어 있는 책장에는 상패와 상장 따위가 가지런히 놓여 있다. 현우는 주머니에서 사진을 꺼낸다. 서랍을 닫고 허리를 펴던 현우는 동작을 멈춘다. 책상 앞에 버티고 있는 사람. 원장이다.

"아까 연습실에서 본 녀석이군. 춤을 배우러 온 줄 알았더니…… 좀도둑이었어?"

현우는 마른침을 삼킨다.

"그, 그게 아니라, 사진을."

원장의 눈꼬리가 올라간다.

"무슨 사진?"

원장은 현우를 밀치고 서랍을 연다. 한동안 사진을 들여다보던 원장이 심호흡을 하며 고개를 든다.

"이 사진을 어떻게, 대체 너 누구야? 아, 좋아. 그건 됐고, 이걸 내게 주는 의도가 뭐지?"

원장은 묘하게 입술을 비틀며 웃는다. 현우는 입을 열지 않는다. 잠시 정적이 흐른다.

"재즈댄스의 모토가 뭔지 아나?"

창가로 간 원장이 블라인드를 올리며 묻는다. 현우는 입을 열지 않는다.

"자유야."

원장은 돌아보지 않고 말을 잇는다.

"나는 자유롭게 살고 싶었어. 하지만 그 집에서는 불가능했지. 아드레날린이 충만한 집이었어."

원장이 손을 뻗어 창문을 연다. 유리창을 긁고 있던 소음이 쏟아져 들어온다. 원장은 다시 창문을 닫는다.

"아는지 모르겠지만 우리 아버지란 사람, 시집을 세 권이나 출간한 시인이야. 그 양반의 시에 그런 구절이 있었지. 삶과 죽음은 한 몸이라는. 대체 무슨 뜻이냐고 언젠가 내가 물었었지. 시인 가라사대, 죽음을 슬퍼할 이유가 없다. 왜냐하면 죽음은 곧 다른 삶의 반석이 될 테니까."

원장은 잠시 뜸을 들인 뒤 말을 계속한다.

"그게 얼마나 허황된 말인지는 동생이 증명해 줬지. 슬퍼할 이유가 없다고? 후후, 그건 말이지 그냥 웃자고 건넨 농담이거나 아버지 같은 얼치기 시인들이 사람들을 현혹하기 위해 만든 미사여구에 불과해. 들어 봐, 동생이 죽은 뒤 술병을 감추는 어머니에게 손찌검을 하는 것도 모자라 아버지는 뭐든 집어던지기 시작했단 말이지."

감정이 복받치는지 원장은 말을 멈추고 숨을 고른다.

"내가 할 수 있는 일은 춤을 추는 거였어. 춤을 출 때는 모든 걸 잊을 수 있었으니까."

원장은 두 손으로 머리를 쓸어 넘긴 뒤 창밖을 본다.

"딱 한 번 찾아갔었지. 집이 어떻게 됐나 궁금했거든. 문이 잠겨 있어서 우편함에 명함을 넣고 왔지. 내가 왜 그랬을까."

원장의 목소리가 둔중하게 울린다.

"아마 술김에 한 행동이었을 거야. 다행히 연락은 없었지."

눈앞에서 소용돌이무늬가 그려진다. 현우는 주춤주춤 방을 나온다. 원장은 그때까지도 등을 돌리고 있다.

건물을 빠져나온 현우는 걸음을 멈춘다. 노인이 명함을 찢거나 버리지 않았다는 사실에 생각이 미친다. 현우는 뭔가에 놀란 사람처럼 주머니에서 종이를 꺼낸다.

'기꺼이 구멍에 빠져 주겠다.'

현우는 건물을 돌아본다. 원장이 이것을 봤다면 생각이 달라졌을까?

6

현우는 방에 들어서자마자 냉장고부터 찾는다. 지난번 세입자가 버리고 간 걸 대충 손본 것이다. 냉장 기능에 문제가 생겼는지 물이

미지근하다. 얼음이 있나 싶어 냉동실을 여는데 무엇이 툭 떨어진다. 까맣게 잊고 있었던 다이어리다. 현우는 꽁꽁 언 다이어리와 냉동실을 번갈아 본다. 억병으로 마신 날이 떠오른다. 요양원에서 돌아온 날이었다.

한 장 한 장 다이어리가 넘어간다. 현우의 표정이 굳어진다. 맥락이 틀어지거나 감정의 기복이 심한 글이지만 그래도 한 곳으로 모여 이야기의 소沼를 이루었다. 현우는 방금 질퍽한 바닥을 헤쳐 나온 기분으로 창밖을 본다. 냉소하는 얼굴이 스쳐간다. 형이다.

아버지가 낚은 건 물고기가 아니었다. 아버지는 고해성사를 하듯 하나둘 털어놓았다. 머릿속에서 줄줄 물이 새는 듯하다. 현우는 극심한 피로에 휩싸인다. 다이어리를 덮고 눈을 감는다. 서서히 어둠이 내려온다. 빛이 하나도 들지 않는 곳에 서서 밖을 내다본다. 환하게 밝은 곳으로 차들이 달리고 사람들이 걷는다. 현우는 눈을 부릅뜬다. 낯이 익은 사람들이 하나둘 모습을 드러낸다. 아버지와 엄마, 정희, 남자와 아들, 그리고 어디에 있는지 궁금했던 형의 모습도 보인다. 그들은 캄캄한 곳에서 나타났다가 돌연 사라지기도 하는데 현우는 그들의 행방을 좇아 필사적으로 달리지만 손끝 하나 건드릴 수 없다. 가쁜 숨을 몰아쉬고 있는데 누군가가 다가온다. "얘야, 이제 그만 하렴." 아버지가 내미는 손을 현우는 거세게 뿌리친다. 엄마의 모습이 보인다. 엄마는 평소 잘 입지 않던 카키색 점퍼와 트레이닝팬츠를 입었다. "어디 가요, 엄마?" 현우가 물었지만 엄마는 대답 대신 앞을 가리킨다. 낚시가방을 멘 아버지가 앞서 걷고 있다. 안

개가 자욱한 새벽이다. "너희 아버지는 오랫동안 낚시를 했단다." 엄마의 말이 안개에 섞여 흩어진다. "세상에, 하나같이 예쁘고 싱싱한 년들이었지. 재주도 좋아, 대체 어디서 구했다니 그런." 현우는 엄마를 뒤쫓는다. "오늘 내가 직접 가서 얼마나 고기를 잘 잡나 지켜볼 생각이란다." 엄마의 모습이 안개에 묻힌다. "어, 엄마." 현우는 엄마를 부르며 뛰어간다. 안개가 짙어진다. 돌연 고막을 때리는 소리가 현우의 목덜미를 낚아챈다. 헉, 하고 현우는 눈을 뜬다. 벨 소리가 요란하게 울린다. 책상 위다. 무릎걸음으로 가서 휴대폰을 쥐는 순간 소리가 끊긴다. 곧이어 문자 수신을 알리는 신호음이 울린다. '의뢰한 사건, 조사 완료. 연락 바랍니다.' 심부름센터에서 보낸 것이다. 이상한 사람들이다. 현우가 알고 싶은 건 모녀의 연락처이다. 그걸 사건이라니. 현우는 떨떠름한 표정으로 전화를 건다. 심부름센터 직원은 사진이 있을 때는 비용이 추가된다는 말과 함께 만날 장소를 묻는다. 사진이라니, 이건 또 뭐야. 따지려고 하다가 현우는 생각을 바꿔 잔금 액수를 묻는다. 그리고 장소를 말한 뒤 전화를 끊는다. 뭔가 일이 생겼는지도 모른다. 혹여 사실이라면 그건 전화로 할 얘기가 아니다.

현우는 앞자리 학생의 귀에 꽂힌 이어폰을 본다. 다이어리에도 이어폰 얘기가 있었다. 이어폰을 끼지 않았다면, 끝까지 얘기를 들어주었다면 뛰어들지는 않았을 텐데. 아버지는 비슷한 말을 여러 군데 써 놓았다. 빠진 게 아니라 뛰어들었다고 했다. 그러니까, 어찌 되었건 아버지는 엄마의 마음을 낚지 못한 게 분명하다. 집요하게 추궁하는 엄마의 모습과 이어폰을 끼고 볼륨을 올리는 아버지의 모습이 오버랩된다. 시치미를 떼고 엄마를 낚시터까지 데리고 간 아버지도, 알면서도 따라간 엄마도 그날 오후에 일어날 일을 예상했을까. 현우는 이어폰을 낀 학생을 돌아본 뒤 버스에서 내린다.

심부름센터에서 온 사내는 커피숍에 들어오기가 무섭게 본론으로 들어가죠, 하더니 봉투를 내민다. 현우도 준비한 봉투를 건넨다. 사내가 금액을 확인하는 사이 현우는 봉투 속의 내용물을 확인한다. 몇 장의 사진과 연락처가 적힌 용지가 들어 있다. 현우는 봤던 사진을 보고 또 본다.

"어때요, 궁금증이 풀렸어요?"

일어설 기미를 보이며 사내가 말한다.

"정희, 얘는, 지금 일본에 있는데 어떻게……."

현우는 말을 잇지 못한다. 그녀가 맞다. 요란한 색조화장과 웨이브가 심한 펌 스타일의 머리, 가슴이 깊게 파인 시스루 드레스를 입은 모습이 낯설지만 분명히 그녀다.

"거기도 일본이에요."

현우가 고개를 든다.

"무슨 말이에요?"

사내가 손가락으로 다른 사진을 가리킨다. 버닝 도쿄. 사내가 짚은 건 화려한 네온 간판이다.

"이태원 어디쯤인데…… 불타는 도쿄, 화끈한 도쿄, 뭐 그런 뜻이겠네요. 주로 일본인들이 찾는 곳이죠."

사내는 노랗게 불이 들어온 부분을 가리킨다. ROOM이라고 쓰여 있다. 현우는 가슴이 먹먹해진다. 사내가 사건이라고 한 이유를 알 것 같다. 바람난 애인이나 마누라를 찾는 일쯤으로 여겼을 터이다. 사내는 다 된 것 같으니 그럼 이만, 하더니 잽싸게 사라진다.

현우는 탁자 위에 놓인 사진을 오래도록 들여다본다. 블랙홀, 그 것을 다른 말로 하면 구멍이다. 간신히 벗어난다 해도 당초의 궤도를 기대할 순 없겠지. 그 옛날 국어선생님이 들려준 말이 귓전에서 울린다. 혹시 선생님은 불가해한 운명에 대해 얘기하고 싶었던 건 아닐까. 현우는 천천히 자리에서 일어나 밖으로 나간다. 편의점에서 라이터를 산 뒤 근처 빌딩의 화장실로 들어간다. 문을 닫은 뒤 현우는 갖고 있던 사진을 모두 꺼낸다. 그리고 손에 집히는 대로 불을 붙인다. 한 장 또 한 장, 활활 타오를 때까지 기다렸다가 세면대에 떨어뜨린다. 사진이 다 탄 것을 확인한 현우는 수도꼭지를 돌린다. 잘게 부스러진 것들이 물에 둥둥 뜬다. 세면대에 물이 가득 차자 현우는 곧바로 마개를 연다. 재가 된 도쿄가, 까맣게 타 버린 정희가 가라앉는다. 아버지와 엄마, 기꺼이 구멍으로 발을 내디딘 국어선생님도, 한사코 구멍을 벗어나려 애쓰는 원장도 소용돌이를 일으키며 잠긴다. 순간, 구멍 속으로 뛰어들고 싶은 충동이 일어난다. 현우는 얼른 마개를 막고 화장실을 나온다. 등 뒤에서 꾸르륵, 빨려 들어가는 소리가 들린다. 현우는 출구를 향해 서둘러 걸음을 옮긴다.

빛과 빚

주소를 보니 지난주에 배달했던 원룸이다. 느낌이 좋다. 봉지에 넣을 치킨과 소스를 챙기다 말고 윤수는 뒤를 돌아본다. 기후가 슬 그머니 고개를 돌린다. 어쩐지 뒤통수가 따끔하더라니. 보나마나 무 전취식한 건달을 대하듯 흘겨보았을 터이다. 기후는 짐짓 태연한 얼 굴로 튀김기에서 꺼낸 닭고기를 탁탁 쳐 기름을 턴다.

"다녀오겠습니다."

윤수는 장부를 들여다보고 있는 오 여사를 향해 괜히 큰 소리로 말한다. 기후와 명주의 엄마인 오 여사는 명목상의 사장이다. 사장 보다는 오 여사라는 호칭을 선호하는 그녀는 명주가 일이 있는 날은 오늘처럼 잠깐 나와 카운터를 본다. 오 여사는 고개를 들더니 얼른 갔다 오라고 손짓을 한다. 스쿠터의 시동을 걸고 난 윤수는 불이 들어온 간판을 올려다본다. 포크를 든 닭이 윤수를 내려다본다. 지금 하는 일은 좀 어때, 하는 표정이다. 접속단자에 문제가 생겼는지 벼슬 부위가 간헐적으로 깜빡인다.

오후에 출근한 윤수에게 명주가 요구르트를 건네는 걸 본 뒤부터 기후의 표정은 눈에 띄게 굳어졌다. 윤수는 자식, 하며 쓴웃음을 짓는다. 윤수는 사거리를 지날 때 스쿠터의 상태가 조금 이상하다는 걸 감지한다. 배기음은 커지는데 속도는 점점 더 떨어진다. 내일 좀 일찍 출근해서 수리센터에 들러야겠다는 생각을 하며 아파트 단지로 진입한다. 현관으로 들어선 윤수는 헬멧부터 벗는다.

"어머, 또 보네요."

여자의 얼굴에서 반가움이 묻어난다.

"아, 네. 잘 계셨어요? 주문해 주셔서 고맙습니다."

수십 차례 연습한 표정으로 말한다. 여자와 눈을 맞추는 것도 잊지 않는다. 여자가 생긋 웃으며 고개를 끄덕인다. 윤수는 확신한다. 여자는 윤수가 배달을 맡고 있는 한 '한가득 치킨'의 단골이 될 것이다.

가게에서 조금 떨어진 문구점 앞에 정우가 있다. 정우는 저보다 큰 아이들 틈에 끼여 전자오락게임을 구경하고 있다. 정우는 명주의 여섯 살 된 아들이다. 스쿠터 소리를 들은 정우가 고개를 돌리더니 "삼촌." 하며 뛰어온다. 아이는 윤수를 친삼촌처럼 따른다. 아이를 안아 든 순간 가슴이 뻐근해진다. 윤수는 버릇처럼 고개를 젖혀 하늘을 본다.

윤수는 서둘러 속옷을 갈아입는다. 치킨 냄새가 밴 옷을 입고 갔다간 그녀, 김 실장에게 어떤 소리를 들을지 모른다. 김 실장은 머리가 빈 남자는 봐줄 수 있어도 행색이 추레한 남자는 절대 사양이라고 공공연히 밝힌 바 있다. 윤수는 감청색 슈트 안에 김 실장이 지난번에 사 준 와이셔츠를 받쳐 입는다. 그러고 보니 물방울무늬가 들어간 넥타이도 그녀가 사 준 것이다. 아무려나 김 실장은 보수가 가장 후한 고객이다. 그렇다고 그녀를 호구로 생각해선 안 된다. 아니 엄밀히 말해 호구는 이쪽이다. 김 실장에게 윤수는 하고많은 지렛대 중 하나일 뿐이다. 계약을 할 때 그녀는 부드럽지만 단호한 목소리로 그 점을 강조했다. “당신이 빛나는 건 좋아. 하지만 내가 그림자가 되어선 안 돼. 무슨 말인지 알지?” 윤수는 고개를 끄덕였다. 그러곤 씩 웃어 보였다. 사실 하나도 어렵지 않은 일이었다. 누군가를 위한 들러리는 윤수에게 가장 익숙한 역할이다. 그녀가 그런 말을 했을 때 잠깐이었지만 보육원 원장을 떠올렸다. “알겠니? 시장님이 뭘 물어도 웃으며 대답해야 해. 절대 허튼소리를 하거나 얼굴을 찡그려선 안 된다.” 윤수는 양쪽 손목에 에르메스를 살짝 뿌려 준다. 은은하면서도 묵직한 향이 치킨냄새를 몰아낸다. 치킨점에서 일을 하게 되면서 어쩔 수 없이 구입한 향수다. 파티가 열리는 홀로 들어서기 전 윤수는 김 실장이 보낸 문자를 한 번 더 확인한다. 수신날짜는 27일이다. 김 실장은 파티가 있기 일주일 전에 꼭 문자를 보낸다. 모임의 성격 정도는 알아 두라는 뜻이다. 그와 관련한 웹사이트의 주소를 첨부할 때도 있다. 와인을 홀짝이며 윤수는 음악에 귀 기울인

다. 애덤 리바인의 로스트 스타즈(Lost Stars). 영화 '비긴 어게인'의 주
제곡이다. 저 영화를 아마 세 번 이상 보았지. 윤수의 눈앞으로 영화
의 장면들이 멜로디에 실려 흘러간다. 남자에게 버림받은 여자의 표
정과 여자를 버린 남자의 후회하는 표정이 갈마든다. 윤수는 나직이
따라 부른다. 기억나는 가사는 두 소절뿐이다. '신이시여, 왜 젊음이
젊은이들에게 낭비되는지 말해 주세요.(God, tell us the reason youth is
wasted on the young.) 하지만 우리는 모두 어둠을 밝히려 노력하는 길
잃은 별인가요?(But are we all lost stars, trying to light up the dark?)'

　비긴 어게인. 나도 다시 시작할 수 있을까. 윤수는 와인 잔을 물
끄러미 바라본다. 레드와인은 정념을 뜻한다지. 윤수는 남은 와인을
단숨에 들이켠다.

　"김 실장과는 어떻게 알게 되었어요?"

　윤수에게 다가온 여자가 사뭇 도발적인 눈으로 묻는다. 윤수는 상
념에서 빠져나온다. 여자는 취기가 올랐는지 볼이 발그레하다. 윤수
가 홀에 들어서던 순간부터 반지빠르게 살피던 여자다. 윤수는 화장
실 쪽을 본다. 화장을 고치고 있는지 시간이 꽤 흘렀는데도 김 실장
은 나오지 않는다. 여자가 지나가던 웨이터를 불러 윤수에게 와인을
따르게 한다.

　"이해가 안 가. 김 실장 걔 뭐 볼 게 있다고."

　틀린 말도 아니다. 김 실장은 누가 봐도 추녀醜女의 범주에 속하는
여자다. 패션업계의 마돈나라는 수식어가 무색할 지경이다. "그러니
까 서포터가 필요한 거 아냐, 당신 같은." 김 실장이 취중에 한 말이

다. 여자가 건배를 제의한다. 불빛을 받은 와인은 한층 고혹적인 빛깔을 띤다. 그때 누군가 여자의 잔에 쨍, 소리 나게 잔을 부딪친다. 김 실장이다.

"우리 애인은 술이 약하다는 말, 전번에도 한 번 했었지? 취해서 정신 잃으면 네가 책임질 거야?"

여자는 입을 샐쭉거리더니 잔을 들고 자기 파트너가 있는 곳으로 간다. 김 실장이 잔을 들어 보인다. 자, 우리의 아름다운 나날을 위하여. 윤수도 잔을 든다. 그리고 속으로 말한다. 우리의 노예 계약을 위하여.

윤수는 벽시계를 본다. 문을 연 지 한 시간이 지났는데도 주문이 없다. 카운터 앞에서 기후는 아까부터 업종 변경 문제로 오 여사와 입씨름을 하고 있다. 오 여사의 목소리는 잘 들리지 않는다. 한눈에 보아도 기후는 꽤나 흥분한 기색이다. 윤수는 그저 곁눈으로 지켜볼 뿐이다. 창고를 개조한 휴게실에서 명주가 머리를 매만지며 나온다.

"정우는요?" 윤수의 물음에 명주는, "방금 잠들었어요," 하며 맞은편에 앉는다. 제 엄마에게 뭔가를 설명하고 있던 기후가 이쪽을 흘금거린다. 명주가 "점심은 먹었어요?" 하며 찐 고구마를 건넨다. 윤수는 기후가 보기 전에 얼른 받는다. 틈만 나면 먹을 걸 챙겨 주는 명주를 보며 윤수는 천성이 착한 여자라고 생각한다. 가게 안에서 맥주잔을 기울이는 동네 노인들에게 치킨 몇 도막을 서비스했다가, 다섯 살이나 어린 남동생에게 면박을 당하는 모습을 본 게 한두 번이 아니다.

"노인네들, 모처럼 쌈짓돈 풀어서 맥주 마시잖아."

기껏 한다는 변명이 그랬다. 노인장 넷이서 후라이드치킨 한 마리로 버티는 게 궁상스러워 보인다는 말인데 어쨌거나 그건 불에 기름을 붓는 격이었다.

"그럼, 우린 뭐 먹고 살고? 아니, 여기가 자선사업하는 데야?"

눈에 쌍심지를 켠 동생의 말에 명주는 어물쩍거리다가 비시시 웃는 게 고작이었다. 명주가 그렇게 나오면 기후는 잠깐 씩씩거리다가 제풀에 까라지기 마련이었다.

명주는 서른여섯이다. 윤수보다 세 살이 많다. 그러니 기후는 윤수보다 두 살 아래다. 그런데도 기후는 윤수를 '어이 거기.' 라고 부른다. 오 여사나 명주가 주의를 주지만 소귀에 경 읽기다.

"격일제라고는 하지만, 계속 여기서 일할 거예요? 알바비도 제때 못 받으면서?"

또 그 소리다. 언제나처럼 추궁하듯 묻는다.

"경험을 쌓기 위해 일하는 거라고 했잖아요. 제 꿈이 근사한 치킨점을 여는 거라니까요. 잘 되면 공장도 짓고 분점도 내고요."

윤수는 부러 덤덤하게 말한다. 명주는 여전히 께름하다는 표정이다. 첫날부터 그랬다. "어머, 정말 잘생겼다." 윤수를 보자마자 그 말을 던지곤 이내 맡은 역을 체험해 보기 위해 위장취업하려는 배우가 아니냐고 했다. "상상력이 풍부한 분이군요." 윤수가 가볍게 응수하자, "제가 좀 심했죠?" 하면서도 고개를 갸웃거렸다. 어지간히 분별

력을 갖춘 여자로 보였다. 그러나 기후의 평가는 전혀 달랐다. 기후가 보기에 누나는 나이만 먹었지 세상물정을 전혀 모르는 여자였다. 정우 아빠 같은 남자와 결혼한 걸 보면 알 수 있지 않느냐고 했다.

"근데 그 목걸이 어디서 산 거예요? 오래된 주화처럼 생겼네."

윤수는 셔츠 밖으로 나온 팬던트를 확인한다.

"아뇨. 직접 만든 거예요."

명주가 상체를 숙여 팬던트를 살핀다. 청동으로 만들어진 메달인데 윤수가 구멍을 뚫어 목걸이로 만들었다. 명주가 미간을 모은다. 윤수는 팬던트를 명주의 눈 앞으로 가져간다. 문양을 확인한 명주가 놀란 표정을 짓는다.

"독수리 같기도 하고 매 같기도 하네. 줄은 은이예요?"

"의료용 스테인리스예요. 변형이나 변색이 없고 인체에도 무해하다고 해서."

명주가 고개를 끄덕이며 "참 특이하게 생겼네." 한다. '특이한 사연이 깃든 목걸이지요.' 윤수는 속으로 중얼거린다.

"어이 거기, 이거 좀 거들지."

기후가 볼멘소리로 윤수를 부른다. 기후는 윤수에게 파우더가 그득한 통을 가리킨다. 윤수는 얼른 가서 물과 파우더를 섞어 반죽을 만든다.

"물이 너무 많잖아."

기후가 짜증을 내며 치킨 맛은 파우더의 배합과 적절한 버무림에 있다는 말을 되풀이한다. 직접 하던 일을 웬일로 맡기나 싶다가 짚이는 게 있어 웃고 만다. 윤수는 비닐장갑을 낀 뒤 치킨 조각을 파우더로 버무리기 시작한다. 작업이 끝나기 무섭게 기후는 튀김가루가 든 통을 내민다.

"이걸 다 튀기려고?"

윤수의 말에 기후가 입을 비죽거린다.

"종업원 주제에 참 말이 많네."

윤수는 어깨를 으쓱해 보이곤 통을 끌어당긴다.

팀장이 다가와 윤수에게 눈치를 준다. "아, 네." 윤수는 얼른 자리에서 일어나 통로 반대편 자리로 옮긴다. 하객의 수도 균형을 맞춰야 하는 것이다. 단 위에 올라간 신랑이 내빈석을 향해 돌아선다. 웨딩마치가 울리고 신부가 입장한다. 윤수는 신부의 모습에 감탄한다. 하긴 웨딩드레스를 입은 신부는 누구 할 것 없이 모두 아름답다. 여자들에겐 이 순간이 생의 절정일지도 모른다. 돌연 성애 얼굴이 떠오른다. 윤수는 고개를 흔든 뒤 심호흡을 한다. 웨딩마치에 맞춰 신부가 천천히 단상으로 향한다. 도열해 있던 청년들이 폭죽을 터뜨린다. 윤수는 자리에서 일어나지 않는다. 윤수의 역할은 따로 있다. 신랑이 축가를 부를 때 몇몇 알바생과 함께 신부의 주위를 돌며 꽃을 뿌려야 한다. 꽃을 뿌리는 꽃미남. 이벤트 담당자는 그렇게 말하며 엄지손가락을 치켜세웠었다. 신랑 신부가 나란히 서고 곧이어 주례사가 시작된다. 주례를 맡은 풍채 좋은 노신사 역시 대행업체에서 파견한 사람이다. 윤수는 새삼 하객들을 둘러본다. 겉모습만 봐서는 급조된 하객이 누군지 알 수 없다.

"같은 직장이세요?"

사진촬영을 위해 신랑 신부의 지인들이 단상으로 몰렸다. 옆자리에 선 여자가 신랑 이름을 대며 말을 건다. 신부 측 하객석 맨 앞줄에 앉았던 여자다. 여자들의 관심에도 이젠 별다른 감흥이 없다. 윤수는 그러나 웃음 띤 얼굴로 대답한다.

"아뇨, 대학 동창이에요."

여자가 뭘 더 물으려는 순간 사진기사가 "여길 보세요." 하며 팔을 쳐든다.

"식당은 저쪽이에요."

여자가 생글거리며 뷔페라고 적힌 안내표지를 가리킨다. 여자에게 식권을 받지 못했다는 말을 할 필요는 없다.

"바쁜 일이 있어서 바로 가야겠네요."

고개를 숙여 보이곤 서둘러 엘리베이터를 탄다.

전동차가 강을 건너고 있다. 윤수는 차창에 이마를 대고 강물을 바라본다. 반짝거리는 햇빛 조각들이 웨딩드레스에 붙은 모조보석을 연상케 한다. 언젠가 함께 걷던 성애를 놓친 적이 있었다. 그녀는 불빛이 환한 쇼윈도 앞에 서 있었다. 웨딩드레스 대여점이었다. "정말 예쁘다." 그녀는 그 말을 되풀이했다. 그것은 윤수가 맨 처음 그녀를 보았을 때 되뇌던 말이었다. 그녀는 보육원에 자원봉사를 하러 온 학생이었다. 그녀는 윤수가 그 보육원의 원생이라는 것은 물론 같은 학교, 같은 학년이라는 것도 몰랐다. 그렇게 시작된 인연이

9년째 이어지고 있었다. 그때만 해도 윤수는 성애와의 결혼을 의심치 않았다. 성애 부모의 반대는 이미 예상한 터였다. "얼굴이 밥 먹여 주진 않지." 그를 따로 불러 만난 자리에서 그녀의 아버지는 무슨 말 끝엔가 그렇게 말했다. 급기야 "얼굴 하나 빼곤 아무짝에도 쓸모없는 녀석 아냐." 빈 깡통을 걷어차듯 무심한 얼굴로 그런 말까지 했다. '쓸모없는 녀석을 위해 목숨을 버린 사람이 있다는 사실을 아시는지.' 윤수는 아랫입술을 깨물었다. 하긴 그의 말이 영 틀린 말은 아니었다. 차라리 아기를 가지면 어떻겠느냐는 성애의 말을 좇아 콘돔을 버렸지만 기대했던 일은 일어나지 않았다. 성애와 함께 찾아간 병원의 의사는 윤수에게 정밀검사를 받아볼 것을 권했다.

다음 역을 확인한 윤수는 휴대폰을 꺼내 일정을 검색한다. 오늘은 화요일, 가게에 나가지 않는 날이다. 밤늦게까지 일정이 빼곡하다. 신랑 친구 역할도 한 번 더 남았다. 하객석을 채워 줄 만한 친구가 없는 사람이 의외로 많다. 초저녁에 애인 역할이 한 번 있는데 김 실장과는 다른 경우다. 파파라치처럼 쫓아다니는 남자를 떼낼 요량으로 의뢰한 여자다. 그리고 밤에 두 건이 더 있다. 한 건은 내기 당구 파트너, 또 한 건은 역시 애인 역할이다. 대부분 여자와 엮이는 일이다. 사장은 윤수를 킹카라 부른다. 보증수표라 부를 때도 있다. 윤수를 만난 여자들은 배우를 해 보지 그래요, 약속이나 한 듯 그 말을 꺼낸다. 그때마다 윤수는 적성에 맞지 않는다고 비껴갔지만 사실 그는 연극배우 오디션에 세 번이나 지원한 이력이 있다. 문제는 조명이었다. 웬일인지 조명이 켜지면 대사가 하얗게 지워지고 말았다.

조명이 없는 곳에서는 거짓말처럼 대사가 떠올랐다. 윤수를 위해 어둠과 조명이 나오는 장면을 생략하지 않는 한 연극은 완성될 수 없을 터였다. 윤수는 결국 배우에 대한 미련을 버렸다.

윤수는 회사에 감기몸살이 와서 오늘은 쉬고 싶다는 메시지를 보냈다. 요 며칠 치킨 배달을 무리하게 한 탓일지도 모른다. 그때 아기를 안은 여자가 윤수 앞에 선다. 윤수는 선뜻 자리를 양보한다. 아기는 여자의 품에서 곤하게 자고 있다. 아기가 생겼으면 행로가 달라졌을까. 윤수는 아기의 얼굴을 보며 자신에게 묻는다. 의사는 윤수에게 검사결과가 적힌 종이를 건네며 불행하게도 비폐쇄성 무정자증이라고 했다. 그러니까 고환 자체에 문제가 있어 정자를 생산하지 못한다는 것이었다. 치료방법을 묻는 윤수에게 의사는 천천히 고개를 저었다. 방법이 전혀 없느냐고 따지듯 묻는 성애를 물끄러미 바라보던 의사는 정자은행을 통해 비배우자의 정자를 제공받는 수밖에 없다고 했다. 윤수와 성애는 동시에 서로의 얼굴을 쳐다보았다. "물론 체외수정이라는 단계를 거쳐야 하는데……." 의사가 부가적인 설명을 하려는 걸 윤수가 제지했다.

계단을 오르던 윤수는 걸음을 멈춘다. 아기 울음소리가 들렸기 때문이다. 사방을 둘러보지만 아무도 없다. 다시 걸음을 떼던 윤수는 걸음을 멈추고 귀를 기울인다. 자세히 들으니 고양이 울음소리다. 소리는 끊어질 듯 이어진다. 윤수는 계단을 내려가 주위를 살핀다. 골목은 흐릿한 외등 불빛에 간신히 윤곽을 드러내고 있다. 시계를 본다. 자정을 넘긴 시각이다. 다시 소리가 들린다. 지하 보일러실에 달린 채광창 쪽이다. 윤수는 채광창에 덧대어 있는 알루미늄 섀시 사이로 휴대폰 플래시를 비춘다. 배관과 인접해 있는 경계 턱 위에서 고양이 한 마리가 윤수를 빤히 올려다본다. 곧 떨어질 듯 위태롭게 서 있다. 그곳은 채광창으로는 들어갈 수 없는 공간이다. 보일러실과 바깥을 구분 짓는 완충지대인 셈인데 고양이가 어떻게 거기에 있는지 이해할 수 없다. 고양이는 덫에 갇힌 모양새다. 윤수는 망설이다가 그냥 그 자리를 떠난다. 어떻게 해 줄 수 없다는 걸 알기 때문이다.

옥탑방에서 내려다본 동네는 드문드문 불빛이 보일 뿐 어둠에 잠겨 있다. 고양이 생각이 난다. 다시 내려갈까 하다가 참는다. 보일러실 열쇠도 없고 채광창을 뜯을 장비도 없다. 있다고 한들 주인 허락 없이 함부로 들어가거나 채광창을 뜯을 수는 없다. 꼬마전구처럼 빛을 발하던 고양이의 눈이 떠오른다. 고양이와 달리 그날 윤수는 눈을 뜰 수가 없었다. 일곱 살이 된 지 꼭 일주일째 되는 날이었다. 헬리콥터에서 뻗어 나온 서치라이트 불빛은 이를테면 빛의 창이었다. 창에 눈을 찔린 왜소한 꼬마는 눈을 질끈 감은 채 고개를 떨어트렸다.

아침부터 살살 배가 아팠다. 할머니가 바늘로 손을 땄지만 소용없었다. 몇 번을 토한 끝에 윤수는 기진해서 쓰러졌다. 스무 가구 남짓되는 섬마을에 병원이 있을 리 없었다. 해양경찰 헬리콥터가 온다는 전갈을 받은 할머니는 곧바로 어촌계장을 앞세워 선착장으로 나갔다. 바람이 점점 거세지고 있었다. 어선들도 대부분 조업을 중단하고 돌아왔다.

"이런 날씨에 헬기가 올 수 있으려나."

어촌계장은 어둑해지는 하늘을 보며 중얼거렸다. 할머니는 어촌
계장의 등에 업힌 윤수의 엉덩이를 토닥이며 뜻 모를 말을 되뇌고
있었다. 그때 누군가가 외쳤다.

"헬리콥터다."

할머니의 채근에 게슴츠레 눈을 뜬 윤수는 허공에서 춤을 추는 빛
의 줄기를 보았다. 강렬한 빛줄기가 윤수의 눈을 찌르고 지나갔다.
투타타, 하고 이어지는 프로펠러 소리와 어선에서 펄럭이는 깃발 소
리가 귀청을 난타했다.

윤수는 고개를 들어 사위를 둘러본다. 작은 불빛들이 흩뿌려진 가
운데 유난히 큰 불빛 하나가 시선을 끈다. 십자가다. 첨탑 위에 세
워진 붉은 십자가는 작은 불빛들을 압도한다. 그러고 보니 십자가는
그것만이 아니다. 문득 생각 난 듯 윤수는 스탠드옷걸이에 걸려 있
는 묵주를 가져온다. 거기에도 십자가가 달려 있다. 할머니의 유품
중 유일하게 남아 있는 것이다. 사고를 겪은 이래 할머니의 손에는
늘 묵주가 들려 있었다. 몸의 일부처럼 보였다. 윤수는 가만히 묵주
를 쓰다듬다가 코로 가져간다. 그리고 천천히 들이마신다. 할머니의
체취는 더 이상 맡아지지 않는다.

야오옹. 또다시 고양이 울음 소리가 들린다. 윤수는 계단을 내려
가 보일러실 앞에 선다. 손잡이를 돌려보지만 꿈쩍도 하지 않는다.
휴대폰 플래시를 켜고 채광창으로 간다. 없다. 윤수는 귀를 기울인

다. 울음소리가 가늘게 들려온다. 어디 아픈가? 허리를 펴고 주위를 둘러본다. 보이지 않는다. 윤수는 불빛을 이리저리 비춰 본다. 불빛이 또 하나의 포획망이라고 여기는 걸까. 고양이는 끝내 나타나지 않는다.

전화를 받는 명주의 표정이 심상찮다. 입술을 지그시 깨물며 감정을 억누르고 있다.

"찾아오겠다고? 맘대로 해요, 그런다고 달라질 건 없어."

명주가 거칠게 수화기를 내려놓는다. 그런 명주를 보며 기후가 씩씩거린다. 전화 상대가 누군지 아는 눈치다.

"미친놈, 아직도 정신 못 차리고."

윤수는 슬그머니 자리에서 일어나 밖으로 나간다. 남매간에 할 얘기가 있을지도 모른다. 명주가 카운터를 맡은 뒤부터 저런 전화를 받는 횟수가 늘었다. "콧구멍만 한 가게에서 나올 돈이 어디 있다고 자꾸……, 그러기로 하고 통장까지 줬는데 이제와서." 따위의 말은 노상 듣는 말이고 "그 여자한테 가서 손 벌리지 왜 나한테." 라거나 "경찰에 신고할 거야." 같은 건 최근에 생긴 말이다. 이혼한 남편인 것 같은데 확실치는 않다. 물어보기도 뭣하다. 그나저나 명주의 얼굴에서 웃음기가 사라지는 게 무엇보다 아쉽다.

윤수는 출입문 가까운 곳에 있는 플라스틱 의자에 가서 앉는다. 천천히 심호흡을 하며 거리 풍경을 본다. 백 미터가 채 안되는 거리에 치킨점이 여섯 개다. 기후는 갈빗집으로 전환하자고 오 여사를 조르고 있지만 오 여사는 꿈쩍도 안 한다. 닭고기도 팔지 못하는 주제에 돼지고기, 소고기는 팔 수 있겠니. 게다가 대출받은 거 아직 반도 못 갚은 주제에. 오 여사가 매번 기후에게 내놓는 답변이다. 윤수는 내심 오 여사의 입장을 두둔했지만 밖으로 표현하지는 않는다.

12시 30분. 영업을 마칠 시각이다. 그때까지 여섯 마리를 배달한 게 전부다. 기후가 비틀거리며 자리에서 일어나더니 밖으로 나간다. 윤수는 눈으로 무슨 일이냐고 명주에게 묻는다. "저만 속이 상하나." 명주가 대답 대신 그 말을 뱉으며 식재료를 정리한다. 기후가 앉았던 테이블엔 먹다 남은 치킨과 빈 소주병이 있다.

"윤수 씨, 우리도 한잔해요."

윤수의 대답을 듣지도 않고 명주는 가게 셔터를 내리고 온다. 그러곤 냉장고에서 꺼내 온 맥주를 빈 테이블에 올린다. 정우 때문에 영업을 마치기 무섭게 집으로 달려가던 여자가 그렇게 나오니 말릴 수도 없다. 테이블은 달랑 두 개뿐이다. 배달 위주의 영업을 할 수밖에 없는 구조다. 돈을 벌어서 홀이 넓은 곳으로 옮기려 했지만 보다시피, 명주는 턱으로 길 건너 치킨점을 가리키곤 했다. 두 달 전에 새로 생긴 프랜차이즈 치킨점이다. 홀 크기가 이쪽과는 비교할 수 없을 정도로 넓은 데다 서빙을 하는 종업원이 세 명이나 된다. 그것도 하나같이 젊고 예쁜 아가씨들이다. 누가 봐도 경쟁이 안 되는 상황이다.

취기가 오르는지 명주는 말이 많아진다. 윤수가 묻기도 전에 전화 상대가 헤어진 남편이라고 털어놓는다. 경마도박에 빠진 데다 알코

올 중독이라고 했다. 잠시 망설이더니 시도 때도 없이 돈을 요구한다는 말을 덧붙인다.

"아빠가 살아 계셨으면 저치, 뼈도 못 추렸을 거예요."

윤수는 명주가 채워 준 맥주를 천천히 들이켠다.

"무서운 분이셨던 모양이군요."

"아뇨, 엄격하면서도 자상한 분이셨죠."

명주는 한 손으로 턱을 괸다. 명주의 시선이 윤수의 목걸이에 머문다.

"해군에서 헬기를 몰다 전역한 뒤 경찰청 소속 헬기조종사가 되었는데 어떤 섬으로 응급환자를 태우러 갔다가 그만⋯⋯."

명주는 말을 잇지 못하고 창밖을 본다. 윤수의 머릿속에 서치라이트가 켜진다. 바람이 울부짖는 소리가 들린다. 윤수의 머리 위를 선회하던 헬기는 무슨 이유에서인지 갑자기 꼬리날개가 멎었다. 헬기가 빙글빙글 돌자 서치라이트 불빛도 제멋대로 춤추기 시작했다. 잠시 윤수를 안고 앉아 있던 할머니는 황급히 윤수를 업고 자리를 피했다. 할머니와 윤수가 공터를 떠난 지 일 분도 안되어 헬기가 추락했다. 추락한 헬기에서 솟구친 불길이 해안으로 밀려오는 파도를 벌겋게 물들였다.

병원에서 퇴원한 윤수가 간 곳은 집이 아니라 선착장 인근의 공터였다. 육지에서 온 사람들이 뒷수습을 했다고 했다. 헬기의 잔해가 그을린 자국과 함께 그때까지도 남아 있었다.

"아, 아파 할머니!"

할머니가 윤수를 잡은 손에 힘을 주고 있었다. 달아난 윤수를 부를 생각도 않고 할머니는 오래도록 바다 저편을 바라보았다. 윤수는 어구 밑에서 낯선 물건을 발견했다. 오백 원짜리 동전보다 약간 큰 메달이었다. 한참 동안 그것을 들여다보던 할머니의 입에서 바람 빠지는 소리가 새어 나왔다.

"비행기에서 떨어진 게로구나."

윤수는 더 바빠졌다. 다른 아르바이트는 모두 접어야 할 판이다. 기후가 오토바이 사고를 냈다. 다행히 목숨은 건졌지만 갈비뼈가 왕창 나갔다. 서너 달은 입원해야 한다고 했다. 하필이면 주문량이 늘고 있는 시점에 그런 일이 생겼다. 윤수는 배달을 하는 틈틈이 조리도 해야 했다. 사고는 기후가 가게를 박차고 나가던 그날 밤에 일어났다. 가게에서 멀지 않은 곳이었다. 오토바이가 갑자기 시동이 꺼졌다고 했다. 어쩌면 그게 다행일지도 모른다고 명주가 말했다. 윤수가 빤히 쳐다보자, "술을 그렇게나 마시고 더 달렸으면 어떻게 되었겠어요?" 했다. 윤수는 고개를 끄덕였다. 윤수는 회사에 전화를 걸어 개인적인 사정으로 당분간 쉬겠다고 했다. 소식이 전해졌는지 김 실장에게서도 더는 연락이 오지 않았다.

배달을 끝낸 윤수는 계단을 통해 서너 층 더 올라간다. 철제문의 빗장에 걸려 있는 자물쇠는 조금만 힘을 줘도 풀린다. 손바닥에 거무스름한 녹 가루가 묻어난다. 윤수는 손을 턴 뒤 문을 열고 옥상으로 나간다. 윤수는 난간을 잡고 야경을 둘러본다. 말 그대로 불야성이다. 윤수의 눈이 사통팔달의 도로를 더듬는다. 빛의 행렬이 끊임없이 이어지는 도로는 마치 유기생명체 같다. 빛, 하고 윤수는 가만히 발음해 본다. 눈을 들어 이번엔 빛과 어둠의 경계 지점을 찾는다. 그러나 도시를 에워싸고 있는 산은 보이지 않는다. 아주 오래전 이와 비슷한 장소에 선 적이 있었다. 성애 아버지를 만난 그날이었던가. 그럴지도 모른다. "최종학력이 고졸이더군." 아직도 생생히 기억하는 목소리다. 'H대학 영문과에 합격했지만 등록금이 없어 포기했습니다. 돈을 모은 뒤 다시 도전할 생각입니다.' 윤수가 입속에서 굴리다 삼킨 말이었다. 하긴 대학을 다녔어도 마찬가지였을 것이다. 그날 그가 윤수를 부른 목적은 딸에게서 전망부재의 놈팡이를 떼어놓으려는 것 이상도 이하도 아니었다. 며칠 뒤 윤수는 그녀에게서 문자 메시지를 받았다. 간단했다. 아버지의 반대를 더 이상 꺾기 힘들다는 것이었다. 윤수는 그녀의 마음을 꺾지 않기로 했다. 보육원에서 배운 게 있는데 안 되는 것은 어떻게 해도 안 된다는 것이었다. 발버둥치면 칠수록 이쪽의 상처만 깊어질 뿐이었다. 덫의 원리였다. 그날 밤, 다리 난간에 올라서려는 순간 할머니가 말을 걸어왔다.

"내가 했던 말, 벌써 잊은 게로구나."

"무슨…… 말을요?"

"정말 잊은 게냐?"

윤수는 난간에 몸을 기댄 채 할머니가 했던 말을 더듬어 보았다. 넝쿨처럼 뻗어 가던 할머니의 말은 어느 순간 같은 곳에서 맴돌고 있었다.

"저는 그럴 힘이 없어요. 자신 없어요, 할머니."

"잊으면 안 된다. 할미가 한 말."

"장사가 잘 되니 힘든 줄 모르겠네요."

명주가 윤수를 보며 웃는다.

"그러게요."

윤수는 주문서를 보며 맞장구친다. 명주가 웃는 모습을 보니 덩달아 푸근해진다.

"이게 다 윤수 씨 덕분이에요. 정말 고마워요."

그러면서 명주는 이번 달부터 알바비가 아니라 정식직원에 준하는 월급을 지급하겠다고 한다. 윤수가 손사래를 치자 엄마와 의논한 끝에 내린 결론이라며 만약 거부하면 해고하겠다고 협박 아닌 협박을 한다.

매상액이 가파르게 오르고 있다. 윤수가 제안한 이른바 박리다매식 전략이 주효했다고 명주가 말했다. 쿠폰을 열 장 모으면 치킨 한 마리를 서비스하는데 소형 닭을 쓰는 타 업체와 달리 육질이 좋은 10호 닭을 썼다. 게다가 생일을 맞은 고객에겐 특별할인 혜택을 제공했고 기름의 신선도를 최상으로 유지했다. 광고지와 배달봉투의 절반을 가족 모두가 즐길 수 있는 그림유머로 채운 것도 기대 이상의 효과를 가져왔다. 윤수의 굵직한 바리톤 음성과 예의 영화배우 뺨치는 외모가 그 모든 서비스의 완성도를 높였다.

"윤수 씨가 원하면 배달하는 알바생을 한 명 쓸 수도 있어요."

그러니까 배달 일에서 손 떼고 전적으로 조리만 하지 않겠느냐는 제의다.

"생각해 보죠."

윤수는 그 말을 하곤 명주의 얼굴을 쳐다본다.

"왜 그렇게 봐요. 사람 무안하게."

명주가 윤수의 팔을 가볍게 친다. 윤수가 잽싸게 명주의 팔을 잡는다. 빼려고 하면 할수록 더 세게 잡는다. 팔을 빼던 동작을 멈추고 명주가 고개를 든다. 윤수의 시선을 피하지 않는다.

할머니는 한 손으로 윤수의 손을 그러쥐고 있었다. 앓아누운 사람이 맞나 싶을 정도의 강한 악력이었다. 윤수는 할머니를 부르며 울먹였다. 할머니의 입술이 달싹거리고 있었다.

"너한테 하시는 말씀이다."

이웃집 아주머니가 한마디 하고는 슬그머니 일어나 밖으로 나갔다. 밖에서 두런거리는 소리가 들렸다. 할머니가 나머지 한 손으로 이불 밑을 더듬고 있었다.

"할머니, 뭐 찾아?"

할머니의 손에 잡혀 있는 윤수의 손에 힘이 들어갔다. 할머니가 윤수의 손에 묵주를 쥐어주곤 손을 놓았다. 가쁜 숨을 몰아쉬던 할머니가 입을 벙긋거렸다. 윤수는 손등으로 눈가를 훔치곤 할머니의 입 가까이에 귀를 가져갔다. 할머니의 호흡이 거칠어지고 있었다.

"뭘 갚아야 한다고? 할머니, 한 번만 더 말해 봐."

윤수의 목소리가 높아졌다.

할머니는 크게 한 번 숨을 들이켰다. 그러곤 쥐어짜듯 한 마디를 내뱉었다. 그게 끝이었다. 방 안은 이내 정적에 싸였다. 윤수는 할머니가 쥐어준 묵주를 든 채 망연히 앉아 있었다. 방에 들어온 아주머니가 윤수의 머리를 쓰다듬으며 에구 불쌍한. 그 말을 반복했다. 얼마나 시간이 흘렀을까. 아주머니가 윤수의 어깨를 토닥이며 말했다.

"할머니께 마지막 인사를 하렴."

윤수는 휑한 눈으로 할머니의 얼굴을 내려다보았다. 창을 통해 들어온 빛이 할머니의 얼굴에서 어룽거렸다. 주름살이 그렇게 깊은 줄 몰랐다는 듯 윤수는 할머니의 얼굴을 더듬었다. 한참 동안 할머니의 얼굴을 더듬던 손이 멎었다. 윤수의 입에서 울음이 터져 나왔다.

윤수는 명주가 팔짱을 끼는 것을 내버려둔다. 둘이서 맥주 일곱 병을 비웠다. 딱히 취기 때문만은 아닌 성싶다. 명주의 체온이 전해지자 윤수의 가슴에 잔잔한 파문이 인다. 오랫동안 잊고 있었던 감정이다. 골목 끝에서 둘은 키스를 한다. 명주는 두 손으로 윤수의 허리를 껴안은 채 윤수의 얼굴을 올려다본다. 어리광을 부려도 될 것 같은 이 느낌은 뭘까. 짧은 순간 아빠의 얼굴이 스친다. 아무리 힘든 일이 있어도 등을 내주시던 아빠.

사고 소식을 듣고 현장으로 가는 동안 엄마는 잠시도 묵주를 손에서 놓지 않았다. 그런 묵주를 아이 할머니에게 주었다고 한 엄마를 이해할 수 없었다.

"할머니와 그 아이 때문에 아빠가 죽었잖아."

흐느끼는 명주를 안으며 엄마가 말했다.

"모든 게 하느님의 뜻이다. 내가 그런 일을 당했다면 아빠 역시 그러셨을 거야."

"몰라, 몰라."

머리를 흔드는 명주를 바라보던 엄마가 길게 한숨을 내쉬었다.

"아빠는 육신을 잃었지만 그 할머닌 영혼을 잃었단다. 얘야, 너도 보지 않았니, 그게 산 사람의 얼굴이던?"

두 손을 모아 싹싹 빌며 머리를 조아리던 할머니의 모습이 생각났다. 할머니의 얼굴은 아닌 게 아니라 온기가 빠져나간 강시의 얼굴 같았다. 섬을 떠날 때 할머니는 아이의 손을 잡고 다시 나타났다. 할머니는 허리를 깊이 숙인 채 연신 손바닥을 비볐다. 아이의 추레한 모습이 명주의 눈에 들어왔다. 아이는 할머니의 치맛자락을 움켜쥔 채 침묵으로 일관했다. 배에 오르기 전 명주는 뒤를 돌아보았다. 아이와 눈이 마주쳤다. 명주의 시선이 아이의 눈 아래로 향했다. 아이의 아랫입술이 노을처럼 빨갛게 물들어 있었다.

서성거리던 사내가 이쪽으로 고개를 돌린다. 명주네 식구가 세 들어 사는 집 앞이다. 외등이 멀어서 얼굴은 명확하지 않다. 명주가 팔을 풀고 걸음을 멈춘다.

"왜, 아는 사람이에요?"

윤수가 물어도 말없이 사내를 응시한다.

"이럴려고 이혼하자 했지? 애까지 팽개치고 밤늦게 싸돌아다니는 걸 보면 알아."

사내가 비틀거리며 다가온다. "찾아오겠다고? 맘대로 해요, 그런다고 달라질 건 없어." 명주가 했던 말이 상기된다. 윤수가 명주를 본다. 명주가 "그냥 가세요." 하며 윤수를 떠민다.

"나하고 얘기 좀 하지."

사내가 명주의 팔을 붙잡는다.

"놔, 더 이상 얘기할 거 없어."

명주가 뿌리친다.

"이게."

사내가 명주의 뺨을 후려친다. 철썩, 하는 소리와 함께 명주의 머리가 돌아간다. 윤수는 아랫입술을 깨문다.

"이것 보세요."

윤수는 사내의 팔을 잡는다. 사내의 입에서 술 냄새가 훅 끼친다. 충혈된 눈을 본 윤수는 흠칫한다.

"윤수 씨, 그러지 말고 얼른 가요."

명주가 윤수의 팔을 잡고 왔던 길로 끈다.

"이년이 이제 보니 완전히 빠졌군."

"무시하고 얼른요."

"무시하고?"

윤수의 눈에 번쩍 치켜든 손이 들어온다. 손에 뭔가 들려 있다. 사내가 명주를 내리침과 동시에 윤수가 명주를 감싼다. 퍽, 소리와 함께 윤수가 명주의 몸에서 미끄러진다. 땅바닥에 쓰러진 윤수의 머리에서 피가 흐른다. 명주가 두 손으로 입을 막는다.

윤수는 말을 하고 싶은데 입이 열리지 않는다. 눈앞이 밝아졌다 어두워졌다 한다. 그에 맞춰 의식도 깜박거린다. 눈에 익은 얼굴이 어른거리더니 이내 연기처럼 흩어진다. 압박감이 엄습한다. 얼굴을 덮은 게 산소호흡기라는 걸 윤수는 모른다. 뭔가가 팔랑거리며 지나간다. 저게 뭘까. 나는 지금 어디에 와 있는 거지. 몸이 둥둥 떠오르다 갑자기 추락한다. 멀리서 할머니가 부르는 소리가 들린다. '할머니, 나 여기 있어.' 소리를 질러 보지만 할머니의 모습은 보이지 않는다.

"윤수 씨, 제 말 들려요? 이제 곧 수술실로 들어갈 거예요. 수술 끝날 때까지 제가 밖에서 기다릴 거예요. 아셨죠?"

목소리 변조기에서 들려오는 소리처럼 웅웅거린다. 윤수는 눈을 최대한 크게 뜨고 소리 나는 곳을 본다. 명주가 여기 있어요, 하며 윤수의 손을 잡는다. 명주의 손 안에서 손가락이 고물거린다.

"이제 들어갈 시간이에요."

간호사가 명주에게 가볍게 목례를 한 뒤 이동침대를 밀고 간다.

"잠깐만요."

간호사가 돌아보자 명주는 "아, 아니에요." 고개를 젓는다.

명주는 그 자리에 서서 닫힌 문을 바라본다. 문이 다시는 열릴 것 같지 않은 느낌에 사로잡힌다. 명주는 벽에 붙어 있는 벤치에 가서 앉는다. 툭, 하고 떨어지는 소리가 난다. 명주는 바닥에 떨어진 것을 집어 든다. 윤수의 목걸이다. 간호사가 건넨 봉투에 들어 있던 것이다. 한참을 목걸이를 들여다보던 명주는 복도 끝에 있는 창가로 간다. 뭔가를 간신히 참는다는 표정으로 하늘을 본다.

빛이다. 윤수는 눈을 뜨지 못한다. 언젠가 보았던 그 빛보다 훨씬 강렬하다. 마취약이 들어갑니다. 하나, 둘. 셋……

의식이 가물거리는 가운데 어디선가 할머니의 목소리가 들려온다.

"나중에 크면 꼭 찾아가서 빚을 갚아야 한다."

조종사 둘 중 한 사람의 가족은 외국으로 이민을 가고 없었다. 나머지 한 가족을 찾는 데도 꽤 많은 시간이 걸렸다. 나름대로 최선을 다했다는 걸 할머니도 알아야 한다. 윤수는 할머니를 부른다. 할머니의 얼굴은 간유리 저쪽에 있는 것처럼 어룽거린다. 할머니가 숨을 거두기 직전 내뱉은 말이 윤수의 의식에 마침표처럼 찍힌다.

빛.

윤수의 눈꺼풀을 통과한 빛은 윤수의 머릿속으로 스민다. 윤수는 빛의 바다에서 유영한다. 언젠가 보았던 마구 춤추던 빛과 달리 이 것은 고요히 흐르는 물 흐름을 닮았다. 윤수는 빛의 흐름에 몸을 맡긴다.

2172 리바이어던

우리 시민이 평화와 안전을 향유할 수 있는 것은 불멸의 영원한 신 하나님 아래에서 우리를 통치하는 유한한 신, 곧 리바이어던 덕분이다.　　　　　　　　　　　　　　　　　　　　　ㅡ홉스

미주가 밭은기침을 하는 윤에게 다가앉는다.

"내가, 괴물처럼 보이지 않아? 역겹지 않아?"

윤의 목소리는 탁하게 갈라져 나온다. 미주는 대답 대신 윤의 어깨를 가볍게 두드린다. 윤의 짓무른 얼굴에 잠깐 빛이 머물다 간다. 미주는 흘깃 창밖을 본다.

'당신과 산 지 3년이 채 되지 않았어. 그리고 젠장, 당신 나이가 이제 겨우 서른한 살이라는 사실이 유감일 뿐이야.'

미주가 창밖으로 던진 시선을 거둔다. 윤이 자꾸만 무엇을 쥐려는 동작을 취한다.

"왜 그래, 힘들잖아."

미주는 윤의 손을 잡고 손등을 쓰다듬는다. 바람이 부는지 양철을

잇대어 붙인 처마에서 금속성 소리가 난다. 윤이 미간을 찌푸린다.

'나무판대기를 댔어야 했는데.'

윤이 금속성 소리에 유난히 민감하다는 사실을 떠올린 미주가 입속말로 중얼거린다. 지금까지 많은 사람을 떠나보냈지만 윤, 이 사람은 전혀 다른 느낌이다. 미주는 버릇처럼 한 손으로 목덜미를 문지른다. 단어 하나가 뇌리를 스친다. 사랑. 아버지가 젊은 시절을 회고할 때면 이따금 꺼내던 그 말. 혹 이것도 그런 유의 감정에 속하는 걸까. 미주는 열없게 웃으며 머리칼을 쓸어 올린다.

"좀, 읽어, 주겠어?"

윤이 힘겹게 입을 뗀다. 윤의 시선은 보이지 않는 뭔가에 매여 있다. 미주는 시간이 얼마 남지 않았음을 직감한다. 미주는 윤의 머리맡에 있는 일기장을 가져와 조심스레 편다. 일기장은 주인과 운명을 같이 하겠다는 건지 금방이라도 부스러질 듯 버석거린다. 지금껏 몇 번 읽었을까. 이젠 내용을 훤히 꿰고 있다. 미주는 임의로 편 페이지를 읽어 내려간다.

2002년 5월 19일 날씨 맑음

지각을 했다. 그래서 교실 청소를 했다. 선생님이 시켜서 화분에 물도 줬다. 이게 다 엄마 때문이다. 엄마는 오늘도 늦잠을 잤다. 아빠도 책임이 있다. 아빠가 밤늦게 들어온 날은 엄마가 늦잠을 잔다. 선생님은 그것도 모르고 내가 게을러졌다고 야단치신다. 그런 선생님이 밉다. 그런데 치자나무가 나를 달래 주었다. 치자나무엔 조약

돌처럼 매끈하고 갸름한 몽우리가 세 개나 달려 있었다. 하얗게 피어날 치자꽃을 생각하니 기분이 좋아졌다.

읽기를 마친 미주는 가만히 윤의 표정을 살핀다. 윤의 눈빛이 한결 누굿해졌다.

"그렇게 좋아?"

미주의 물음에 윤은 대답 대신 미소를 짓는다. 지각이 무엇인지, 아빠가 밤늦게 들어온 날은 엄마가 늦잠을 잔다는 말은 또 무엇인지 도무지 갈피를 잡을 수 없지만 윤이 웃는 걸로 봐서 나쁜 일은 아니다. 미주는 윤의 이마에 맺힌 땀을 닦아 준다.

"지금이 몇 년이라고?"

"2172년."

"부루퉁한 선생님 얼굴도, 하얀 치자꽃도, 이렇게 생생한데."

윤은 말을 해 놓고 얼굴을 찡그린다. 윤의 목에서 그르륵 하는 소리가 난다.

"말을 그만해. 윤, 약 발라 줄까?"

미주는 윤의 가슴에 손을 얹고 묻는다. 윤의 손가락이 두어 번 까딱거린다. 좋다는 뜻이다. 미주는 상자에서 도포제를 꺼내 윤의 목 혈관 부위에 바른다. 닉스(Nyx)족 여자 진이 갖다 준 것이다. 이것이 없었다면 윤은 여느 환자처럼 고통을 참다못해 차라리 죽여 달라고 소리쳤을지도 모른다. 도포제가 발린 부위가 푸르스름하게 변한다. 미미하지만 이삼 초 간격으로 채도彩度가 변한다. 무슨 신호처럼 깜박인다. 그러나 선천적으로 시력이 약한 미주는 그것을 알지 못한다. 윤의 기침이 잦아든다. 윤은 미주의 얼굴을 묵연히 바라본다.

"그때가 생각나."

"또? 지옥의 문이 열리던 순간 말이지?"

미주는 농담조로 말을 받는다. 수십 번 들은 이야기다. 윤이 쓴웃음을 짓는다. 미주는 담요를 윤의 목까지 끌어올린다.

강렬한 빛이었다. 윤은 눈을 질끈 감았다.

"이제야 깨어났군. 그런데 변이곡선을 좀 봐. 저 친구, 아무래도 대뇌변연계에 문제가 있는 것 같은데?"

"뇌압을 낮추고 있습니다. 이내 정상화될 겁니다."

"웃기는군. 저 애송이가 우리 선조라니."

동굴에서 울리는 목소리 같았다. 윤은 가느다랗게 눈을 뜨고 주위를 살폈다. 조도가 낮아지고 있었다. 고개를 움직일 때마다 미세한 통증이 느껴졌다. 어디선가 쉭쉭, 하는 소리가 들려왔다. 어안렌즈로 보는 것 같던 사물들이 서서히 제 모습을 찾아가고 있었다. 얼굴 하나가 불쑥 다가왔다. 윤의 동공이 커졌다.

"놀라지 마세요."

헤드기어를 쓴 여자였다. 간호사의 복장치곤 유별나다 싶었다. 여자가 휴머노이드라는 걸 그땐 전혀 몰랐다.

"이게 몇 개예요, 두 개 맞아요? 맞으면 눈을 깜박거려 보세요."

여자가 검지와 중지를 윤의 눈앞에 갖다 댔다. 윤은 눈을 깜박거렸다. "됐어," 하는 소리와 함께 손가락을 튕기는 소리가 들렸다. 윤은 소리 난 쪽을 눈으로 더듬었다. 여자 뒤편이었다. 몸에 딱 붙는 제복을 입은 사내들 몇이 이쪽을 응시하고 있었다. 흰 가운이 아닌 걸로 봐선 의사는 아닌데. 윤은 미간을 모았다. 누가 누군지 분간하기 어려울 정도로 다들 비슷한 모양새였다. 딱딱한 표정까지 닮아 있었다. 팔짱을 끼고 있던 제복 하나가 뒤를 돌아보며 뭐라고 하자 상대가 고개를 끄덕였다. 타원형 캡슐이 눈에 띄었다. 캡슐의 문은 활짝 열려 있었다. 여자의 눈길도 그곳을 향했다.

"맞아요. 한 시간 전까지만 해도 당신이 있던 곳이에요. 영하 196℃의 액화질소가 담긴 냉동캡슐이죠."

여자의 설명에 윤은 흠칫했다.

"내가 왜 냉동캡슐에…… 수술한 거 아니었어요?"

여자가 뒤를 돌아보았다. 아무도 입을 열지 않았다. "그것도 수술은 수술이죠." 여자가 말했다. 윤은 혀를 내밀어 입술을 핥았다. 수술실로 들어가기 전 자신의 손을 꼭 쥐고 금방 끝날 거라던, 아무 걱정하지 말고 한숨 자라던 엄마의 얼굴이 떠올랐다.

"우리 엄마는요? 아빠는요?"

윤을 지켜보던 여자가 손목에 차고 있던 AI밴드로 리소스를 호출했다. 뒤편에 서 있던 제복들 앞에 영상이 떴다. 제복 하나가 고개를 끄덕이며 좌우의 제복들에게 뭔가를 가리키며 말했다.

"됐습니다. '동결방지 보존액'이 말끔히 제거되었어요. 혈액과 체액도 정상적으로 활동하고 있습니다. 150년 전에 발병했던 '리움'이라는 질병도 완벽하게 처치되었습니다. 모든 게 정상이에요. 피부도 로켓슈트처럼 탱탱하군요."

제복이 손짓하자 여자가 윤의 몸을 향해 손바닥을 폈다. 손바닥에서 뻗어 나온 베이지색 광선이 윤의 몸을 훑어갔다. 윤과 눈이 마주치자 여자는 미소를 지었다. 홀로그램에 붉은 빛이 깜빡거리더니 숫자가 기록되고 있었다. 푸르스름한 곡선이 숫자를 업고 위로 치솟았다.

"당신에 대한 관심이 이 정도인 줄 몰랐어요. 젊고 잘 생겨서 그렇겠죠?"

여자가 허리를 숙여 윤의 귀에 대고 말했다. 여자는 이 상황이 생중계되고 있다고 했다. 제복들의 정체도 밝혔다. 그러니까 저들은 물리학, 생명공학, 신경생리학 등의 분야에서 권위를 인정받고 있는 과학자들이라는 것이다.

"당신이 '9월의 닉스인'으로 선발되었어요. 방금 들어온 뉴스예요."

여자가 생긋 웃으며 말했다. 도대체, 윤의 얼굴이 일그러졌다. '이 여자는 뭐라고 주절대는 거야.' 여자가 윤의 머리에 궁륭 모양의 기기를 씌웠다. 푸르스름한 빛이 윤의 머리를 감쌌다. 두통이 거짓말처럼 사라졌다. 윤은 입술을 깨물었다. 꿈이 아니었다.

"김윤 님의 생물학적 나이는 2166년 현재 175세입니다. 닉스인의 평균 연령을 웃도는 나이입니다. 평의회에 입회할 자격도 충분합니다. 물론 김윤 님은 가까운 시일 내에 유전자변형시술을 받음으로써 25세라는 젊음을 취득하게 될 것입니다. 냉동기간을 길게 잡은 건 그런 의미에서 탁월한 선택이었습니다. 그럼 실황중계를 마치겠습니다."

제복의 말이 끝남과 동시에 제복들이 사라졌다. 여자가 어리둥절한 표정을 짓고 있는 윤에게 다가와 뭐라고 말했지만 윤의 귀에는 들어오지 않았다.

"그만 보세요."

진이었다.

"내가 알기로 열 번 이상 보았어요. 그런다고 달라질 건 아무것도 없어요."

그녀는 소파에 앉아 윤의 기색을 살폈다. 윤의 시선은 여전히 영상 속의 여자를 좇고 있었다.

"여자 빼곤 모두 허상이었어."

"허상이 아니라 아바타."

진이 정정했다.

그제야 윤이 고개를 돌렸다. 둘의 눈이 마주쳤다.

"알파고(AlphaGo)가 첫선을 보였던 21세기 초, 그러니까 '디지털 노마드(Digital Nomad)' 시절만 해도 사이버 공간에서만 활동했던 아바타가 지금은 실제 공간에서 실물처럼 행동해요. 심지어 촉감을 느끼거나 특정한 물체에 변화를 줄 수도 있어요. 양자역학의 터널링 현상에서 모티브를 얻은 거죠."

"알았어, 그만."

더 이상 듣고 싶지 않다는 듯 윤은 고개를 저었다. 제복 중 하나가 여자에게 뭔가를 지시하는 장면에서 윤은 주먹으로 왼쪽 가슴을 두 번 두드렸다. 홀로그램이 사라졌다. 스위치는 이제 과거의 유물이 되었다. 링크된 동작만으로도 충분했다. 보디랭귀지가 패드워드인 셈이다.

"방금 그 동작을 보니 삼촌도 닉스족의 일원이 된 것 같군요. 아주 자연스러워요."

진이 웃으며 말했다. 진이 웃자 의상의 색깔이 바뀌었다. 색깔이 바뀌는 방식은 크게 두 가지였다. 기분에 따라 혹은 주위 환경에 따라 바뀌는 자동 모드와 그때그때 조작하는 수동 모드. 윤의 눈이 커졌다. 팬츠스커트의 벽돌무늬가 사라진 것이다. 백지처럼 하얀 속살이 윤의 눈을 자극했다. 진이 다리를 꼬았다 풀 때마다 거웃이 노출되었다. 윤이 고개를 돌리자 진이 생글거렸다.

"귀여우셔라. 전번에 말했듯이 이건 크리스털의 나노입자로 가공된 옷이에요. 조직체에는 신경망과 연결된 전자회선이 내장돼 있죠."

진이 뭘 어떻게 했는지 아주 짧은 순간 진의 나신이 드러났다. 윤은 숨을 멈추었다. 진이 깔깔 웃으며 상체를 뒤로 젖혔다. 스커트가 흑갈색으로 바뀌었다.

"어때요 삼촌, 79세 된 여자치고는 매력적이지 않아요? 그나저나 스물다섯에 깨어난 우리 삼촌은 얼마를 버셨나. 가만, 2166 빼기 2016은 150, 세상에, 150년을 버셨네. 나는 고작 57년인데. 대단하셔 정말."

진은 윤의 착잡한 심경엔 아랑곳없이 쉴 새 없이 재잘거렸다. 그녀는 22세가 되던 해에 유전자변형시술을 받았다고 했다. 그러니까 표면상으론 22세이지만 생물학적 나이는 79세라는 뜻이다. 윤은 스멀거리는 의혹을 애써 털어냈다.

"제가 말이 좀 많죠? 이런 분위기, 이런 분방한 대화가 처음이라서 그래요. 믿기지 않겠지만 제겐 환상적인 경험이에요. 그나저나 삼촌, 진짜 궁금한 게 있는데 말예요."

진은 어느 새 윤의 곁에 바짝 붙어 있었다. 윤이 옆으로 물러나자 다시 엉덩이를 붙여 왔다. 엉겁결에 진의 허벅지에 손을 짚었다. 스커트가 점멸하는 신호등처럼 반짝거렸다. 자리에서 일어난 윤은 손으로 이마의 땀을 훔쳤다. 그래도 공장에서 일하는 것보단 낫잖아. 속으로 한 말이었다.

냉동캡슐에서 나온 뒤 윤은 이런저런 검사를 받으며 시간을 보냈다. 그를 시중든 건 첫날 보았던 여자 휴머노이드였다. B2K. 그게 그녀의 이름이었다. B2K는 유전자변형시술을 받기 위해서는 신체 상태를 최적화해야 한다고 했다. 그리고 시술을 받고 나면 시술 받았을 때의 나이를 유지할 수 있다고 했다. 제복이 했던 말이 생각났다.

"비슷한 말을 들은 것 같군. 근데, 그게 가능한 일이야?"

B2K는 웃으며 고개를 끄덕였다.

"텔로미어를 조정하는 건 이제 보편화된 기술이에요."

"텔로미어?"

"염색체 끝에 있는 유전자 조각인데 세포분열을 명령하는 기능을 갖고 있죠. 세포분열 덕분에 육체의 기능을 유지하는 건데 시간이 지나면서 그것을 주도하는 텔로미어의 길이가 짧아져요. 결국 그것이 완전히 닳아서 세포분열을 할 수 없게 되면 노화가 촉발되는 거

고요."

"그러니까, 네 말은 텔로미어를 보존하는 기술을 개발하고부터 인간은 더 이상 늙지 않게 되었다는 거 아냐."

"이해가 빠르시군요. 거기에서 한 걸음 더 나아가 세포 자체의 면역성을 담보하는 기술까지 개발되었답니다."

그런데 시술이 계속 미뤄지고 있었다. 거기에 대해선 B2K도 명확한 답변을 내놓지 않았다. 한 달 뒤, 그에게 뜻밖의 명령이 떨어졌다. 주어진 보직을 충실히 수행하라는 것이었다. "어디에도 시술이란 말은 없군요." 본부로부터 하달된 지시사항을 훑어본 B2K는 고개를 갸웃거렸다. 그럴 때 보면 영락없는 인간이었다.

"이상하군요. 지금쯤 시술이 끝나고 과학센터의 한 부서에 배치되어야 하는데."

B2K의 말로는 윤은 관리계급에 속한 형질이었다. 이건 필시 시스템에 오류가 생긴 거라고 B2K가 덧붙였다. 윤은 B2K를 통해 이곳이 네 개의 계급으로 되어 있다는 사실을 알았다. 통치계급과 관리계급 그리고 경비계급과 생산자계급이었다. 생산자계급은 유전자변형시술의 혜택을 받지 못했다. 그들은 소모품처럼 취급되었다. 윤은 플라톤과 헉슬리를 떠올렸다. 이제 보니 그들은 철학자나 소설가가 아니라 예언자였군. 태어날 때부터 계급이 정해진다는 대목에선 왜 아니겠어, 하며 실소했다.

오류가 난 것은 B2K였던 모양으로 윤이 배속된 곳은 무인궤도열차를 생산하는 공장이었다. 열차의 이름은 하이퍼루프. 진공 터널을 달리는 그것은 지하세계의 대중교통이었다. 거의 대부분의 공정이 자동화되어 있었다. 생산품을 검수하거나 수리하는 일은 휴머노이드들의 몫이었다. 윤과 같은 생산직 인간들에게 할당된 건 승차감을 테스트하거나 안전도를 측정하는 일 따위였다. 안전도를 측정하는 과정에서 사고가 빈번했다. 대부분 사망으로 이어지는 사고유형을 기록하고 분석하는 것 역시 휴머노이드였다. 윤이 그곳에서 일한 지 3년째 접어들고 있었다.

"휴머노이드가 부러울 때도 있어."

같이 일하는 Y는 기계를 조립하는 휴머노이드를 보며 그 말을 자주 했다. Y는 사십대 중반으로 보였는데 실제 나이는 알 수 없었다. 윤이 나이를 물으면 부러 헛기침을 하다가 말머리를 돌렸다. "컴퓨터두뇌를 말하는 거예요?" Y는 윤의 말에 고개를 저었다.

"저치들, 그래봤자 강화학습 알고리즘이 추동하는 사고력이야. 감성은 개뿔. 모두가 입력된 데이터에 기초한 이미지화일 뿐이지. 그러니까 내 말은 저 기계들은 절대 고통을 모른다는 말이지. 고통 말이야 고통."

그 말을 할 때 Y의 얼굴은 정말로 고통스러워 보였다.

휴머노이드들은 물론 생산자들의 손이 바빠지고 있었다. 공정이 끝난 F16터미널이었다. 터미널 상부엔 '코리아 ─ 아이슬란드 구간 개통'이란 문구가 번쩍이고 있었다. 간간이 '경축'이란 단어가 폭죽과 함께 등장했다. 화려한 불꽃이 인공하늘을 수놓았다.

"아직도 폭죽은 있네."

윤의 말에 Y가 피식 웃었다. "파이어맨의 반격을 기대해도 되겠군." Y의 말에 윤은, "맞아요," 하며 맞장구쳤다. 그러다 이런, 하는 심정으로 Y를 봤다. 파이어맨을 안다면 자신과 동시대를 살았던 사람임에 틀림없다. 파이어맨은 할리우드에서 만든 블록버스터인 '더 자이언트'에 나오는 주인공 이름이었다. 윤이 냉동캡슐에 들어가기 이태 전, 그러니까 2014년에 개봉된 시리즈 6탄에 등장한 인물이었다. 그가 나타날 때면 꼭 불꽃이 터지곤 했는데 불꽃이 얼마나 강한지 화려한 폭죽을 연상케 했다.

"파이어맨을 아시는군요. 그렇다면 당신도……."

윤의 목소리가 떨려 나왔다. Y가 윤을 돌아보았다. 짧은 순간 그의 입가에 냉소가 스쳤다.

"파이언맨만 알겠어? IS테러도 알고 세월호도 알고 강남스타일도 알지."

위대한 닉스족의 평의회의장이신 파르쿤 님과 이곳 S-A5섹터의 지도자이신 천무님이 30분 후에 도착하십니다. 헤드셋으로 전달된 사항이었다. Y의 표정이 눈에 띄게 굳어졌다. 윤은 Y를 따라 의장 일행이 탑승하기로 되어 있는 객차로 갔다.

의장 일행이 앉을 좌석과 주변 테이블을 점검하고 난 Y가 통로 끝에 있던 윤을 불렀다. "이상 없어 나가자고." 재촉하듯 턱짓을 반복했다. "알았어요." 윤은 손을 들어 보였다. 통로를 빠져나가던 윤이 걸음을 멈추었다. 헬멧에 장착되어 있는 스캐너에서 소리가 났다. 이물질을 감지했다는 신호였다. 고글 모양의 투시기를 화살표 방향으로 맞추었다. 붉은 점이 깜박였다. 테이블 아니면 좌석 어디쯤이었다. 양쪽 좌석의 등받이엔 고대 신화에 나오는 밤의 여신 닉스(Nyx)가 모노크롬으로 프린트되어 있었다. 조금 전에 Y가 점검한 곳이었다. 윤이 테이블 밑에서 단추만 한 타원형금속을 떼자마자 Y가 손을 뻗어 왔다. 그러나 그보다 경비원의 손이 빨랐다. 무장을 한 휴머노이드였다. Y가 들고 있던 계측기로 경비원의 머리를 내리쳤다. 경비원의 머리에서 텅 하는 소리가 나면서 계측기가 튕겨나갔다. "빌어먹을!" 주머니에서 뭔가를 꺼내던 Y가 앞으로 고꾸라졌다. 전자충격기를 든 경비원이 무표정한 얼굴로 쓰러진 Y를 내려다봤다.

윤이 이송된 곳은 버섯을 닮은 건물이었다. 윤은 난쟁이 스머프들이 살던 집을 떠올렸다. 버섯의 갓에 해당되는 부위에 구멍이 송송 뚫려 있었다. 구멍 하나하나가 주거공간이었다. 실내는 생각보다 넓고 쾌적했다. 창밖으로 보이는 건물 모두가 엇비슷한 형태였다. 뒤에서 인기척이 났다.

"피는 못 속인다더니 정말이야. 죽은 남편과 닮았어."

한동안 윤을 뜯어보던 여자가 입을 뗐다. 윤은 여자의 시선을 피하지 않았다. 여자의 눈초리가 꼿꼿해졌다. 머리카락이 코발트 빛깔을 띤 기묘하게 생긴 여자였다.

"왜, 이상한가? 누군가를 새로 만날 때는 주로 이 색으로 하지."

여자가 손으로 머리를 쓰다듬으며 말을 이었다.

"당신을 보니 억울하다는 생각이 드는군. 유감스럽게도 내가 95세 되던 해에 노화방지기술이 개발되었거든. 그래서 내 나이는 95세로 고착되고 말았어. 아는지 모르겠지만 생물학적 나이론 당신보다 한 살이 적어. 하지만 실망하진 않아. 조만간 젊음을 환원하는 기술이 개발될 거야. 현재 DNA의 뉴클레오티드를 생성하는 연구가 막바지에 이르렀어."

여자는 윤의 형수였다. 60대라 해도 무방할 정도로 젊어 보였다. 형수는 자신을 천무라 부르라고 했다. 천무? 윤이 의아한 표정을 지었다.

"측천무후에서 따온 이름이에요. 우리 엄마는 고대 국가의 통치체제나 인물들에 대해 관심이 아주 많거든요."

갑자기 나타난 젊은 여자가 말했다. 천무가 자신의 딸이라고 소개했다.

"내가 95세 되던 해에 낳은 딸이지."

천무의 말에 젊은 여자가 코웃음을 쳤다.

"동결 보존해 온 난자와 정자를 수정한 거예요. 시험관에서 태어나고 육아센터에서 길러졌죠. 무슨 생각으로 그 나이에 자식을 보려고 했는지 몰라."

젊은 여자는 윤이 있는 수면캡슐로 다가왔다. 윤이 당황해하자 "진이라고 해요. 만나서 반가워요 삼촌," 하며 다짜고짜 윤을 껴안았다. 진의 몸에서 조금 독하다 싶은 향이 풍겼다. 윤은 엉덩이를 뒤로 뺐다. "뭐예요." 진이 팔을 풀며 눈을 흘겼다.

"알아보시겠어요? 우리 엄마는 S-A5센터의 지도자예요."

거울을 보며 눈매를 다듬던 진이 말했다. 윤이 흠칫 놀라며 천무를 바라보았다. 무슨 말인가를 하려던 천무는 AI밴드에서 신호음이 울리자 손을 들어 보이곤 자리를 옮겼다. 천무는 창가의 소파에 앉아 증강현실 플랫폼을 가동했다. 허공에 3차원 그래픽 화면이 떴다. 천무는 한 손으로 능숙하게 디바이스를 조작했다.

"까마귀들이군."

천무가 언짢은 기색으로 누군가를 호출했다. 헬멧을 쓴 제복이 나타났다. 아바타였다. "이렇게 가까이 접근할 때까지 뭐했나." 제복이 곧바로 처리하겠다고 응답했다. 스크린에 현장의 모습이 나타났다. 두 명의 사내가 자율주행차의 짐칸에서 장방형의 박스를 내렸다. 잠시 후 두 사내는 박스에서 꺼낸 길쭉한 물건을 들고 버섯 모양의 건물로 향했다. 천무의 입 꼬리가 올라갔다. 조심스레 걸음을 옮기던 사내들을 향해 오렌지 빛이 발사되었다. 두 사내는 거무스름한 연기만 남기고 사라졌다. 순식간에 벌어진 일이었다. 마치 PC게임을 보는 듯했다. 귀찮아. 천무는 시큰둥한 표정으로 화면을 접었다. 천무와 윤의 눈이 마주쳤다.

"여긴 지하야. 확실히 태워 버리지 않으면 위생이 엉망이 되거든."

진이 윤을 불렀다.

"뭘 저딴 거에 관심을 갖고 그래요."

진이 상체를 숙이자 가슴골이 훤히 드러났다.

"저들은 생산자들이란 말이에요."

진이 한껏 목소리를 낮추어 말했다.

"생산자는 계속 생산된다고 해서 생산자예요." 웃으며 덧붙였다.

"우리를 구해준 분이니 응분의 보답을 해야겠지? 하지만 전혀 다른 세상에서 살던 사람이야. 무슨 말인지 알겠니?"

천무가 진을 흘깃 보고는 출입구를 향해 걸어갔다. 나가기 전에 한마디 덧붙였다.

"윤은 젊은 남자지만 네 삼촌이기도 해."

"명색이 바이오테크놀로지를 관장하는 지도자가 저런 낡은 사고 방식을 가졌다니!"

진이 천무가 했던 말을 흉내내며 비난했다. 그래도 당신 엄마인데. 윤은 그 말을 삼켰다.

Y는 어떻게 됐느냐는 윤의 물음에 진이 어깨를 으쓱했다.

"아까 봤잖아요. 그런 식으로 깨끗이 소거되었죠."

"소거?"

"맞아요, 소거."

그러면서 진은 그날 자신도 천무와 동행했다고 했다. 그리고 Y가 반닉스 그룹의 정예 멤버라는 사실도 털어놓았다.

"우리가 조사한 바로는 Y는 자유주의자였어요. 그러니까 100여 년 전부터 말이죠. 아시다시피 지금은 쓰지 않는 용어예요. 그는 같은 부서는 물론 인근 작업장의 생산자들에게까지 자신이 믿고 있는 걸

전파하려 했어요."

"자유주의자?"

"네, 그래요. 그는 역사자료에서나 볼 법한 이단적 사상을 신봉한 자였죠."

Y는 오래전부터 감시의 대상이었다고 했다. 인간은 평등하다. 통치계급이 따로 있을 수 없다. 그가 자주 쓰던 말이었다. 동조자까지 일거에 타진하기 위해 체포를 미루고 있던 경비센터에서 마침내 소거를 명한 것은 암살 모의를 포착한 직후였다.

"Y는 이쪽에서 설치한 감시망을 교란했을 뿐만 아니라 거짓 정보를 흘리기까지 했어요. 한때 IT분야의 전문가였다는 걸 과시하듯 말이죠. 하지만 그는 자신의 뇌에 형성된 뉴런 커넥션이 이곳에서는 전혀 통하지 않는다는 사실을 몰랐어요. 그에 관한 보고서를 읽던 엄마가 그러더군요. 그는 무모한 일에 의미를 부여하는 헛똑똑이 내지는 시대착오적 몽상가라고."

진의 목소리가 시들해졌다. 재미없는 얘기를 언제까지 해야 하느냐는 표정이었다.

"아무튼 삼촌이 그것을 발견한 건 대단한 일이었어요. 보기는 그래도 그게 터졌으면 궤도열차는 물론 터널 한 구간 정도는 이렇게 되었을 거예요."

진은 두 손으로 뭔가를 으스러뜨리는 포즈를 취해 보였다.

진은 윤에게 최대한 자연스럽게 움직이라고 했다. 수상한 행동을 하는 자는 그 즉시 저 위에 보고된다며 주위를 힐금거렸다. 그 동작은 곳곳에 감시경이 있다는 것을 의미했다. 윤은 저 위가 어딘지 물으려다 관뒀다. 대충 알 것 같았다. 진이 쳐다보자 윤은 고개를 끄덕였다. 그들이 걷는 곳은 레저와 쇼핑을 담당하는 6터널이었다. 지하엔 도합 여덟 개의 터널이 있는데 그 모양이 마치 잘라 놓은 연근蓮根을 닮았다 해서 연근구멍으로 불렸다. 6터널의 너비는 600미터, 높이는 200미터라고 했다. 다섯 대륙과 연결된 수송터널과 달리 6터널은 해당 도시의 범주에 국한되었다. 6터널은 수송터널과 의료터널 사이에 있었다.

"여기서 좀 쉬었다 가요."

진이 말했다. 용도가 다른 수많은 장신구를 전시해 놓은 가게를 돌아나가자 거대한 광장이 나왔다. 깎아지른 듯 수직으로 치솟은 건물들이 광장을 에워싸고 있었다. 꽤 많은 사람들이 무리 지어 있었다. 무슨 일인지 다들 고개를 젖히고 있었다. 윤은 그들처럼 고개를 젖히고 위를 봤다. 아! 윤의 입에서 탄성이 새어나왔다. 건물과 건물 사이로 구멍이 나 있었다. 길게 파인 도랑을 연상케 하는 그것은 인위적으로 만든 인공하늘과 뚜렷한 경계를 이루고 있었다. 뚫린 구멍에서 희부연 빛이 쏟아지고 있었다. 사람들은 지그시 눈을 감고 그 빛을 쐬고 있었다.

"다들 하루에 한 번 일정한 시간에 모여 자연광을 쐬죠. 저건 진짜 하늘로 통하는 구멍이에요. 물론 운석에도 견딜 수 있는 투명한 방호막이 설치되어 있죠."

진이 담담한 어조로 말했다. 진이 소매를 잡아당길 때까지 윤은 거기서 시선을 떼지 못했다. 까맣게 잊고 있었던 지상세계가 그 구멍 밖에 있었다.

천무는 목숨을 구해준 대가로 원하는 것 한 가지를 들어주겠다고 했다. 윤은 생각할 시간을 달라고 했다. "좋도록 해." 천무는 흔쾌히 수락했다. 이참에 지하세계를 돌아보면서 생각해 보겠다고 하자 진이 안내를 자청했다. 윤과 함께 터널을 순례하면서 진은 의회에서 냉동캡슐 라인을 전면 폐쇄한 이유를 알 것 같았다. 의회에선 과거로부터의 오염을 방지한다는 다소 두루뭉술한 표현을 썼지만 실상은 그게 아니었다. 진은 윤을 통해 비로소 마음을 주고받는다는 말의 의미를 알게 되었다. 맡은 직분에 합당한 말 외에는 하지도 듣지도 않는 사람들 사이에서 생활해 온 터라 처음엔 윤의 모든 게 낯설었다. 윤은 음식을 먹다가도 그 맛과 관련한 추억을 꺼내곤 했는데 보통의 닉스인 같았으면 신경계의 장애로 간주될 사안이었다. 윤은 성 문제에도 폐쇄적 태도를 보였다. 닉스인의 경우 각자 취향에 맞는 휴머노이드를 통해 욕구를 해소하거나 원하는 유형의 이성을 섹슈얼센터로부터 소개받았다. 센터에는 모든 닉스인의 개별적 이상형과 성적취향이 수집돼 있었다. 섹스 상대를 고르는 덴 어려움이 없지만 두 가지는 반드시 지켜야했다. 첫째, 신청서에 입력한 체위와 시간을 엄수할 것. 둘째, 섹스와 관계없는 얘기는 나누지 말 것. 어떻게 보면 섹스도 테크놀로지의 일부였다. 진은 별 의미도 없는 말에 귀를 기울이고 때로 웃어 주기까지 하는 윤이 신기했다. 진은 이전엔 한 번도 해 보지 않았던 무용한 대화를 윤을 통해 경험했다. 그것도 때와 장소를 가리지 않고. 진은 의회에서 적시한 과거로부터의 오염이 그런 것일 거라고 생각했다. 만약 그게 사실이라면 진은 실컷 오염될 용의가 있었다. 진은 과거에 쓰였던 어휘집을 찾았다. 오래 뒤적인 끝에 진이 찾아낸 건 인간미人間味라는 단어였다. 인간다운 따뜻한 맛. 맛이라는 말을 붙인 게 이상했지만 어렵진 않았다. 아닌 게 아니라 윤과 있으면 따뜻한 느낌이 전신을 감쌌으니까. 문득 그 일이 떠올랐다. 윤에게 미안하다는 생각이 들었다.

어느 날 진이 노골적으로 유혹하자 윤은 자리에서 일어나 창가로 갔다. 당혹과 연민 슬픔 따위의 감정이 눅눅히 섞인 표정으로 인공 하늘을 보았다.

"임신할까 봐? 걱정하지 마요. 내 난소는 휴업 상태니까. 설사 임신이 된다고 해도 유전적 결함 따윈 걱정하지 않아도 되요. 결함이 있는 유전자를 제거하는 기술은 상용화된 상태예요."

윤이 묵묵부답으로 일관하자 진의 얼굴이 붉어졌다.

"당신은 내가 좋아하는 스타일이야. 그러면 됐지 또 뭐가 필요해? 내가 다 알아봤다고. 상피니 근친상간이니 하는 거 까마득한 과거에나 통용된 케케묵은 이데올로기야."

"가장 중요한 게 빠졌어." 마침내 윤이 입을 열었다. "그게 뭔데?" 진이 채근했다.

"사랑." 윤은 돌아보지 않고 말했다. 진은 입을 다물었다. 사랑. 그 말은 지난 세기의 풍습을 다룬 책자나 다큐멘터리에서 빈번히 나오는 말이었다. 진은 그 말의 실체를 온전히 느낀 적이 한 번도 없었다. 어휘집에는 상대에게 조건 없이 뭔가를 베푸는 것이라고 쓰여 있었다. 그렇다면 의회에서 지급하는 식량이나 의복 교통편의 따위, 그리고 젊음을 유지한 채 살아갈 수 있게끔 정기적으로 투여하는 약물 같은 것들이 아닌가. 그런데 뭔가 허전했다. 그게 뭔지 궁금했다. 어휘집을 되풀이해서 읽었다. '조건 없이'라는 대목이 눈길을 끌었다. 조건 없이? 진은 그 말을 곱씹었다. 의회가, 의장이, 엄마가 조건 없이 뭘 베풀었나? 진은 천천히 고개를 저었다.

"진은 어디 있나? 또 크로우(crow 까마귀)족이 사는 곳에 간 건 아니겠지?"

천무의 서릿발 같은 물음에도 휴머노이드의 표정엔 변화가 없었다.

"모릅니다. 그러나 지상으로 나간 건 확실합니다. 명목은 백두산 일대의 잔존 방사능 수치와 지질 조사입니다. 그런데 추적을 방해하는 스텔스전파 때문에 비행체의 정확한 위치를 알 수 없습니다. 비행체에서 내릴 때까지 기다려야 합니다."

천무는 교신을 끊은 뒤 까마귀 문양이 새겨진 파일을 열었다. 제목은 '적의 동태'였다. 오늘 중으로 의회에 올려야 할 내용이 담겨 있었다. 크로우인이 주축이 된 반닉스군과 그에 동조하는 일부 생산파트 닉스인의 저항이 최근 들어 격화되고 있다. 지상으로 통하는 게이트를 그때그때 봉쇄하고 있지만 저들의 도발은 멈출 기미가 없다. 보고서의 첫머리는 그렇게 시작되고 있었다. 냉동캡슐에서 깨어난

족속들이 주동이 되어 사태를 악화시킨 게 분명해. 천무는 혼잣말처럼 중얼거렸다.

　천무는 윤이 깨어나기 전에 미리 손을 썼다. 원래는 50년 후, 그러니까 2066년에 열기로 되어 있던 캡슐을 2166년에 열기로 수정한 것이다. 윤이 상속받기로 되어 있는 회사는 그즈음 바이오산업의 메카로 부상하고 있었다. 일은 의외로 쉽게 풀렸다. 3차 세계대전을 목전에 둔 흉흉한 정세를 이용한 것이 주효했다. 게다가 그녀는 윤의 유일한 친족이었다. 〈냉동인간의 부활, 완전한 평화가 정착되는 날까지 보류하기로〉 도하 신문의 사회면에 실린 기사 제목이었다.
　윤이 깨어날 때쯤 세상은 완전히 바뀌었다. 천무가 윤의 회사를 수중에 넣은 건 가십거리도 안 되었다. 가장 큰 변화는 지상의 문명이 지하로 옮겨 간 것이다. 핵전쟁 이후 지상엔 죽음의 그림자가 짙게 드리웠다. 모두가 지하로 이주할 수 있었던 건 아니다. 영순위는 과학자들과 정치인들이었다. 다음은 군인, 그 뒤를 재산이 많거나 특기가 있는 이들이 선택되었다. 닉스족의 일원이 되기 위해선 하다못해 신체조건이라도 남다른 데가 있어야 했다. 지상에 남은 자들은 깊은 동굴이나 계곡으로 들어가 연명했다. 오랜 시간이 지난 후 지상에도 변화가 생겼다. 오염수치가 낮아지면서 농지가 늘기 시작했다. 닉스족은 지상의 크로우인들에게 의약품을 제공하고 농작물을 가져갔다. 의회에서 운용하는 농장도 생겨났다. 지하에서 파견된 전투용 휴머노이드가 경비를 맡았다. 그 사이 지하세계의 신분 질서는 더욱 공고

해졌다. 모든 게 인공제어시스템에 의해 톱니처럼 물려 돌아갔다. 문제는 반닉스를 표방한 저항세력의 준동이었다. 그들은 의식주나 의약품 이상의 그 무엇을 원했다. 포로로 잡힌 크로우인 하나가 말하길 그것은 인간답게 살 권리라고 했다. 천무는 코웃음을 쳤다. 인간은 지하에만 있다. 지상엔 썩은 고기를 쪼는 까마귀들이 있을 뿐.

21세기가 애벌레의 세계였다면 22세기는 나비의 세계다. 천무는 나비의 날개를 단 화려한 닉스(Nyx)가 되는 게 꿈이었다. 이미 의회 의원의 과반을 손에 넣었다. 차기 의장직을 거머쥐는 건 시간문제였다. 천무는 의장이 되는 데서 한걸음 더 나아가 영구집권을 기도했다. 계획대로라면 늦어도 10년 안에는 성사될 터였다. 서두를 일이 아니었다. 아니 서두를 필요도 없었다. 남아도는 게 시간이니까.

휴머노이드가 진에 관한 보고서를 띄우고 결재를 요청했다. 천무는 머리의 시냅스와 뉴런을 분석한 내용을 살폈다. 예상대로 윤에 대한 호감도가 상승하고 있었다. 이미 감염되었다는 뜻이다. 게다가 비판을 담당하는 신경체는 필요 이상으로 고양된 상태였다. 스캔한 뇌의 단면도를 테러리스트의 그것과 비교해 보았다. 거의 흡사했다. 천무는 진의 복제를 개괄한 것을 훑어보았다. 저변의 지능과 메모리는 지난번 종합검진 때 확보되었다고 나와 있었다. 천무는 결재란에 사인을 한 뒤 곧바로 업로드했다.

선잠에서 깬 미주가 윤을 본다. 호흡이 거칠어지고 있다. 저 남자는 누군가. 돌연 그런 생각이 든다. 풍토병에 걸린 이후 윤은 처음 이곳에 왔을 때의 모습을 거의 상실했다.

윤을 태운 비행체가 언덕 아래에 착륙했을 때 아버지는 선대로부터 물려받은 구닥다리 산탄총을 들고 나갔다. 조종석에서 내린 건 휴머노이드가 아니라 낯선 닉스인이었다. 그것도 여자. 경계를 늦추지 않는 아버지와 미주에게 여자는 자신의 이름을 밝힌 다음 다짜고짜 이 남자를 이곳에서 살게 해 달라고 했다.

"그 대가는?"

여전히 총구를 겨누고 있는 아버지의 물음에 여자는 명쾌하게 답했다.

"넉넉한 의약품과 영양제."

잠시 뜸을 들인 여자는, "총구를 그만 내리지 그래," 하며 남자를 가리켰다.

"이 사람이 살아 있는 한 확실히 보장하지."

이곳을 택한 이유를 묻자 윤은 내 영혼의 안식처라는, 도무지 이해할 수 없는 말을 내뱉곤 미주를 언덕 아래의 바위로 데려갔다. 윤은 바위 아래를 가리키며 타임캡슐을 묻은 곳이라고 했다. 백여 년 전엔 이곳이 공원이었다는 것도 윤을 통해 알게 되었다. 타임캡슐은 그대로 있었다. 특수합금으로 된 상자였다. 진공상태에서 보존된 내용물은 온전한 상태로 모습을 드러냈다. 일기장과 사진 몇 장, 그리고 디지털사운드라고 하는 음악이 담긴 기기였다. 윤은 일기를 읽을 때나 사진을 볼 때면 꼭 노래를 틀곤 했는데 쥬얼이라는 가수가 부른 풀리

쉬 게임스(Foolish Games)라는 곡을 즐겨 들었다. 이 바보 같은 게임들이 날 찢어 놓고 있어요. 그 대목이 나올 때면 흥얼흥얼 따라 부르곤 했다. 아버지가 죽은 후 윤은 아버지가 쓰던 방을 썼다. 폭우가 쏟아지던 날 밤, 진이 윤의 방으로 들어갔다. 무서워. 품속으로 파고드는 미주를 윤은 주저하지 않고 안았다. 그게 벌써 2년 전의 일이다.

"무슨 소리가 들려."

윤이 가느다랗게 눈을 뜨고 말했다. 윤은 시력을 잃고 나서 청각이 예민해졌다. 찌개냄비에서 김이 새어 나오는 듯한 소리. 어머니의 손길이 떠오르더니 이내 어머니의 편지로, 그리고 어머니의 목소리로 옮아간다.

동우야, 내 전부를 주어도 아깝지 않은 사랑하는 내 아들! 먼먼 미래의 어느 날 낯선 곳에서, 낯선 사람들이 지켜보는 가운데 너는 깨어나겠지. 깨어나는 순간 네 손을 잡아 줄 수 있다면 얼마나 좋을까. 의사 선생님이 그랬단다. 네 생명을 구하기 위해서는 이 방법이 유일하다고. 그러니 어쩌겠니, 너를 살릴 수만 있다면 무엇을 마다할까. 아빠와 난 네게 사실을 밝혀야 할지 말아야 할지에 대해 오랜 시간 고민하고 의논한 끝에 결국 밝히지 않기로 결정했다. 사실을 밝힐 경우 네가 받을 충격이 너무 크다고 생각한 때문이지. 동우야, 이제 너는 홀로이 꽁꽁 언 몸으로 그 긴 세월을 건너가야겠지? 하지만 동우야, 사랑하는 내 아들, 너는 그렇게 해서라도 살아야 한다. 꽃다운 젊음을 지켜야 한다. 동우야, 우리 함께한 시간들이 네가 살아갈 새로운 세계에 무난히 이어지면 좋겠구나. 외롭고 힘들 때마다 시간의 퇴적물 곳곳에 묻혀 있는 사랑을 끄집어낼 수 있기를! 네가 눈을 뜨는 아침마다 청량한 새소리와 밝은 빛이 충만하기를! 저녁이면 종소리 들려오는 휴일처럼 마냥 아늑하고 평안하기를! 사랑하는 아들 동우야, 그럼 안녕.

　　　　　　　　　　　　　　- 2016년 어느 봄날 아침에 엄마가

"아시죠? 이곳에서 종이가 사라진 지 오래됐다는 거. 그건 할머니가, 그러니까 삼촌의 어머니가 냉동캡슐에 함께 넣어 둔 거예요. 손상된 글씨는 나노센터에 부탁해서 복원했어요. 엄마 몰래 빼낸 거예요."

그렇게 말하며 진이 전해준 편지였다.

'그래도 내게 말했어야 했어. 선택권이 내게 있다는 걸 왜 몰랐을까.'

윤의 미간이 좁혀진다. 수십 번 아니, 수백 번 읽은 엄마의 편지. 머리로는 납득이 되면서도 가슴으로는 여전히 수용되지 않는다. 미주는 밖을 보느라 윤이 뭔가를 말하기 위해 안간힘을 쓰는 걸 보지 못했다. 잠시 후 진이 문을 열고 들어온다.

"오늘은 좀 어때, 좋아졌어?"

"보시다시피."

미주는 윤을 가리키며 고개를 젓는다.

"삼촌 잘 있었어요?"

진이 윤의 손을 잡는다. 무슨 소리가 들려. 윤의 말은 그러나 목구멍 속으로 잠긴다. 미주는 윤과 진의 얼굴을 번갈아 본다. 이제야 삼촌과 조카 사이 같다. 지난번보다 더 탱탱해진 것 같은 진의 얼굴을 보며 미주는 자신의 거칠한 얼굴을 매만진다.

"근데 이게 뭐야? 언제부터 이랬지?"

진이 윤의 목을 쓰다듬으며 묻는다.

"글쎄."

미주가 바투 다가가 윤의 목을 살핀다. 도포제가 발린 부위가 희미하게 깜박이고 있다. 진이 문을 열고 밖으로 나간다. 하늘을 바라보는 진의 얼굴이 굳어진다. 무인드론이 허공에 정지한 채 떠 있다. 드론의 기수가 서서히 이쪽을 향한다. 진은 주먹을 쥔 채 뒷걸음친다.

"진의 소재가 확인되었습니다. 위치발신기제의 신호를 포착한바, 현재 크로우인이 사는 집에 있습니다. 크로우인의 이름은 미주. 윤도 함께 있습니다."

"반닉스군에 가담한 크로우인이 확실하지?"

"그렇습니다."

"……."

"어떡할까요. 드론이 명령을 기다리고 있습니다."

"발사해."

"진도 함께 있습니다만."

"발사해."

천무는 진에게서 추출한 배아줄기세포와 복제 경로를 한 번 더 점검한다. 이상 없다는 신호가 잡힌다. 뇌 속 천억 개의 뉴런에서 카피한 기억 또한 이송하는 데 전혀 문제가 없다는 자막이 뜬다. 그렇다면, 천무는 고개를 들어 방금 전 드론이 폭파한 곳에서 피어오르는 연기를 본다. 윤과 관련된 기억만 삭제하면 되겠군. 새로 태어난 딸의 모습을 상상해 본다. 입가에 미소가 번진다. 2172년을 알리는 신호와 함께 굵직한 목소리가 울려 나온다.

프로세스 점검 완료. 지금부터 소거된 진을 복제합니다.

분위기의 기호학

장두영 (문학평론가)

분위기, 또 분위기

심강우의 소설집에 등장하는 여러 인물은 한결같이 낯설고 거리 감이 느껴진다. 그렇다고 해서 그들이 지극히 납득하기 어려운 행동을 한다거나 받아들이기 힘든 취향의 소유자인가 하면 꼭 그렇지는 않다. 오히려 소설을 읽다 보면 처음 느꼈던 낯섦이 차츰 옅어지고 나중에는 그들의 행동 하나하나에 깊이 빠져들게 된다. 아마도 처음의 낯선 인상은 그들이 보여주는 삶이 평범하고 순탄한 삶과는 거리가 멀기 때문일 터, 어떤 때는 거북하고, 어떤 때는 기가 막힐 수도 있는 그들이 처한 삶의 상황이 그러한 거리감을 생성했으리라 짐작한다.

단편 「흔적」은 이번 소설집에 수록된 여러 작품 중에서 그러한 낯섦 내지 거리감을 가장 두드러지게 보여 주는 작품이 아닐까 싶다.

작품의 시작은 상당히 불친절하다. 「흔적」은 작업장의 풍경에 관한 서술로 시작한다. 그러나 소설의 배경이 되는 공간은 어디인지 모호하게 처리되어 있고, 인물들의 행동 또한 지엽적인 묘사들로 가득 채워져서 그들이 누구인지, 그들이 지금 무엇을 하고 있는지를 언뜻 알아내기 어렵다. 더구나 '하산', '카림'이라니. 낯선 이방인들로 둘러싸인 공간적 배경, '코란의 복수', '벵골어' 같은 낯선 문화적 소재들 때문에 소설의 초반부는 지극히 낯설기만 하다. 더구나 산소용접기로 철판을 잘라 내는 작업 도중 역화된 불꽃 때문에 목숨을 잃을 뻔했다는 내용, 숯덩이가 되어 버린 작업자들의 시체에 관한 묘사를 접하면 도대체 무슨 일이 벌어지고 있는지 혼란스럽고 어지럽기만 하다.

서술자는 소설의 배경이 방글라데시 치타공 해안에 있는 선박해체소라는 사실을 소설이 시작되고도 한참 지나서야 알려준다. 그것도 선박해체소에 관한 친절한 설명이나 내력 소개 같은 방식과는 거리가 멀다. 소설 속에서 주어지는 정보를 제법 모아도 그저 한국에서 '아주 먼 곳' 정도로 막연하고 모호하게만 파악될 뿐이다. 동남아시아 지리나 사정에 밝은 일부 예외적인 사람을 제외하고는 인터넷 검색 엔진에서 '치타공', '선박해체소'를 찾아보아야 그나마 어슴푸레한 윤곽을 머릿속에 그릴 법하다.

그 대신 분위기가 압도적이다. 여기서 분위기가 압도적이라 함은 그것이 소설적 차원을 넘어 시적인 차원에 육박할 만큼 강렬한 인상을 주고 있다는 말이다. 설명이나 소개, 정보 제공 따위를 벗어난 지점에 치타공 선박해체소라는 낯설고 이질적인 무언가가 우리의 눈앞에 떡하니 버티고 서 있다. 공허와 허무, 깊이를 알 수 없는 상처와 계속되는 고통 등을 분위기라는 소설적 도구가 고스란히 감당해내고 있다. 거대한 선박이 해체되는 것처럼 세상의 온갖 삼라만상의 실체들이 서서히 소멸하는 음산한 느낌으로 가득 찬 분위기이다. "영원은 인간들의 세월을 양식으로 삼는다."라고 소설은 말하는데, 이 같은 아포리즘에 가까운 멋있는 문장들이 시적 분위기를 더욱 강화한다.

그곳은 영원한 유형의 공간처럼 그려진다. 그곳의 수인은 결코 세상으로 되돌아갈 수 없는 무기수들이다. 두들겨 부수고 해체함으로써 아직은 자신이 살아 있음을 확인할 뿐, 그 외의 일체, 가령 삶의 목표나 의욕 따위는 흔적조차 남아 있지 않은 건조함과 무기력함이 소설을 가득 채운다. 소설의 시작부터 철저히 모호하게 제시되었던 그곳은 어느새 인간의 영혼을 시험하는 극한의 장소라는 의미를 부여받기에 성공한 것이다.

「흔적」만 그러한 것이 아니다. 이번 소설집에 수록된 모든 작품에서는 저마다의 독특한 분위기가 감지된다. 처음 보았을 때는 쉽게 친숙해지기 어려운 분위기다. 공간적 배경이 낯설고, 그들의 하는 일이 낯설다. 싸구려 모텔에서 허드렛일을 하면서 몰래카메라를 설치한다거나(「늪」), 성인 전화방에서 음침한 전화통화를 한다거나(「메두사의 뗏목」), 고독사한 노인의 유품을 정리하거나(「구멍의 기원」), 서로 속고 속이는 결혼정보업체 커플매니저로 활동하거나(「가면의 시간」). 이렇게 놓고 보면 신기하고 낯선 직업의 세계를 보여주는 방송 프로그램의 시놉시스 같다.

　시간적 배경의 이질성도 만만치 않은데, 수백 년 전 과거로 가거나(「화우」), 반대로 미래로 가서(「2172 리바이어던」) 시간 여행을 한다. 아예 언제쯤인지도 알 수 없는 때, 해수면이 빌딩 수십 층 높이로 상승하여 온 세상이 물속에 잠겨 버린 설정도 있다(「전망대 혹은 세상의 끝」). 독특한 상황, 독특한 설정, 낯선 시공간에서 평소 맛볼 수 없었던 아니, 상상하지도 못했던 분위기를 펼쳐 내어 독자를 어리둥절하게 만드는 방식, 여러 작품을 묶어 놓고 보니 작가가 참신하고, 독특한 분위기 창출을 위해 얼마나 많은 공을 들였는지 보인다.

상처의 깊이

　「흔적」과 「구멍의 기원」은 분위기를 통해 '상처'의 깊이를 말한다. 상처를 설명하고 논증하고 관찰하는 것이 아니라, 모호하고 막연하며 독특한 분위기를 통해서 남겨진 사람들의 상처를 말한다. 또 그 상처가 얼마나 깊은 것인지를 말하는 것 또한 분위기의 역할이다.

　「흔적」에서 '그'는 아내와 딸아이의 교통사고라는 충격에서 헤어나기 위해 '아주 먼 곳'으로 흘러들어왔다. 그곳에는 거대한 폐선이 벌레처럼 기어가는 인간들을 굽어보고 있을 뿐, 위안이나 회복의 가능성은 찾기 어렵다. 선박을 조금씩 분해하는 인간들은 시체에 달라붙은 구더기에 지나지 않으며, 그러한 해체의 과정은 거대한 선박의 외형에 비해 지극히 보잘것없는 것이라 자연의 풍화작용을 연상케

할 만큼 더디게 이루어진다. '그'가 심적인 충격에서 도피하던 끝에 가까스로 그곳에 흘러들어온 것도 벌레나 다름없는 자신의 무기력한 처지를 그곳에서 일하는 인부들에게서 목격했기 때문이 아닐까. 삶의 의욕을 잃은 채 자신에게 무기징역을 선고한 것이나 다름없는 '그'는 슬픔이나 기쁨과 같은 표층적인 인생의 순간 이면에 숨겨진 근본적인 무거움에 도달해보고자 하는 구도자의 형상에 가깝다. 그렇다면 치타공의 선박해체소는 삶과 죽음, 욕망과 허무의 경계에 있는 일종의 임계점을 표상하는 것이 된다. 단순히 이국적인, 낯설고 신기한 소재와 분위기에 관한 관심을 넘어 존재의 본질에 다가서려는 시도가 이 작품의 주제인 셈이다.

독특한 분위기 외에 소설 속에서 펼쳐지는 인물의 행동이나 생각 등은 그야말로 사족에 불과하다. 이미 상처의 깊이는 치타공 선박해체소의 분위기를 통해 바닥을 알 수 없는 절대적인 허무와 절망으로 결착이 났다. 이어지는 내용, 곧 가족의 복수가 성공할 것인지 아닌지는 진정한 관심의 대상이 아니다. 로켓발사기에서 포탄이 발사되고 평온하던 마을이 아수라장이 되어버리지만, 이내 비약을 하여 '그'의 내면으로 서술의 초점이 옮겨가는 것이 이를 증명하기 때문이다. 하산의 복수 실행보다 하산이 품었던 고통의 흔적 곧 상처를 떠올려보는 것, 그리고 그 같은 상처가 자신의 마음속에서도 발견되고 있음을 다시 한번 상기하는 것으로 작품이 마무리되는 것을 보더라도 확인된다.

고통의 흔적은 아무리 시간이 지나도 지워지지 않는다는 사실, 그리고 그러한 흔적은 육체에 각인되어 남은 생을 따라다닐 것이라는 사실. 거대한 폐선을 분해하러 달라붙은 구더기나 다름없는 보잘것 없는 한 인간이 할 수 있는 것은 아무것도 없다. 이제는 과거의 고통에서 비롯한 눈물마저 모래처럼 메말라 버렸을 때, "시간을 포함한 모든 게 녹슬어 가고 있었다. 아니, 모든 게 지워지고 있었다."라면서 영혼의 유형지인 선박해체소에서 시시포스의 바위를 굴리는 일 밖에 남은 것이 없다. 무기징역, 거대한 늪, 바닥을 알 수 없는 심연의 분위기 속에서 상처는 계속된다.

「구멍의 기원」은 또 어떠한가? 여기서도 분위기가 모든 것을 압도한다. 깊은 구멍으로, 혹은 블랙홀로 무한히 빨려 들어가는 느낌. "블랙홀, 간단히 말해 그것은 구멍이다. 오감으로는 확인할 수 없는 불가사의한 구멍." 주인공 현우는 거기에서 빠져나오려고 굳이 애를 쓰지도 않는다. 어쩌면 그동안 그는 필사의 노력을 펼쳤을지도 모른다. 직접적으로는 엄마의 죽음으로 촉발된 허무와 공허의 구멍에서 벗어나기 위해 여러 가지 방법을 동원했으리라. 그러나 모든 것은 실패로 돌아갔고, 그러한 실패가 계속 반복되었음이 분명하다. 힘들게 애쓰지 않고 태연히 가만히 있는 것, 어쩌면 반복된 실패를 통해 그러한 상처의 깊은 구멍에서 결코 빠져나올 수 없음을 이미 깨달았기 때문인지도 모른다. 이렇듯 현우의 무기력함 그 자체가 상처의 깊이를 잘 알려준다.

상처의 극복이 거듭 실패하는 것은 왜일까? 그것은 아마 상처의 실체가 너무나 모호하기 때문일 듯하다. 눈에 보이지 않는 적과 싸울 수는 없는 법, 아무리 처절하게 주먹을 날려도 실체가 없는 대상을 상대로 승리를 거둘 수는 없다. 무엇이 그러한가? 답은 간단하다. 죽음이 그러하다. 주인공이 유품정리업체의 직원으로 설정된 것은 매우 적당한 선택이다. 가족과 친지의 애도 속에서 죽음은 애도되고 그래서 애도의 힘으로 상처는 잊히고, 나중에는 어쩌면 극복될 수도 있다. 하지만 유품정리업체에 맡겨진 죽음은 애도를 해 줄 가족과 친지가 없다. 방치된 죽음, 애도를 거치지 않은 죽음은 아직 종결되지 않은 죽음이다. 끝이 없는 모호함의 대상으로서의 죽음이란 치타공 선박해체소에서 마멸되어가는 폐선의 이미지와 겹쳐진다.

모호함의 대상인 죽음은 눈에 보이지 않는다. 그저 느껴지는 것이다. 이 소설에서는 눈에 보이지 않는 공기를 통해 죽음을 포착하려 시도한다. 상상해 보라. 시체가 썩어가는 방 안을. 다시 상상해 보라. 그 방 안의 '냄새'와 공기의 '맛'을.

"아저씨, 잠깐만요."

뭔데 그래. 황 씨가 비스듬히 기운 장롱을 잡은 채 바라본다. 현우는 주머니에서 칼을 꺼낸다. 장롱 바닥에 찢어진 장판이 들러붙어 있다. 면적이 제법 넓다. 시신에서 흘러나온 피와 추깃물이 한데 엉겨 접착제 역할을 한 모양이다. 욕지기가 치미는 바람에 칼끝이 자꾸만 빗나간다. 현우가 하는 양을 물끄러미 보던 황 씨가 이리 줘 봐, 하더니 현우의 손에서 칼을 채 간다. 관록은 그저 생기는 게 아니다. 황 씨는 별로 힘들이지 않고 장판을 떼어 낸다. 두 사람은 장롱을 문밖으로 들어낸다. 마당 한쪽에 서서 방 안을 엿보던 옆집 여자가 코를 싸쥐더니 줄행랑친다. 현우는 마스크를 벗고 심호흡을 한다. 청량한 맛이 나는 공기다. 현우는 이 일을 하고부터 공기에도 맛이 있다는 걸 알았다. 방 안의 저 공기는 어떤 맛이라고 해야 하나. 현우는 잠깐 뒤를 돌아본다. 쓴맛과 신맛을 섞어 놓은 것이라고 할까. 아니, 떫은맛과 짠맛도 포함시켜야겠다. 한 대 줄까? 황 씨가 담뱃갑을 들어 보인다. 현우는 고개를 젓는다. 폐부에 쌓인 악취를 몰아내려는 듯 황 씨는 연기를 깊숙이 들이마셨다 내뿜는다. 담배 연기라면 질색을 하던 현우는 이제 연기를 피하지 않는다. 방 안의 그것에 비하면 차라리 향기에 가까우니까.

선생님은 교통사고로 딸을 잃었다. 현우는 사고로 엄마를 잃었다. 아버지는 의식이 캄캄한 구멍으로 진입하였고, 형은 집을 나갔다. 사망이든, 정신질환이든, 가출이든, 가족 구성원들이 뿔뿔이 흩어지고, 헤어진다. 모든 것을 빨아들이는 구멍은 정희도 빼앗아갔다. "블랙홀, 그것을 다른 말로 하면 구멍이다. 간신히 벗어난다 해도 애초의 궤도를 기대할 순 없겠지. 그 옛날 국어 선생님이 들려준 말이 귓전에서 울린다. 혹시 선생님은 불가해한 운명에 관해 얘기하고 싶었던 것이 아닐까." 이처럼 죽음은 모든 것을 집어삼키는 난폭함 그 자체다. 인간의 운명은 죽음 앞에서 애초부터 보잘것없이 두려움에 떨고 있었다. 결코 극복할 수 없는 죽음과의 대결에서 기진맥진하여 깊은 절망으로 빨려 들어가고 마는 대목에서 독자들은 이제 유한

한 존재인 자신을 되돌아보며 '공포와 연민'을 느낄 수밖에 없을 것이 분명하다. 낯설고 거리감 있는 분위기에서 시작하여 누구도 거부할 수 없는 깊은 공감의 구멍으로 독자를 이끌어가는 것이 이 소설의 중력이 작용하는 방식이다.

절망 속에서

「늪」과 「메두사의 뗏목」은 또 다른 방식으로 독특한 분위기를 창출한다. 「흔적」이나 「구멍의 기원」이 죽음, 공허, 운명 등 형이상학적인 소재에 치중했다면, 「늪」이나 「메두사의 뗏목」은 그와는 정반대로 지극히 일상적 삶의 문제를 끌어안는다. 죽음이나 공허, 나아가 피할 수 없는 숙명 같은 소재들이란 비장하고, 거창하고, 때로는 숭고함마저 자아내는 것이지만, 「늪」이나 「메두사의 뗏목」에서 다루는 소재들은 치졸하고, 비열하고, 너저분한 성질을 지닌다. 싸구려 모텔, 몰래카메라, 성인전화방, 음담패설과 매춘 등이 바로 눈살 찌푸려지는 그런 일들의 목록이다.

「늪」은 소재와 설정의 파격성이 돋보인 작품이다. 싸구려 모텔 잡역부로 일하는 탈북자를 주인공으로 내세워서, 그의 시선으로 주변을 '관찰'하는 방식을 취한다. 그는 객실에 몰래카메라를 설치하여 투숙객의 정사 장면을 찍어 부수입을 챙긴다. 밑바닥 인생의 관찰 카메라 역할을 하는 것이 주인공의 역할일 텐데 그런 그가 '몰래카메라'로 타인의 사생활을 엿보는 일을 한다는 설정이니 이중으로 관찰의 역할을 부여받은 셈이다. 그의 소망은 할리데이비슨을 한 대 구입하는 것. 굉음을 내면서 질주하는 아련한 상상에 비해 그가 처해있는 현실은 너무나 초라하고, 절망적이다. 어차피 노력해봤자 계속 '진창길'이 계속될 것이기에, 개선될 가능성이 조금도 없어 보이기에 위악적으로 살아가는 것은 아닐까 싶다.

추레한 몰골을 한 선인장이 눈에 들어온다. 귀면각이라고 했던가. 얼마 전 쓰레기통 앞에 버려져 있는 걸 들고 와 구석에 놓아두었다. 선인장은 주둥이 부위가 형편없이 떨어져 나간 토분에 심겨 있는데 여기저기 거무스름하게 파인 자국이 있다. 선인장은 그러나 발아점만 있으면 토막 난 상태에서도 살아난다고 했다. 영혼도 그럴 수 있으면 좋겠다고 그는 생각한다. 그러나, 그는 이내 고개를 흔든다. 때로 더디게 회복되는 아니, 끝내 새살이 돋지 못하는 상처도 있는 법이다.

결국에는 여기서도 상처가 문제다. 여기서도 가족과의 이별이 또다시 문제다. 탈북할 때 담장을 넘다가 중국 공안에게 붙잡혀 강제 송환된 엄마가 그의 정신적 구멍 깊숙한 곳에 자리한다. 어린 소년은 울음을 터트리고, 섬광처럼 터지던 엄마의 마지막 눈빛은 소년의 마음에 깊은 상처로 남았다. 목을 매 자살한 아버지를 보았던 기억 또한 깊은 구멍을 이루었을 터. 추레한 몰골의 선인장이 그의 처지를 대변하고 있지만, 선인장과 그는 상처를 극복할 수 있느냐 없느냐를 두고 하늘과 땅 사이만큼 떨어져 있다. 작품의 표제에서도 강조되어 있듯, 그는 '늪'에 빠졌다. 아무리 발버둥쳐도 빠져나갈 수 없는 늪. 블랙홀이든 늪이든, 결국 절망과 공허로 귀결되면서 한없는 무기력과 좌절감을 안겨 주는 것은 마찬가지다.

그가 그토록 소망하던 할리데이비슨이 무척 인상적이다. 처음에 그것은 위악의 상징이었다. 도덕이나 법이 무엇이라고 지껄이거나 말거나 몰카로 돈을 벌어 할리데이비슨 한 대 사겠다. 밑바닥 인생에서 유일하게 남은 꿈과 희망, 결코 쉽게 긍정하고 동의할 수 없는 불손한 생활의 태도다. 하지만 소설의 결말에 이르러 칼을 맞고 의식을 잃어가는 그의 앞에 떠오른 할리데이비슨의 질주 장면이 자아내는 분위기는 사뭇 다르다. "달라질 게 없어도, 그의 입가에 희미한 미소가 번진다. 그래도 가슴이 뻥 뚫리도록 달려 보는 거야. 잃을 게 더 뭐 있겠어." 상처는 조금도 위로받지 못했고 이제 죽음이 거대한 허무의 아가리를 벌리고 있는 판국에 그는 미소를 짓는다. 아이러니한 디테일의 포착을 통해 매우 동정적이고, 슬프고, 처량하고, 그래서 지극히 안타까운 감정을 불러일으키는 데 성공한다. 낯설고 불쾌하고 애써 거리를 두고 싶던 그에게 우리는 어느덧 공감하고 있던 것이다.

「메두사의 뗏목」은 동정적이고 처량한 분위기가 「늪」에 비해 좀 더 강조된다. 손가락질을 받을 만한 수준이라고 해야 할지, 도덕적이고 법적인 잣대로 판단할 때 「메두사의 뗏목」에 등장하는 인물에게 내려지는 경멸이나 비난의 수위는 「늪」에 못지않다. 그러나 「메두사의 뗏목」에서는 여성 인물들을 전면에 내세웠고, 특히 누군가의 어머니라는 사실을 강조함으로써 도덕적 · 법적 거부감을 많이 없앨 수 있었다고 보인다.

성인전화방이라는 소재가 흥미롭다. 남자들의 성적 판타지를 자극함으로써 계속 통화하게 해서 비싼 통화료를 뜯어내는 수법이 그곳의 생존법이다. 거짓을 그럴싸하게 포장할 줄 알아야 하는 그곳에는 미스 윤 같은 인물이 적격이다. 미스 윤이 들고 다니는 페라가모 가방이 그런 허위와 거짓을 단적으로 드러내는 장치이다. 그러나 이탈리아 제품에 끌렸다면서 미국 국적 배우인 그레고리펙을 끌어다 붙이는 모습을 보면 밉상이고 싫지만, 한편으로는 순진한 백치미에 헛웃음이 유발되기도 한다.

미스 윤과는 달리 주인공 주옥은 그러한 거짓의 세계에 잘 어울리지 않는 순수한 성격의 인물이다. 몸을 굴신도 못 하는 시어머니와 지하의 습기 · 냉기 때문에 몸에서 진물과 딱지가 없어질 날이 없는 딸아이를 먹여 살리기 위해 어쩔 수 없이 성인전화방에 발을 들여놓았으나 원체 거짓말과 속임수와는 거리가 먼 타입이라 잘 될 리가 없다. 악착스러움이라도 있어야 겨우 버틸 수 있을 텐데, 그러한 악착스러움과는 거리가 먼 그녀는 최악이자 최저의 생계 수단으로 주어진 그곳 성인전화방에서도 머지않아 쫓겨날지 모른다. 절망의 밑바닥까지 떨어졌으면서도 계속해서 한없이 가라앉기만 하는 것이 늪과 블랙홀의 기본 속성이니 어쩔 도리가 없다.

그러한 절망의 절정 속에서 주옥과 11번 여자는 제리코의 그림을 보고 있었다. 난파된 전함 '메두사호'에서 일어난 실제 사건을 그림으로 옮긴 낭만주의의 대표작. 메두사호가 난파되었을 때 선장과 장교들은 선원과 승객을 버리고 탈출해 버렸고, 살아남은 15명은 뗏목 위에서 구조를 기다린다. 뗏목에 있던 사람들은 처절한 절망 속에서 계속 버텼고, 동료의 시신을 먹기까지 하면서 버티다가 결국 구조되었다. 성인전화방이 곧 뗏목이고, 주옥과 미스 윤과 11번 여자가 식인행위를 하면서까지 절망의 절정에서 버티는 선원들로 등치 된다. 우리는 선원들을 비난해야 하는가 동정해야 하는가, 아니 과연 우리가 그들을 판단하고 평가할 자격을 지니고 있을까 되묻게 된다.

제리코의 그림에서는 멀리 구조선이 보이는 듯하다. 뗏목의 한쪽에는 시체가 널브러져 있지만, 몇몇 사람들은 구조선을 향해 손을 흔들면서 희망을 품는다. 소설의 마지막 장면에서 주옥이 말라 죽어가는 느티나무 분재에 칭칭 감긴 철사를 벗길 도구를 찾는 것으로 끝나는 데서 우리는 아주 사소하고 작은 희망의 불씨를 하나 발견한다. "주옥은 다리에 힘을 주고 허리를 편다. 그래도 버텨야 해. 주옥은 중얼거리며 주위를 살핀다. 철사를 벗길 도구를 찾는다." 절망의 절정에서 희망을 버리지 않는 그녀를 보면서 삶과 생활의 윤리에 대해, 나아가 인간의 운명에 대해 잠시 생각하게 된다.

진실과 거짓 사이

이번 소설집에 수록된 작품이 모두 인간 운명의 절망, 최저 생활자의 절망 같은 회색빛으로 점철된 것은 아니다. 「가면의 시간」, 「빛과 빛」, 「연기의 고수」는 진실과 거짓 사이의 줄타기를 통해 색다른 분위기를 연출한다. 세 편 모두 인생의 한 국면을 간파하는 단편의 기본 원칙에 충실한 작품으로 짜임새 있는 전개를 특징으로 한다. 각기 인물의 성격이 뚜렷하게 드러나고, 그러한 인물들이 서로 엮이면서 벌이는 갈등과 사건이 선명하게 배치되어 있다. 심각하고, 둔중한 분위기와는 사뭇 다른 발랄함과 짜릿함이 느껴지는 공통점이 있다.

특히 인물의 직업이 진짜와 가짜의 경계를 넘나든다는 사실을 잠시 짚어 볼 필요가 있다. 「가면의 시간」의 주인공 선우는 결혼정보업체에서 일하는 커플매니저다. 선남선녀를 연결해 주는 일이지만, 커플 연결의 성사를 위해서는 장점은 부각하고, 단점은 슬그머니 감추는 작업이 필요하다. 가령 술을 많이 먹는다는 단점은 주량을 줄여 소개, 성형수술 이력은 노코멘트. 소설 속 표현을 따르자면 '가면 쓰기'에 해당한다. 일종의 홍보 작업에 가까울 텐데, 홍보는 자본주의에서는 지극히 기본적인 판매 전략이고, SNS 사용이 활성화된 요즘에는 개인들 역시 같은 방식으로 자신을 포장하기에 여념이 없다. 얼핏 낯설어 보이는 커플매니저는 결국 오늘날 우리들의 자화상이다.

선우는 한때 자신의 앞에서 빛을 뽐었던 것들을 그려 본다. 그리고 쓸쓸하게 웃는다. 휘 둘러보던 선우의 눈길이 가장 빛나는 공간에 머문다. 카운터 옆에 있는 벽걸이 수족관이다. 가짜야 저거. 주옥 씨가 술잔을 든 채 턱짓을 한다. 정교하게 만든 인공 물고기들이야. 의아한 표정을 짓는 선우에게 주옥 씨가 오금을 박듯 말한다. 아닌 게 아니라 수초 사이를 선회하는 물고기들의 움직임이 기계적인 패턴을 보인다. 주옥 씨는 선우의 눈빛이 흔들리는 걸 눈치채지 못한다. 게다가 야광이야. 진짜보다 더 그럴듯하지? 주옥 씨가 선우의 술잔에 술을 따르며 묻는다.

커플매니저 선우의 모습이 우리들의 자화상을 보여준다고 할 때, 그녀가 관찰하는 거짓으로 만든 수족관은 화려한 거짓 욕망으로 쌓아 올린 우리들의 세상이다. 그곳은 가장 빛이 나고 돋보이기에 모든 사람이 선망한다. 그런데 욕망이란 절대 충족될 수 없다는 진리를 떠올린다면, 지금 화려하게 빛나는 욕망은 모두 가짜다. 자세히 들여다보면 가짜임을 알아차릴 수도 있다. 하지만 문제는 그다음이다. "진짜보다 더 그럴듯하지?" 이 소설이 관찰한 바는 진짜보다 가짜가 더 그럴듯할 수도 있다는 것, 그것이 오늘날 우리들의 맨얼굴이라는 것이다.

「빛과 빚」의 주인공 윤수 역시 대행업체에서 진짜와 가짜를 오가는 일을 하는 인물이다. 신랑이나 신부의 친구 역할을 해 주면서 빈자리를 채워 주는 일. 가짜면서 진짜 친구 행세를 하는 그런 일. 좋게 보면 연극배우 비슷한 것이지만, 나쁘게 보면 사기 결혼 행각의 공범이 될 수도 있는 일이다. 「연기의 고수」는 아예 연극배우가 등장한다. 경찰 연기를 한다고 생각하는 연극배우 M, 그런 M을 이용하여 범행에 이용하는 K. "아무튼 자네 말대로라면 K라는 그 친구, 연기자 지망생인 자네를 교묘히 이용한 거야." M은 진짜로 연기를 한 것인가, 가짜로 경찰 행세를 한 것인가, 오 형사의 심문을 거치면서 가짜와 진짜 사이에 펼쳐졌던 줄다리기 한판의 전말이 공개된다.

이들 작품에서는 진짜와 가짜를 놓고 벌이는 진실 게임이 벌어진다. 아주 진지하거나 심각한 것은 아니고, 플롯을 정교하고 세심하게 꼬아서 흥미로운 이야기 전개를 구성한다. 「빛과 빛」에서는 과거 어린 시절에 시작된 인연의 끈을 확인하는 진실 찾기의 이야기를 펼치고, 「연기의 고수」에서는 준비된 반전의 결말을 향해 차근차근 나아가는 스릴러 내지 추리소설적인 전개를 펼친다. 특히 텔레비전 일일드라마 같은 느낌도 주는 「빛과 빛」은 두 남녀가 잘 맺어지기를 바라는 달콤한 전개와 애잔하게 허물어지는 마지막 결말 장면이 독자의 마음을 훔치기에 충분하다. 또 두 작품 모두 허를 찌르는 반전이 상당히 짜릿하게 느껴진다. 작품의 주제나 내용을 떠나서 잘 짜인 플롯이 만들어 내는 청량감을 수반한 짧은 탄식 같은 것이 터져 나온다. 언제나 침울하고 심각하기만 할 수는 없는 법 아닌가. 허무와 절망, 운명을 다루어 어둡고 무겁기만 했던 다른 작품의 분위기와 비교할 때, 가볍게 쉬어가는 휴식 같은 느낌을 주는 것도 그리 나쁘지 않을 듯하다.

물론 진실과 거짓이 중심 테마라 하더라도 거기에는 깊고 오래된 상처가 새겨져 있다는 점은 간과할 수 없다. 「가면의 시간」에서 아버지의 죽음이 유품인 낡은 롤렉스시계로 인해 반복적으로 상기되고 있어 작품 전편에 걸쳐 긴 그림자를 드리운다. 「빛과 빛」에서 할머니의 죽음, 성애와의 헤어짐처럼 반복되는 이별과 상처는 이 소설집에 수록된 다른 작품과 연결된다. 상처, 죽음, 그리고 쓸쓸함이 빚어내는 독특한 분위기는 이들 작품에서도 유지되는 셈이다. 행복을 쉽사리 손에 넣을 수 없는 결말을 보더라도 그림자의 흔적은 분명히 감지된다.

시간의 분위기

낯선 분위기는 이질적인 시간적 배경에서 비롯하는 경우도 있다. 그동안 보아왔던 낯선 소설적 분위기는 치타공 선박해체소라는 이국적 공간, 성인전화방, 도시 뒷골목의 낯선 세계, 유품정리사라는 이색적인 직업 등 평범한 일상적 삶과는 거리가 멀어 보이는 여러 장치와 도구를 활용한 결과였다. 이제 남은 것은 익숙하지 않은 '시간'을 활용하는 방법. 먼 미래에 있을 법한, 혹은 오래전 과거에 있었을 법한 이야기를 다룰 때 소설은 또 다른 방면으로 낯선 분위기를 연출한다. 「2172 리바이어던」과 「화우」는 정반대의 시간대로 내달리는 작품이다. 전자는 먼 미래의 일을 다루고, 후자는 먼 과거의 일을 다룬다. 우리가 살아가는 현재에서 '멀리' 떨어져 있다는 점에서는 일치를 보인다.

「2172 리바이어던」은 읽기가 무척 어려운 작품이다. SF 장르가 익숙지 않아서 그럴 수도 있겠는데, 무엇보다 미래세계의 독특한 분위기에 적응하는 데 어려움을 겪기 때문이지 않을까 싶다. 2172년이라니! 핵전쟁이 벌어졌다니! 지상의 세계는 전쟁의 여파로 몰락했고, 고도로 발달한 과학 문명의 힘으로 인류는 지하세계를 건설했다. 인류는 닉스족, 크로우족으로 나뉘어 대립하고, 근대로 넘어오면서 사라졌던 신분 계급이 부활했다. 여기에다 온갖 과학적 상상력이 결합한다.

한참을 낯선 분위기에 휩싸여 읽다 보면 현기증이 날 법도 한데, 가까스로 정신을 차리면 한 가지 특이한 점이 발견된다. 소설 속에서 소개되는 상상적인 과학기술이 대개 인간의 생명 연장과 관련된다는 점이다. 냉동 캡슐로 동면을 취하는 인간, 텔로미어를 직접 조작하는 혁신적인 노화 방지기술의 개발, 심지어 젊음을 회복하는 기술도 머지않아 개발될 것으로 예상한다. 죽음 앞에서 나약해질 수밖에 없는 인간의 유한성을 어떻게 극복할 것인가에 집중되어 있다. 간단히 말하면 죽음을 극복하는 기술, 불로장생의 기술이다.

이렇게 보면 미래세계를 배경으로 한 SF는 불로장생의 비법을 찾아 헤맸던 진시황 시절의 꿈에서 조금도 벗어나지 않은 셈이다. 천하를 다 가진 진시황이 단 하나 못 가졌던 불로장생의 비법이 모든 인간 욕망의 궁극적이고 원형적인 상징이라고 간주한다면, 불로장생이 성취된 세계는 평화로운 무(無) 갈등의 세계여야 마땅하다. 도교의 신선들이 그런 경지에 오른 인간들(?) 아니었던가. 욕망을 초월했으니 욕망에 휘둘리지 않는 신선의 경지. 하지만 소설 속 세계는 전혀 그렇지 않다. 정반대의 디스토피아적인 전망을 펼친다. 유발 하라리의 『호모데우스』가 연상되는 지점이다. 과학기술의 힘으로 신이 된 인간(또는 신선이 된 인간)들이 과학기술의 열매를 독점하고, 나머지 인간들은 그들에게 굴복하는 암울한 세계, 영구집권을 기도하는 지하세계의 최고 권력자 천무와 닉스족 통치계급들이 호모데우스다.

결국에는 사랑이다. 궁극적인 욕망이 충족되었지만, 행복하지 못한 것은 사랑이 결여되었기 때문이다. 윤의 인간미에 이끌려 그를 사랑하게 되는 진은 미래세계에서 사랑의 의미를 상징적으로 보여준다. 물론 이러한 사랑이 희망의 차원으로 발전되는 것은 아니다. 아마 그런 식으로 소설을 전개하면 나중에는 영화 「아바타」 같은 식으로 나아가야 하지 않을까 싶다. 어쩌면 닉스족과 크로우족의 대립, 대결을 그린 소설을 작가가 상상했을 수도 있지 않을까.

정반대로 수백 년 전 과거로 거슬러 올라간 「화우」에서 말하는 것이 바로 '사랑'이다. 임진왜란 때 일본군과 싸우다 순절한 윤흥신 공과 그를 흠모하던 기생 화우에 관한 이야기다. 김 교수가 의뢰받은 고문 해독 내용은 액자 속 이야기로 처리되는데, 처음에는 먼 과거의 이야기라 제법 낯설지만, 차차 한결같이 한곳을 바라보는 기생의 사랑이 두드러지면서 시간의 간극을 넘어서게 된다. 이혼소송 중인 아내와의 불화를 다룬 액자 밖 이야기와 연결되면서 화우의 변하지 않는 사랑은 더욱 돋보인다. 먼 미래에서 그토록 찾아다녔던 것이, 먼 과거에서 전해오는 '때깔 고운 나전함 하나'에 담겨 있다는 생각이 이르면, 현재의 일상적 시간을 벗어나 미래와 과거를 오고 간 것이 결국 사랑을 말하기 위함이었음을 알게 된다.

절망의 기호학

　구름은 걷히지 않고 구조대는 보이지 않는다. 구조. 그것은 이제 자위(自慰)란 단어로 대체해야 할지도 모르겠다. 푸수수 먼지덩이가 떨어지는 것 같다. 200미터 정도 떨어진 곳에 있는 Y은행 본점 건물이다. 40층 규모의 그 건물은 13개 층을 빼곤 죄다 물에 잠겼다. 남은 13개 층 중 두어 개 층도 잠겼다 말았다 하는 형국이다. 어쨌거나 저건 엄연히 사람들이다. 떨어지는 모습만으로는 생사를 알 수 없다. 살아 있는 사람일 경우 저것은 죽고자 하는 행위일 수도, 용기 있는 탈출 행위일 수도 있다. 그런데 내 앞에 있는 여자는 진즉에 전자로 단정한 눈치다. 기의와 기표는 자의적 관계라는 구조주의 언어학의 명제가 빛을 발하는 순간이다.

　30층 빌딩 높이 만큼 물이 차올랐다니, 「전망대 혹은 세상의 끝」은 시작부터 독자를 혼란스럽게 한다. 거기다 한술 더 떠서, 빌딩에서 사람이 떨어지고 있단다. 이제 소설 속에서 벌어지는 상황이 심각한 재난 상황임을 알아차리겠다. 간혹 재난을 소재로 한 블록버스터 영화에서 보았던 장면이 머릿속으로 그려지면서 말이다. 그다음은 또다시 혼란스럽게 한다. 기표와 기의가 자의적 관계, 구조주의 언어학의 명제 운운하는 대목 때문이다. 쓰나미가 몰아닥쳤는지, 빙하가 높아 해수면이 높아졌는지, 아무튼 영화 속에서나 벌어질 듯한 상황이 펼쳐졌는데, 어이없게도 언어학 타령이다. 도무지 갈피를 잡을 수 없는, 그래서 낯설고 거리감이 느껴지는 분위기를 만들어내는

데 또 한 번 성공했다.

소설의 줄거리는 간단하다. 대학에서 언어학을 가르치는 '나'가 심포지엄에 참석하기 위해 스카이빌딩에 방문했다가 이와 같은 일이 벌어졌다. 엘리베이터에 같이 탑승했던 사람들과 함께 기약 없는 구조를 기다린다. 참사가 벌어진 빌딩 곳곳을 돌아다니는 '나'의 시선에는 절망의 흔적만이 목격될 뿐, 서사 전개 과정에서 발생하는 사건은 그리 특별한 것이 없다. 오로지 인물들이 놓인 '상황'과 그들의 행동이나 사고를 제한하는 '조건'만 강조될 뿐이다. 이 때문에 소설은 하나의 알레고리처럼 읽힌다. 문명사회의 묵시론적 종말을 예견하는 것인지, 아니면 상처로 가득하며, 늪과 같은 절망으로 계속되는 일상에 관한 것인지 단언할 수는 없지만, 소설 속 인물들의 행동이나 그들이 목격한 것의 이면에서 무수한 의미들이 끓어오르고 반복적으로 새로운 의미로 확장되고 있음은 틀림없다.

계속해서 '의미'가 생성되고 확장된다고 하니, 이 소설에서 언어학이라는 '미끼'를 던져둔 이유를 어렴풋이 짐작하게 된다. 근대 언어학이란 언어의 구조를 따지는 학문, 기호란 기표와 기의로 구성, 기표와 기의의 결합은 필연적인 것이 아니다. 어찌 보면 지극히 자의적인 결합, 하지만 그러한 결합의 방식, 곧 구조로 이루어짐으로써 기호는 구성되고, 언어가 구성되고, 우리의 의식이 구성되고, 나아가 우리의 세계가 구성된다. 어쨌든 '자의적'에만 주목하면, 하나의 기표를 두고 그야말로 자의적으로 기의를 붙여 놓을 수 있다는 것, 사람이 떨어지고 있는 모습을 기표로 하고, 이에 대해서 죽으려는 절망의 의미로 해석하거나 반대로 살아 보기 위해 용기 있게 탈출하는 의미로 해석할 수 있다는 것이다.

그렇다면 이 소설은 과연 어떻게 해석해야 하나? 절망으로 해석해야 할지, 아니면 절망 속에서도 끝없이 희망을 붙잡으려는 시도로 해석해야 할지 망설여진다. 어떻게 기표와 기의를 연결할 수 있을 것인지 의문이다. 그것은 어디까지나 '자의적'이기 마련이고, 각자가 알아서 판단해야 할 문제다. 다만 여기에 이르면 이 소설이 소설집에 수록된 여러 작품의 주제를 한군데 모으고 있음을 알게 된다. 「흔적」에서 나온 치타공 선박해체소와 이곳 스카이빌딩은 근본적으로 동일하다. 곳곳에 썩어가는 시체가 있고, 상처들로 가득하다. 이렇게 보면 「늪」의 싸구려 모텔과도 닮았다. 절망이라는 것, 희망이 보이지 않는다는 것, 그저 죽음과도 같은 절망의 절정에서 상상으로만 할리데이비슨을 타고 질주하는 것이 유일하게 허락된 일이다. 「메두사의 뗏목」에 나온 성인전화방이라는 공간도 비슷하고, 무엇보다 그림 속 뗏목에 탄 사람들과 빌딩에 갇힌 사람들이 구조를 기다리는 상황은 똑같다. 절망과 상처에서 탈출하려 해도 결국 블랙홀로 가라앉을 수밖에 없다는 설정도 이미 「구멍」에서 확인했던 바다. 곧 이 소설은 그 자체로 상처와 절망에 관한 기호학이다.

절망이냐 희망이냐를 놓고 기의를 확정하는 해석의 작업은 진짜냐 가짜냐를 오가는 「가면의 시간」, 「빛과 빛」, 「연기의 고수」의 주제와도 연결된다. 둘 중에서 어떤 것을 선택하든 필연적이고 절대적인 것이 아니다. 더 이상 창공에 빛나는 별이 우리의 앞길을 밝혀 주지 않는다. 종교나 이념, 도덕 같은 절대성의 지평은 상실된 지 오래다. 방황을 거듭하면서 살아가는 오늘날의 우리 처지에서는 어느 쪽에도 쉽게 손을 들 수 없고, 어떤 것도 쉽게 판정하기 힘들다. 불확실성이 지배하는 시대다. 여기서 「전망대 혹은 세상의 끝」은 다시 우리에게 묻는다. 절망으로 읽어야 하나, 그럼에도 불구하고 계속 희망을 추구해야 하나.

해석 하나. 계속되는 절망에서 결코 빠져나갈 수 없다. 소설집 곳곳에 배치된 죽음의 기호를 보아라. 죽음 앞에서 자유로울 수 있는 자는 아무도 없다. 욕망 또한 언제나 결여형태로 존재한다. 설령 불로장생의 기술을 손에 넣고 모든 욕망을 성취할 수 있는 미래세계가 펼쳐진다 해도 여전히 절망이다. 마침내 수위는 55층에 다다르고, 그토록 바라던 '구조'는 이루어지지 않았다. 파도가 덮쳐오고 완전한 절망 속으로 가라앉을 따름이다. 그것이 블랙홀의 구멍이든, 바닥없는 늪이든 서서히 풍화작용을 거치면서 '해체'되고 '소거'되기는 마찬가지다. 이렇게 볼 때 이 소설집은 스러져가는 모든 것들에 대한 애달픈 만가輓歌이다.

다른 해석 하나. 비록 절망이 계속된다고 해도 희망을 버려서는 안 된다. 메두사호의 뗏목에 올라타 있던 성인전화방의 주옥을 기억하는가? "그래도 버텨야 해."라는 그녀의 말을 잊지 않기를. 운명은 늘 불가해한 것이고, 상처는 깊다. 자신도 어느새 가면을 쓰고 있고, 몸에는 아내와 딸애가 남기고 간 흔적이 남아 있지만, 그래도 균형을 잡고 버텨야 한다. 먼 훗날 누군가는 지순한 사랑의 힘을 기억해 줄지도 모른다. 버티고, 지켜야 하는 것이 인간의 도리이고 삶의 윤리다. 이렇게 본다면 이 소설집은 힘겨운 삶을 살아가는 모든 애잔하고 갸륵한 존재를 향한 따스한 송가頌歌이다.

분위기의 해석은 어디까지나 분위기를 느끼고 즐기는 사람의 몫이다. 처음부터 분위기의 기호학으로 이루어진 소설 작품들에 관한 해석은 어디까지나 '자의적'일 수밖에 없다. '심강우 소설집'이라는 기표에서 '절망'이라는 기의를 건져낼 것인지 반대로 '희망'이라는 기의를 이끌어 낼 것인지는 오롯이 독자의 몫으로 돌려질 따름이다.

전망대 혹은 세상의 끝

초판 1쇄 인쇄일 • 2018년 4월 16일
초판 1쇄 발행일 • 2018년 4월 20일

지은이 • 심강우
펴낸이 • 임성규
펴낸곳 • 문이당

등록 • 1988. 11. 5. 제 1-832호
주소 • 서울시 성북구 동소문로 65-2 삼송빌딩 5층
전화 • 928-8741~3(영) 927-4990~2(편)
팩스 • 925-5406
ⓒ 심강우, 2018

전자우편 munidang88@naver.com

ISBN 978-89-7456-511-4 03810

값은 뒤표지에 표시되어 있습니다.